KB272788

열혈공작 플로렌

열혈공작 플로렌

열혈공작 플로렌 5

김종휘 판타지 장편 소설

초판 1쇄 찍은 날 § 2004년 5월 25일
초판 1쇄 펴낸 날 § 2004년 6월 5일

지은이 § 김종휘
펴낸이 § 서경석

편집장 § 문혜영
편집책임 § 유경화
편집 § 신혜미
마케팅 § 정필 · 강양원 · 이선구 · 김규진 · 홍현경

펴낸곳 § 도서출판 청어람
등록번호 § 제1081-1-89호
등록일자 § 1999. 5. 31
어람번호 § 제1-0498호

주소 § 경기도 부천시 원미구 심곡1동 350-1 남성B/D 3F (우) 420-011
전화 § 032-656-4452   팩스 § 032-656-4453
http://www.chungeoram.com
E-mail § eoram99@chollian.net

ⓒ 김종휘, 2004

ISBN 89-5831-123-1 04810
ISBN 89-5505-957-4 (SET)

열혈공작

플로렌

김종휘 판타지 장편 소설

5

제국의 내전

도서출판 청어람

목차

❺
제국의 내전

제 29장 신성 북부 도시 연합

신성 북부 도시 연합

셔먼의 건국 이후 두 번째로 보이는 기적에 아군과 적군 모두 입을 열지 못하는 가운데 순백색의 빛을 뿜고 있는 신전의 문이 열리며 성가를 합창하고 있는 사제들과 함께 백색의 사제복을 입고 있는 요슨 성자가 그 모습을 드러내었다.

"요슨 성자……."

두 눈을 감고 손을 모으고 있는 그의 표정은 마치 순결한 처녀가 기도를 올리는 모습을 생각나게 했다. 응? 순결한 처녀? 미쳤군, 미쳤어.

아무래도 성가를 통해 이루어진 기적 때문에 머리가 잘못된 것 같은 느낌이 들었는데, 그때 요슨 성자가 천천히 눈을 뜨며 두 손을 크게 펼치고는 천천히 입을 열었다.

"그대들은 어찌하여 어머니의 터전에서 피를 흘리려 하는가?"

"큭!!"

낮지만 웅장하게 울리는 목소리는 레트론 전역으로 퍼져 나갔고, 사람들의 시선은 자연히 그가 있는 쪽으로 향했다.

"모든 이를 사랑하며, 아껴주시고, 보듬어주시는 어머니의 앞에서……서로가 서로를 죽이지 못해 검을 휘둘러 이 성스러운 땅에 붉은 피를 뿌리니, 어머니께선 이렇듯 눈물을 흘리며 슬퍼하시는데, 그대들은 왜 어머니의 마음을 몰라주는 것인가! 들어라! 그리고 보아라! 이 땅을 울리는 어머니의 슬픈 울음소리와 그대들의 몸을 적시는 어머니의 눈물을!"

슬픔이 가득한 그의 말에 병사들은 자신도 모르게 그 자리에서 무릎을 꿇기 시작했다. 셔면의 땅에서 귀족들을 제외한다면 어떤 이가 자애의 여신을 따르지 않는가?

그들은 이미 레트론을 피로 적시는 일이 어머니를 슬프게 하고 있음을 알고 있었기에 두려움과 어머니에 대한 죄책감은 클 수밖에 없었다.

요슨의 슬픈 음색의 연설이 계속될수록 무릎을 꿇고 어머니를 위해 기도를 올리는 병사들의 숫자는 더욱 늘어만 가고 있었기에, 나로선 이 땅에 뿌리를 내린 자애의 여신의 신앙에 혀를 내두를 지경이었다.

"엡실론!"

"……."

"엡실론!!"

"아! 예……."

성가와 함께 들리는 요슨 성자의 연설에 정신이 나간 엡실론이 내 부름도 듣지 못하는 모습에 머리가 아플 지경이었다.

"요슨의 말에 귀를 기울이지 말아라! 네가 자애의 여신의 신자냐!!"

"하오나……."

"지금 당장 필요한 것은 헤르멘 녀석들이 넋이 빠져 있는 동안 최대한 많은 수의 병사를 북문을 통해 빠져나가게 하는 것이다. 가만히 앉아 있다 놈의 포로가 될 필요는 없지 않은가!"

"아, 알겠습니다."

휴, 어떻게 된 것이 천신을 따르는 종자인 아멘의 녀석들까지 요슨의 연설에 넋이 빠지는지 답답하기만 할 뿐이었다.

하긴 나 역시 잠시 성가와 함께 들려오는 요슨 성자의 연설에 동요될 뻔하긴 했지만, 본래 신앙을 필요에 의해 따르는 나였기에 그의 연설에서 쉽게 빠져나올 수 있었다.

자애의 여신의 사제가 부르는 성가는 마치 바다의 요정 사이렌이 선원들을 유혹할 때 부르는 노래같이 사람들을 끌어들이는 무언가가 있다는 생각이 들었다.

"멍청한 녀석들! 레트론의 병사들이 빠져나가지 않느냐! 당장 정신들 차려라!!"

그때 헤르멘의 병사들 쪽에서 누군가가 크게 고함을 질러 돌아보자 백마를 타고 금박을 입힌 은색의 갑옷을 입고 있는 적의 기사의 모습이 보였다.

녀석의 머리에 달린 수실과 곁에 있는 깃발의 문장을 확인한 난 단번에 그가 누구인지 알 수 있었다.

"헤르멘 백작?"

소드 마스터 최상급에 이른 귀족파 최고의 무장 헤르멘. 요슨 성자가 연설로 병사들의 넋을 빼놓자 그는 마나를 돋워 병사들의 정신을 일깨웠고, 그의 강한 외침에 정신을 차린 병사들은 자신들이 무릎을 꿇고 있는 것에 놀라며 하나둘씩 자리에서 일어나기 시작했다.

하지만 정신을 차리긴 했어도 성가를 부르는 자애의 여신 사제들이
보는 앞에서 감히 살생할 생각은 하지 못하는지라 북문을 통해 도주하
는 아군을 공격하지는 못하고 있었다.

"이런 멍청한 것들!!"

자신의 병사가 움직일 생각을 하지 않자 화가 머리끝까지 오른 헤르
멘은 안장에 매여진 메이스를 집어 들더니 마나를 주입하곤 사람들을
보며 연설을 하는 요슨을 향해 집어 던졌다.

휘리릭!! 카강!!

"까아악!! 요슨 성자님!!"

헤르멘이 집어 던진 메이스는 그대로 날아가 요슨 성자의 발 아래에
부딪쳤는데, 이에 깨진 바닥 돌이 튕기면서 연설하던 요슨의 얼굴을 가
격했다.

"끄윽!!"

파편에 맞아 이마가 찢어진 그의 얼굴은 피로 물들기 시작했고, 그
것을 본 사람들은 적아를 구별하지 않고 모두 크게 당황하는 모습을
보였다.

"이 개새끼!! 성자님께 무슨 짓이냐!!"

그리고 이에 적병 중 하나가 크게 노성을 터뜨리며 자신의 상관이라
할 수 있는 헤르멘을 향해 달려들었다.

하지만 주위에 있던 호위 기사가 그의 앞을 막아서며 그대로 병사를
향해 플레일을 휘둘러 달려들던 병사의 머리를 부숴 버렸다.

플레일에 당한 병사는 외마디 비명과 함께 쓰러져 절명하고 말았다.

"당장 레트론의 병사들을 주살하지 않는다면 기사들을 시켜 성자를
죽이겠다!"

웅성웅성!!

헤르멘의 외침에 두려움을 느낀 그의 병사들은 천천히 움직이기 시작했다. 피를 흘리며 쓰러져 있는 요슨 성자를 보며 그라면 진짜 성자를 죽일지도 모른다는 생각이 들었기 때문이다.

"멈추어라!!"

하지만 병사들이 움직이려 할 때 요슨 성자의 강한 외침 소리가 들려왔고, 피투성이가 된 요슨은 사제들의 부축을 받으며 자리에서 일어나고 있었다.

"이런 젠장!!"

자신의 명령에 사사건건 요슨이 방해를 하자 헤르멘은 이제 더 이상 참을 수 없다는 표정으로 소리쳤다.

"기사단은 돌격하라!! 자애의 여신의 사제들을 주살하고 요슨을 사로잡아라!!"

"예!!"

일반 병사들과는 달리 귀족이라 할 수 있는 기사단은 자애의 여신의 신앙보다는 제국의 신앙인 무신을 믿고 있는 자들이 많았기 때문에 요슨의 영향력은 자연히 적을 수밖에 없었다.

이에 헤르멘의 명령에 따라 기사들은 말을 몰아 신전을 향해 돌격했기에 난 더 이상 사제들의 힘이 미치지 못하리라 생가하며 앞으로 나서려 했다.

어찌 됐든 요슨 성자와 사제들이 죽는다면 이번 전투에 지고, 이기고를 떠나 레트론 원정 자체의 의미가 사라지기 때문이다.

하지만 그때 억수같이 쏟아지는 빗줄기 너머로 큰 우렛소리와 함께 번개가 신전의 계단 위로 돌격해 들어가는 기사들의 머리 위로 떨어졌다.

쿠르르릉!!

"끄아악!!"

갑작스런 번개로 인해 기사 삼십여 명이 그대로 말과 함께 땅으로 거꾸러지자 이에 병사들과 사람들은 크게 놀랄 수밖에 없었다.

"뭐야, 이건? 신벌?"

자애의 여신은 성기사단이 없는 종교였다. 그것은 성교회의 성격 탓도 있었지만, 무력을 싫어하는 자애의 여신이기에 가능한 일이기도 했다.

그 때문에 수천 년의 대륙의 역사 속에 오성신 중 주신과 네 명의 성신들이 신벌을 가한 내용은 있어도 자애의 여신이 신벌을 내린 기록은 없는데, 지금 이 순간 신벌이라 생각되는 번개가 신전으로 돌격해 들어가던 기사들을 내리친 것이다.

"자, 자애의 여신께서 노하셨다……!"

"아! 도대체… 우린 무슨 일을 하고 있는가… 어머니시여……!"

헤르멘의 병사들은 자신들로 인하여 자애의 여신이 노하신 것이 아닐까 두려움에 빠지기 시작했고, 그것은 일순간 큰 파장을 일으키며 병사들 사이에 퍼지기 시작했다.

"헤르멘이 자애의 여신을 노하게 했다! 저자를 죽여 어머니께 사죄의 기도를 올리지 않는다면, 어머니께선 우리를 용서하지 않으실 것이다~!"

"헤르멘을 죽여라! 죽여라!!"

한순간 벌어진 일로 인하여 헤르멘의 병사들은 크게 웅성거리기 시작했고, 잠시 후 헤르멘 때문에 신벌이 일어났다고 누군가가 소리치자 군중 심리에 휘말린 병사들은 함성을 지르며 자신들의 주군인 헤르멘을 죽이라며 소리치기 시작했다.

상황이 어이없게 흘러가자 헤르멘과 그의 기사들은 당황할 수밖에 없었다. 신벌의 진위를 떠나 아군의 병사들이 군중 심리에 휘말려 자신들을 적대하고 있기 때문이었다.

"뭐야? 일이 왜 이렇게 황당하게 흘러가는 거지?"

"다행히 때를 맞춰서 왔군. 오랜만이네, 이드리샤 공작."

"응?"

누군가의 목소리에 고개를 돌려보니, 낯설지 않은 얼굴을 볼 수 있었다.

"아, 아서 이스페온?"

알디하렌 제국에 항거하는 제국 반군 청록의 숲의 수장이자 과거 라피나르 제국에서 본가와 함께 양대 무가라 불렸던 이스페온 가의 현 가주이기도 한 아서의 모습이 보이자 난 조금 놀랄 수밖에 없었다.

"다… 당신이 어떻게?"

"일이 그렇게 되었네."

삐익!!

놀란 나를 보며 미소 짓던 그는 검지와 중지를 펴 입에 가져가더니 이내 크게 휘파람을 불었고, 다음 순간 사방에서 긴 나팔 소리가 울려 퍼지더니 성벽에서 일제히 초록색의 옷을 입은 병사들이 활을 들고 나타나 헤르멘의 병사들을 겨누기 시작했다.

그리고 북문 쪽으로는 같은 색의 복장을 하고 있는 수많은 병사들이 쏟아지듯이 성으로 들어오기 시작했는데, 그 숫자가 족히 2만에 가까운 듯했다.

그것을 보며 드디어 기다렸던 원군이 도착했다는 생각에 난 뭐라 말할 수 없는 기분이 들었다.

"그렇다면 방금 전의 번개는?"

"때가 아주 좋았지. 청록의 숲 마법사의 전격계 마법이었다. 우렛소리는 효과음이라고나 할까? 어쨌든 결과는 아주 좋지 않은가? 신벌이라고 생각한 헤르멘의 병사들이 동요하는 소리를 들었겠지?"

"…헤르멘을 죽이라고 소리친 병사도 혹시 당신의 부하가 아닌가?"

"호오~ 눈치 한번 빠르군. 일단 요슨 성자께서 기적을 보이신 덕에 한두 가지 장난질을 치기에 아주 좋았지."

청록의 숲 병사들의 등장과 함께 신벌이라 생각한 헤르멘의 병사들이 일제히 반기를 들어 백작의 기사단을 밀어붙이니 백작의 기사단이 크게 밀리는 것은 당연했고, 거의 패착으로 향하던 레트론 전투는 도저히 믿을 수 없는 상황으로 바뀌어가고 있었다.

방금 전까지 신전을 점령하기 바로 직전까지 갔던 헤르멘은 아군 병사들의 공격과 청록의 숲의 병사들 때문에 밀리기 시작했고, 거기에 레트론의 민병대와 영지의 병사들까지 합류하자 이젠 반대로 적의 기세에 밀리는 형국이 되고 말았다.

"와아아아!!"

"후퇴하라!! 후퇴하라!!"

갑작스럽게 변한 전황에 더 이상 버티지 못한 헤르멘은 후퇴를 명했고 적군은 순식간에 레트론 성에서 물러났다.

하지만 이미 그 기세가 크게 꺾인 상황이었기에 이스페온의 청록의 숲의 병력은 그들에게 전열을 정비할 틈도 주지 않고 밀어붙였다. 이때문에 남쪽 평원까지 뺏기며 헤르멘은 크게 병력을 잃고 패주하고 말았다.

기적에 이어진 청록의 숲의 등장, 그리고 아서의 계책은 패착까지 갔던 레트론 전투를 완벽한 승리의 서사시로 바꾸어 버렸기에, 이 어이없는 결과에 세상에 이런 일이 있을 수 있을까 하는 생각에 혀를 내두를 수밖에 없었다.

5만에 이르던 적군 중 헤르멘과 함께 돌아간 병사들은 수천에 불과했다. 전체적인 사상자를 본다면 그렇게 큰 패배라 보기는 어려웠으나 아서가 조작한 계책으로 인하여 레트론 측으로 돌아선 헤르멘 병사의 숫자가 거의 2만을 넘었기 때문이다.

서먼 국민의 자애의 여신에 대한 신앙심과 아서의 계책이 서로 어우러져 만든 어이없는 결과였다.

사실 아서와 함께 레트론으로 온 청록의 숲 병력이 대략 3만이었던 것을 생각한다면 이렇게 쉽게 헤르멘을 패주시키는 일은 어려웠을 것이다.

"공작 각하, 헤르멘은 더 이상 전투가 불가능하다 생각하고 레트론을 포기한 듯합니다."

"……."

엡실론은 아군이 승리하자 상당히 기쁜 표정을 하며 나에게 밀했지만 솔직히 난 그리 기분이 좋지 못했다.

"젠장……."

"공작 각하?"

"당했어… 당했다고! 요슨과 자애의 여신에게 아주 철저히 당했단 말이야!!"

“당하다니… 그게 무슨 말씀이십니까?”

“청록의 숲의 수장인 아서는 원래 하루 일찍 레트론에 도착할 수 있었다. 그런데 이쪽으로 오는 도중 갑자기 폭우가 내렸다고 하는군. 예정 시간보다 하루… 하루가 지체된 것이지.”

“하지만 적시에 그들이 와주어 더 확실한 승리를 할 수 있지 않았습니까?”

“젠장! 그게 문제라고! 원래는 내 손으로 내 계책을 통해 승리할 전투였다. 하나 자애의 여신은 폭우로 그들을 하루 지체하게 함으로써 나로 하여금 스스로 레트론을 포기하게 한 후 요슨 성자에게 기적을 펼치게 한 것이네. 그리고 그 틈을 타 청록의 숲이 도착하면서 전황은 순식간에 역전이 되게 한 것이지. 이 전투가 내 계획에 포함된 것이라 하더라도 이번 승리에 가장 큰 공을 세운 사람은 내가 아니라 바로 아서와 요슨이라고 할 수 있지. 그가 아니었다면 이렇게나 완벽한 대승은 없었을 테니까…….”

“하오나… 승리는…….”

“아직도 모르겠는가? 레트론 전투는 대외적으로는 성지를 사수하기 위한 전투란 말이다. 신성 자유 도시의 건립! 그 초석을 세울 사람은 바로 내가 되어야 후에 있을 신성 북부 도시 연합에 강한 힘을 보이고 북부에서 단단히 긁어먹을 수 있지만, 요슨과 자애의 여신이 대승의 가장 큰 공로자가 되고, 아서가 승리의 축이라 할 수 있는 청록의 숲의 군대를 끌고 옴으로써 나의 공이 죽어버리며 영지와의 가장 가까운 교두보인 레트론의 영향력이 줄어버린 것이다. 거기에다 요슨은 신성 기사단의 병력으로 헤르멘이 남기고 간 2만의 정병을 손에 넣게 되었으니 그에게 자치 병력이 생겼다고! 자치 병력! 내 힘은 대부분 소진된 상황에서 청록의 숲이 하루 일찍 도착했으면 없었을 힘이 요슨에게 쥐어졌으니 더 이상 요슨을 쥐고 흔들 수가 없지 않은가!! 끄아아아!!"

일순간에 레트론을 장악하기 위한 명분과 함께 군의 힘까지 완전히 소진하여 빈털터리가 되어 청록의 숲이나 요슨을 쥐고 흔들 그 어떠한 것도 가지지 못하게 된 나로선 요슨을 편애하는 자애의 여신이 미울 수밖에 없었다.

"그렇군요……."

"솔직히 그 자애롭다는 여신이 요슨과 함께 그런 계획을 짜고 있을 줄은 생각지도 못했다. 얕봤어, 얕봤다고……."

자애의 여신과 그의 충복이라 생각하여 이들이 나의 계획을 방해하리라고는 생각지도 못한 일이었다.

하지만 이미 지나간 일에 계속 분통을 터뜨리고 있을 수는 없는 일이었다. 이미 화살은 손에서 벗어난 시점, 어떻게든 레트론의 주도권을 손에 쥐고 북부 전략 노선을 완성시킬 필요가 있었기 때문이다.

일단은 아서에게 알펜 성의 상황에 대해서 들어볼 필요가 있기에 그가 있는 곳으로 향했다. 솔직히 난 레트론으로 올 원병이라면 알펜 성의 병력이나 삼황자의 5만 병력 중 하나일 거라 생각했다.

물론 청록의 숲도 계획에 포함되어 있기는 하지만 이들이 레트론으로 오리라고는 생각지 않았다.

영주 성으로 들어가자 나를 기다리고 있었던 듯 아서와 그의 부하 십여 명이 의자에 앉아 있는 것을 볼 수 있었다. 역시나 강대국 알디하렌과 대적하는 유일한 반군 조직이라고 할까? 그의 부하들 역시 만만치 않은 자들임을 한눈에 알 수 있었다.

"오랜만이군, 이드리샤 공작."

"아서……."

나를 보며 반갑게 말하는 그를 보며 그것을 진심으로 받아들여야 할지 의문이었다. 이스페온 가의 입장에선 이드리샤 가문 역시 알디하렌과 같이 적으로 생각될 수도 있기 때문이었다.

과거 알펜 성에서 그가 나에게 보였던 모습은 적대적인 것이 아니었지만 현재 레트론에 머물고 있는 청록의 숲의 병력을 생각한다면 그가 나를 죽인다 해도 어쩔 수 없는 상황인지라 잠시간 그를 바라본 후 자리에 앉고는 말했다.

"당신이 레트론으로 오리라고는 생각지도 못했군."

"과거의 연도 있고, 솔직히 청록의 숲의 입장에선 셔면에서의 아지트가 필요한 상황이니까."

"그렇군. 하지만 어떻게 된 일이지? 분명 알펜 성이나 삼황자가 약속했던 병력이 레트론으로 올 것이라 생각했는데 말이야."

"솔직히 그것이 참 우연이라고밖에 할 수 없다네."

"우연?"

우연이라는 말에 난 조금 궁금해졌다.

"사실 열흘 전만 해도 난 자네가 생각하고 있는 계획을 알지 못하고 있었네. 그러던 중 공교롭게도 삼황자의 5만 병력의 움직임이 청록의 숲의 감시망에 포착된 것이 아니겠는가?"

"응? 그렇다면?"

"지금 레트론에 도착한 병력은 사실 은밀히 움직이고 있는 삼황자의 병력을 처리하기 위해서 모은 병력이네. 이들 병력이 이황자 령 쪽에서 알펜 성을 향하고 있었기 때문에 우리 쪽은 이황자의 군대라 생각하고 국경 부근에서 전투를 벌일 생각이었지."

"음… 충돌은?"

만약 그의 말대로라면 분명 삼황자의 병력과 청록의 숲의 군대가 전투를 벌였을 가능성도 있었기 때문에 혹시나 하여 물어보았다.

"신의 도우심일까? 다행히 삼황자 병력과의 충돌은 없었네. 만약 내가 알디하렌 제국 내에서 이들을 처리하고자 했다면 그들이나 아군 모두 상당한 피해를 입었을 테지만, 제국의 이목을 생각해 국경 부근에서 해치우고자 했던 것이 운 좋게 알펜 성에서 이들을 맞이하기 위해 보낸 척후대를 만나 저들이 삼황자가 자네에게 약속했던 병력이라는 것을 알 수 있었지."

"음… 확실히 다행이라고 할 수 있겠군."

아서의 말대로 아군끼리 접전이라도 벌어졌다면 어느 쪽이 승리를 거두든 계획에 치명적인 손실이 생겼을 것은 분명한 일이었다.

"척후대와 만나 삼황자의 병력이 무엇 때문에 서면으로 향하고 있는지, 자네의 계획이 어떤 것인지 알게 되었지. 확실히 자네의 말대로 청록의 숲은 위험한 알디하렌 제국보다는 안전한 서면에서의 아지트가 필요했으니까 말이야."

"물론 알고 있소. 그 때문에 당신과의 동맹을 생각했던 것이니까. 그런데 알펜 성 상황은 어떻게 됐는지 궁금하군. 일루이드 백작의 병력을 생각한다면 알펜 성의 상황은 상당히 심각했을 텐데?"

"아! 그것 때문에 자네에게 레빈 백작이 전해달라는 말이 있더군."

"응?"

그의 말에 조금 불안한 마음이 들었다. 아직 알 수는 없지만 뭔가 안 좋은 기분이 들었기 때문이다.

"레빈 백작이 말하기를 돈은 잘 쓰겠다고 하더군."

"……돈?"

"응? 모르는가? 내가 알기로는 삼황자가 병력과 함께 상당한 돈을 약속했다고 하던데……."

"헉!"

역시나 그 느낌이 틀리지 않음에 아서의 말에 갑자기 숨이 막히는 느낌이 들었다.

"설마……."

"확실히 일루이드 백작의 군세를 생각한다면 알펜 성의 병력으로 상대하는 것은 역부족이지만, 레빈은 서면에서 용병 생활을 했던 것을 아주 잘 이용했더군."

"그렇다면……."

"내전을 피해 북부 중립 지대로 이전했던 용병 길드를 포섭했네. 물론 그 때문에 상당한 액수의 돈이 소비되었지만 삼황자가 보낸 돈으로 어떻게든 되었다고 하더군."

용병 길드의 포섭. 확실히 전력 상승에 돈만 있다면 용병보다 더 쉽게 전력 상승을 할 방법은 없다. 하지만… 하지만 왜 내 돈이야! 젠장!!

하지만 레빈의 입장에선 어쩌면 당연한 일일 것이다.

어쨌든 레빈이면 확실한 아군이기에 나로선 입술을 깨물며 포기하는 수밖에 없었다.

물론 삼황자의 5만 병력과 알펜 성 기존 병력까지 합친다면 충분히 일루이드를 없앨 수 있음에도 불구하고 그가 용병 길드를 포섭하며 막대한 액수의 돈을 사용한 것이 조금 마음에 들지 않기는 하지만, 다시 생각하면 북부 전력 노선 구축에 필요한 거점인 필로드 성을 아무 피해 없이 함락하기에는 그보다 더 좋은 방법도 없었다.

　기존 병력과 삼황자의 5만 병력, 그리고 용병 길드에서 포섭한 병력까지 생각한다면 족히 10만은 크게 상회할 것이 분명하기에, 필로드가 군사 거점 도시라 할지라도 감히 대적할 생각은 하지 못했을 것이다.

　나의 예상대로라면 레빈은 엄청난 수의 병력으로 필로드 성을 압박하여 피해없이 손에 넣는 방법을 택했을 것이다.

　레트론 전투가 끝난 시점이니 지금쯤 레빈은 필로드 성을 함락했을 게 분명하다는 생각을 한 난 드디어 북부 전략 노선이 완성되었다는 생각이 들었다.

　물론 아직 마법사의 전당이 있는 크레멘이 있기는 하지만, 왕당파나 귀족파 모두 크레멘의 마법사들을 적으로 돌리는 것을 두려워하는 이상 그곳은 전면전이 일어나도 계속 중립권을 유지할 것이 분명할 터, 새로이 결성된 신성 북부 연합에는 가만히 있어도 지켜지는 땅이 크레멘일 테니 그리 걱정은 할 필요가 없다고 생각했다.

　"그런데 이상한 것이 있는데 알고 있는지 궁금하군."

　"이상한 것?"

　"삼황자가 약속했던 병력이 예상외로 늦게 도착했다는 것이네."

　확실히 삼황자가 약속대로 예정되었던 시간에 병력을 보내주었다면 북부 전략 노선 구축은 더욱 손쉽게 이루어질 수 있었기 때문에 아서에게 그것에 대해 물어보았다.

　"그것이… 제국 내에 큰일이 벌어진 모양이더군."

　"제국에서?"

　"황제가 암살당했네."

　"…황제가 암살당했다고?!"

　그의 말에 난 크게 놀랄 수밖에 없었다. 물론 알디하렌의 황제가 누가 되든 또 암살되든 그리 상관할 것이 없지만, 현 황제는 바로 게리오스라는 것이 문제였다.

"그게 무슨 말인가!! 아서! 좀 자세하게 말해 주게!"

"나 역시도 삼황자가 보낸 원군의 대장인 톨로메스 자작에게 들은 이야기인지라 자세한 내용은 알 수 없지만, 그의 말로는 황태자, 아니지, 제일황숙이라 할 수 있는 로만테우스가 황태후 에레미안을 이용하여 현 황제를 독살했다고 하더군."

"황태후 에레미안……. 하지만……."

그의 말대로 로만테우스라면 암수를 써서라도 게리오스를 독살할 수도 있었을 것이다. 하지만 그것을 에레미안이 했다니… 내가 알고 있는 에레미안은 제국의 황태후 이전에 한 남자, 바로 게리오스를 사랑하는 여인이었다.

도저히 믿기지가 않는 이야기를 들은 난 좀처럼 생각을 정리할 수가 없었는데, 아서는 그것을 아는지 모르는지 계속 말을 이었다.

"그 때문에 제국 재상 스코트 공작은……."

아서의 말이 계속 이어지고 있었지만, 난 그것을 듣지 못했다. 그 정도로 게리오스의 죽음은 나에게 큰 충격으로 다가왔던 것이다.

그는 부하이기에 앞서 직접 말하지는 않았지만 절친한 친구와도 같은 인물이었다.

"응? 자네, 듣고 있는 것인가?"

"아! 미안하군… 레트론 전투의 피로 때문인 듯하니 나중에 마저 이야기하도록 하지……."

아서에게 쉬고 싶다고 말한 난 자리에서 일어나 신전에 속해 있는 정원으로 걸음을 옮겼다. 도저히 흔들리는 마음을 정리할 수가 없었다.

“영주님, 얼굴색이 좋지 않습니다.”

“아, 필리아… 조금 피로해서 그런 것 같군.”

언제 왔는지 모르게 다가온 필리아가 나를 보며 걱정스러운 표정으로 말하고 있었기에 그녀에게 손을 들어 안심시켜 주며 근처에 있는 바위에 앉았다.

“게리오스… 이렇게 될 줄 알았다면 제국으로 가는 것을 막았어야 하는 것인데…….”

아까운 인물이었다. 뛰어난 마법사였고, 한 명의 참모로서 지금까지 그보다 더 뛰어난 인물을 본 적이 없었다.

친구로서도 누구보다 편한 사람이 바로 게리오스였는데, 그런 그가 사랑했던 여인에게 암살당하다니… 그에게는 너무나 어울리지 않는 죽음이라는 생각에 더욱 안타까울 수밖에 없었다.

“바보 같은 녀석……!”

내심 황제의 자리를 내치고 다시 내 곁으로 돌아오기를 간절히 바라고 있었는데……. 침울한 기분이 온몸을 사로잡고 있었기에 도저히 일어설 힘이 생기지 않았다.

하지만 언제까지 그의 죽음을 애도하고 있을 수는 없는 일, 자리에서 일어나서 걱정스러운 눈빛으로 나를 보고 있는 필리아를 보며 미소를 보여주었다.

“난 괜찮으니 그런 눈빛은 이제 거두어라.”

“영주님…….”

“앞으로의 해야 할 일이 산적하니, 어찌 침울해 있을 수만 있겠느냐?”

나의 말에 필리아는 그제야 조금 안심이 된 듯한 표정을 짓고 있었다.

음… 그러고 보니 아직까지 필리아에게 손을 대지 않고 있다는 것이
나로서는 조금 의외라는 생각이 들었다. 나 같은 사람이 왜 필리아 같
은 미인에게 손을 대지 않고 있는 거지? 음… 영문을 모르겠단 말이야.

헤르멘에게서 레트론을 지켜낸 후 이 주일이 지나서 예상대로 알펜
성에서 사람이 도착해 레빈이 필로드 성에 무혈 입성했다는 소식을 받
을 수 있었다.

레빈은 10만이 넘는 병력으로 필로드 성을 둘러싸고 압박을 가함으
로써 필로드 성의 영주에게서 항복을 받아내었다고 한다.

이로써 처음 내 영지에서 세운 계획대로 북부를 귀족파로부터 지켜
내고 하나의 독립적인 세력을 구축하는 데 성공한 난 신성 북부 연합
의 주축을 이루는 간부 인선을 짜기 시작했다.

신성 북부 도시 연합의 대외적인 수장이자 연합 최고위 사제는 현
레트론 성전의 성자 요슨이었다. 형식적이기는 하지만 일단 그를 신성
북부 도시 연합의 수장으로 내세움으로써 셔먼 국민들의 관심과 지지
를 이끌어낼 필요가 있기 때문이었다.

신성 북부 도시 연합군 총사령관은 공석, 하지만 이것은 내 이름을
대외적으로 알릴 수 없는 상황이기에 어쩔 수 없는 선택이었다.

물론 다른 사람을 북부 연합군의 수장으로 올릴 수 있었지만, 연합
의 군 총사령관이라는 자는 이름뿐이든 아니든 상당한 영향력을 행사
할 수 있기 때문에 함부로 임명할 수 없는 일이었다.

그와 함께 레트론을 중심으로 하는 신성 기사단의 기사단장 역시 공
석으로 남길 수밖에 없었다.

그 자리 역시 함부로 아무나 임명할 수 있는 자리가 아니기 때문에

제대로 된 인물이 나오기 전까지는 공석으로 남겨놓은 것이다.

현재 레트론 성의 영주는 전 영주의 첫째 아들인 민트 에레시안. 일단 민트가 전 영주의 장남이었고 전 영주가 무능하기는 하지만 레트론에서 그리 악평을 받지 않은 인물이기에 가능한 인선이었다.

또 레트론 수비대장으론 로트린을 임명했는데, 능력이 떨어지긴 하지만 레트론 내에서는 상당한 인망이 있었다.

필로드 성의 영주는 레트론 전 영주의 둘째 아들인 시드를 임명했다. 마법사라고는 해도 상당한 정치적 식견을 가지고 있는 그라면 필로드 성을 다스리는 데 그리 큰 문제가 없으리라 생각했기 때문이다. 이어 필로드 성 수비대장은 청록의 숲의 수장이라 할 수 있는 아서를 임명했다.

물론 그의 능력을 생각한다면 낮은 직급이긴 하지만 제국에 대항하는 반군의 수장으로서 북부 연합에만 몰두할 수는 없는 일이기에 그가 부탁한 대로 형식적인 자리를 하나 내주었을 뿐이었다. 물론 그가 수비대장이라는 자리에 있는 만큼 필로드 성의 방비에 소홀함이 없으리라 생각된다.

알펜 성의 성주는 그대로 레빈이, 그리고 수비대장에는 그의 부장이었던 케넬스가 임명되었다. 유일하게 변하지 않은 곳이 알펜 성이라고나 할까? 하지만 과거와 다른 점이 있다면 일루이드와의 대전과 힘께 용병 길드 포섭으로 알펜 성 병력은 거의 10만에 육박할 정도였기에 북부 연합 도시 중 가장 많은 수의 병력을 소유한 도시로 변했다.

북부 도시 연합 사령관의 직속 부대로는 삼황자가 보내준 병력과 기존에 있었던 내 영지의 병사들을 합쳐 5만이 넘고, 레트론 수비군은 요슨이 여신과 함께 헤르멘에게서 얻어낸 정병 2만에 민병대 1만 5천을 더해서 총 3만 5천, 필로드 성은 기존 필로드 성 수비 병력 2만 5천과 청록의 숲의 병력 3만 5천을 합쳐 총 6만, 알펜 성은 기존 알펜 성의 병력 2만 5천과 용병 길드에서 영입한 병사 4만 3천, 그리고 일루이드 와의 대전에서 얻어낸 병력 2만 3천, 총 9만 1천의 병력을 지니게 되었다.

이로써 북부 연합은 총 병력 23만 6천에 달하는 군대를 소유하게 됨으로써 왕당파나 귀족파를 넘어서는 병력을 손에 넣게 되었다.

하지만 이런 병력은 겉으로 쉽게 드러나지 않는 것이고, 오랜 내전으로 승리와 패전은 서먼의 일상사였기에 그리 큰 이슈를 끌지는 못했다. 하지만 신성 북부 도시 연합의 발호는 서먼은 크게 뒤흔들기에 충분했다.

귀족파 헤르멘 백작의 패주와 알펜 성을 노리던 일루이드 백작의 죽음도 큰 소식이지만, 레트론, 필로드, 알펜 성이 서로 연합하여 자애의 여신의 성자로 사람들에게 크게 알려진 요슨 성자를 수장으로 임명했다는 것은 서먼을 경악시키기에 충분한 것이었다.

나로선 이 사실을 최대한 빠른 속도로 서먼 각지에 알리는 것에 열을 다할 수밖에 없었는데, 그 이유는 지금까지 성기사단조차 만들지 않은 자애의 여신의 성교회에서 스스로 성기사단을 조직하고 왕당파와 귀족파 어떤 곳과의 협의없이 독자적인 힘을 만들었다는 것은 당연히 두 세력을 긴장케 하기에 충분했기 때문이다.

또 신성 북부 도시 연합이란 이름은 지금까지 내전으로 떠돌아다니고 있던 서먼의 국민들에게 희망을 주고 그들 중 많은 이들을 북부 쪽으로 끌어들일 수 있었다. 그리고 북부에 속한 지방의 중소영주들을 북부 도시 연합에 귀속시키기 위해선 그 힘을 빨리 알려야 할 필요가 있었다.

레트론, 필로드, 알펜 성 외에도 북부에는 중립을 표방하던 많은 영주들이 있어 최대한 그들을 끌어 모아 북부 도시 연합의 기반을 견고히 할 필요가 있었기 때문이다.

물론 말을 듣지 않는 곳에는 약간의 힘을 행세하는 것도 잊지 않았다. 그 때문에 북부의 영주들은 하루가 멀다 하고 북부 도시 연합의 세 개의 성으로 사람을 보내어 연합에 참가하고 싶다는 의사를 표방하고 있었다.

연합이 본격적으로 발호한 지 한 달도 되지 않아 북부는 칠십이 명의 귀족들이 참여하는 거대 연합으로 발전했고, 병력 역시 점점 늘어가고 있었다.

하지만 병력의 숫자만 많다고 모든 것이 되는 일은 아니었다. 지금까지 북부가 중립을 표방한 덕에 서면의 다른 곳과 비교해 물자가 상당히 풍부한 편에 속하기는 했지만, 그렇다고 넉넉할 정도는 아니었기 때문이다.

그 때문에 아멘의 영지에 있는 슈펠트에게 다량의 물자를 매입하여 레트론으로 보내줄 것을 부탁했다.

하지만 아멘에서의 내 입지가 그렇게 두텁지 않기 때문에 서면으로 보낼 물자를 매입하는 것이 쉬울 리가 없었디.

일단 노턴 코프를 통해 어렵게 물자를 매입하고 있기는 하지만, 빌어먹을 론 백작은 그것을 이용해 상당한 뇌물을 요구하고 있어 물자 매입의 십 분의 일에 해당하는 돈이 그의 주머니로 빠지고 있는 형편이었다.

솔직히 그런 놈에게 돈을 갖다 바쳐야 한다는 것이 마음에 들지 않았지만, 한시가 급한 상황에서 어쩔 수 없었기에 눈물이 앞을 가릴 지경이었다.

그런 때문에 레트론의 영주성의 집무실에서 책상을 주먹으로 치며 분통을 삭여야 했다.

쿵!!

"이놈의 론 백작! 크으윽……."

"공작 각하, 분한 일이긴 하지만 론 백작을 치는 것은 크로우 나이츠를 얻은 이후가 되어야 할 것입니다."

"알고 있다."

내가 분노를 드러내자 이런 나를 진정시키려는 듯 엡실론이 조용히 말했다. 현재의 북부 도시 연합의 병력을 생각한다면 사실 론 백작을 치는 것도 그리 어려운 일은 아니었지만, 애석하게도 삼황자가 보내준 병사와 북부 도시 연합의 병력은 현실적으로 내 마음대로 움직일 수 있는 것이 아니었다.

생각해 보면 북부 도시 연합 창설에 가장 큰 역할을 했으면서도 가장 소득이 적은 내가 아닐까 싶었다.

요슨은 신앙으로서 많은 이를 구제할 수 있는 신성 도시 연합을, 아서는 제국에 항거할 수 있는 중요한 거점을, 레빈 역시 상당한 일루이드와 프렌스의 영지를 손에 넣은 것은 물론 막대한 군사력까지 손에 넣었는데, 난 그저 북부 도시 연합 총사령관… 아니지, 대외적으로는 그 자리 역시 공석으로 나와 있으니 죽어라 일만 하고 이게 뭐냐……. 젠장!

"그나저나 전선에 큰 변화가 생기겠군."

"확실히."

이런 나의 말에 이스페든이 고개를 끄덕이며 중얼거렸다. 셔먼의 북부는 왕당파나 귀족파 모두 전략상 상당히 중요한 곳이었다.

왕당파는 이황자에게 귀족파는 오황자에게서 물자를 원조받고 있기 때문인데, 그것이 북부 도시 연합의 등장으로 끊겨 버린 것이다.

그런 상황 때문에 그들은 내전을 자신들의 힘만으로 이루어야 하는 상황에 처하게 되었으니 전선에 변화가 생기는 것은 당연한 일이었다.

"그들에게 유일하게 남은 제국과의 연결로는 마법사의 전당이 있는 크레멘뿐이지만, 레빈 백작이 크레멘을 건들지 않는 선에서 상당한 수의 병력을 동부 쪽으로 파견했으니 그쪽 역시 시간이 지나면 막히게 될 것이 분명하네."

"제국과 셔먼의 관계를 완전히 끊고 내전을 종식시키는 것이 요슨이 바라는 것이니 일단 북부 연합 수장의 바람을 들어주어야겠지."

요슨이 나의 제안을 받아들이고 신성 북부 도시 연합의 최고위 사제의 직을 받아들인 것도 제국과의 연결선을 끊고 내전을 종식시키기 위함이었다.

나로서는 내전이 지속되든 말든 상관이 없지만, 요슨이 내전 종식을 제시하며 새로운 신성 왕국이 건국되면 나와의 무관세 교역을 제시했기 때문에 할 수 없이 그것을 받아들여야만 했다.

어쨌든 신성 북부 도시 연합, 아니, 앞으로 탄생할 신성 왕국의 실질적인 교황이 바로 요슨이기 때문이다.

지금까지 대륙의 역사에서 자애의 여신의 이름으로 신성 왕국이 건국된 적이 없다는 것을 생각한다면 자애의 여신도 상당한 결심을 했다고 생각할 수 있으려나?

하긴 요슨과 짜고 나를 속였을 때부터, 아니, 꿈에서 나를 만난 후부터 자애의 여신은 셔먼을 신성 왕국으로 만들 것을 생각했는지도 모른다.

어쨌든 절대의 신이 자신을 섬기는 나라를 만들기로 결심했으니 미약한 인간이 당하는 것은 당연한 일이겠지.

"엡실론! 셔먼의 전략 지도를 가져와라!"

"예."

나의 말에 엡실론은 전략 지도를 가져와 책상 위에 펼쳐 놓았고, 난 지휘봉을 들어 북부 일대를 가리키며 말했다.

"레트론, 필로드, 알펜을 중심으로 신성 북부 도시 연합은 남쪽 디피스 영지까지를 그 영역으로 하고 있다. 왕당파는 왕도를 중심으로 셔먼 중부와 남부 일부분을, 귀족파는 일리온 공작의 영지를 중심으로 동부 일대와 동남부, 그리고 레트론 전투에서 패한 헤르멘이 서남부 일부분을 거점으로 버티고 있다."

"그렇습니다. 그렇기에 아군의 입장에서 가장 먼저 처리해야 할 자는 바로 서남부를 거점으로 버티고 있는 헤르멘 백작이 될 것입니다."

"그렇지. 레트론 전투에서 패했다고는 하지만 입수된 정보에 따르면 벌써 4만 5천 정도의 병력을 모았다고 하더군. 흩어져 있는 귀족파의 사병들을 모두 모은 것이라고는 해도 아직도 이런 전력이 남아 있다니 과연 헤르멘이란 생각이 들더군."

귀족파의 최고 무장이라고 할까? 패퇴한 시간이 얼마 되지 않았음에도 이 정도의 병력을 모았다는 것은 서남부 일대의 그의 영향력이 아직도 상당하다는 것을 의미하는 것이기에 골치 아픈 녀석이 남았음을 알 수 있었다.

서남부는 내 영지와의 연결로가 있기 때문에 나로선 확실히 헤르멘을 처리하지 않으면 안 되는 입장이었다.

“아군의 입장에선 레트론의 수비 병력과 요슨의 성기사단의 병력을 함부로 움직일 수 없기 때문에 헤르멘의 거점 공략은 삼황자의 5만 병력으로 해결해야 한다.”

“서로 간의 병력은 엇비슷하니 힘든 싸움이 될 것입니다.”

“그래, 어처구니없이 패하기는 했어도 헤르멘은 만만히 볼 상대가 아니니까.”

엡실론과 헤르멘을 치기 위한 방법을 생각하며 이야기를 나누고 있을 때 옆에서 차를 마시고 있던 이스페든이 갑자기 고개를 저으며 말했다.

“자네에게는 미안하네만, 아직은 싸울 때가 아니라네.”

“응? 싸울 때가 아니라니?”

나로선 그가 그렇게 말하는 이유를 알 수가 없었다. 지금 헤르멘을 치지 않는다면 후에 그가 어느 정도 안정을 찾았을 때는 돌이킬 수 없는 결과가 발생할 수도 있기 때문이다.

“너무나 빠르다네.”

“빠르다니?”

“신성 북부 도시 연합은 너무나 빠르게 힘을 손에 넣었네. 이런 상황에서 자네가 헤르멘을 쳐서 서남부 일대를 손에 넣는다면 그 힘은 지금보다 더욱 커질 것은 분명하지만, 자칫 두 세력에 위기감을 불러일으킬 수도 있다네.”

“위기감이라면?”

“손을 잡지는 않는다 치더라도 만약 왕당파와 귀족파가 잠시 휴전을 하고 그 힘을 모두 북부로 돌린다면 어찌 되겠는가? 현재 북부 연합의 힘으로는 둘 중 하나는 모르겠지만 둘 모두를 감당할 수 있을 정도는 아니라고 생각하네."

"음……."

확실히 그럴 가능성도 있었다. 물론 건국 초기부터 지속된 내전이라고는 하지만 자칫 위기에 몰리면 무슨 짓을 할지 모르는 것이 인간 아닌가?

"또 북부 도시 연합은 신성의 이름을 표방하고 있네만 애석하게도 자애의 여신의 교황은 요슨이 아니라네."

"무슨 말이지?"

"만약 교황청에서 요슨을 배교자라 칭하면 어찌할 텐가?"

그의 말에 난 놀랄 수밖에 없었다. 성자인 그를 배교자로 칭한다니 그것이 말이나 된단 말인가?

하지만 달리 생각하면 교황청이 왕도에 있기 때문에 교황청의 포고문을 왕이 마음대로 조작할 수도 있다는 생각이 들었다.

그리되면 신성 도시 연합의 명분은 손상될 수밖에 없었다.

"그렇군……."

"지금은 천천히 세를 확장하며 기회를 볼 시기라네. 자네가 왕당파와 그리 안면이 없는 것도 아니니, 북부 도시 연합과의 중재인으로 나서는 척하며 왕당파가 신성 북부 도시 연합을 적으로 돌리지 않게 잘 조정해야 할 것이네."

"이런……."

이스페든의 말이 틀리지 않다는 생각이 들었지만, 귀족들 간의 암계 같은 것은 아직 경험이 없는지라 조금 암담할 수밖에 없었다.

지방의 영주로 자라난 내가 귀족들 간의 비밀스러운 다툼을 언제 경험이라도 해보았겠는가?

　물론 약간의 경험만 생기면 셔먼의 머저리들이야 충분히 농락할 자신이야 있었지만, 지금은 그리 자신이 없었다.

　"뭘 그렇게 생각하나. 자네의 특기가 있지 않는가? 주는 것은 눈곱만치도 없으면서 교묘하게 있는 것, 없는 것 싹싹 긁어먹는 교활한 특기 말일세."

　"…죽여 버릴까 보다."

　"말이 그렇다는 거지. 그래도 병력 손실하면서 싸우는 것보다는 그것이 나을 듯하지 않은가? 중재인으로 나서는데 왕당파에서 그저 맨입으로 부탁하지는 않을 것 아닌가?"

　"응? 확실히……."

　이스페든의 말에 조금 갈등이 생길 수밖에 없었다. 하긴 론 백작에게 뺏긴 만큼 왕당파에서 채워 넣어야지 내 성격에 맞는 것이 아니겠는가?

　북부 도시 연합을 세우면서 생긴 영지의 손실을 채울 필요가 있는 나로선 이스페든의 말을 따르기로 했다.

　"하지만 헤르멘을 내버려 둘 수도 없지 않는가? 그대로 계속 내버려 두었다간 또 레트론을 노리고 덤벼들지 모르는데."

　"그건 간단하네. 북부 도시 연합을 움직일 것도 없이 왕당파를 이용해 압박하게 하면 되지 않는가? 자네가 헤르멘을 치려고 하는 것은 자네 영지와의 연결선을 안전하게 하기 위함이니, 북부 도시 연합의 군대가 아니더라도 중재인으로 나선다면 왕당파의 군대가 그곳을 장악해도 안전이 보장되는 것 아닌가."

　"오!! 과연!"

　이놈의 늙은이는 야비한 쪽으로 머리가 상당히 잘 돌아간다는 생각이 들었다. 하긴 괜히 위헌자라고 불렀겠는가? 후후후.

"이것이야말로 일석이조의 계책, 어떤가? 조금 마음이 동하기는 하는가?"

"오랜만에 마음에 드는 계책을 세우는군, 이스페든."

"허허허, 그렇게 마음에 든다면 나중에 늙은이를 위해 조금 떼어주게나."

"……."

이스페든의 계책을 따르기로 한 난 왕당파에 사람을 보내 내가 중재인으로 나서고 싶다는 서한을 전달하게 했다.

어쨌든 왕당파에서도 북부 연합을 경계할 것이니, 나의 제안에 상당히 관심을 가질 것이 분명했다.

하지만 그 일은 아직 상당한 시간이 필요한 것은 분명할 터, 일단 이스페든이 말한 대로 북부 연합의 치세에 힘을 기울이는 한편, 전쟁 중에 중단되었던 보석 교역을 다시 시작하기 위해 드워프 노인을 만날 필요가 있었다.

레트론의 보석 상점에 들어서자 전쟁 중에 이곳도 상당한 피해를 입었는지 상점이 크게 부서져 있었는데 보석을 진열했던 진열대 쪽에서 드워프 두 명이 상점을 정리하고 있는 것을 볼 수 있었다. 그중 한 명이 그동안 영지와 계속 교역했던 드워프 노인장임을 확인한 난 헛기침을 하며 인기척을 드러냈다.

"흠흠."

"응? 뭐야, 당신인가? 뻣뻣하게 서 있지 말고 일이나 돕게."

"……."

어떻게 된 게 나이를 조금 많이 먹었다고 하는 족속들은 하나같이 내가 그렇게 만만하게 보이는지 막말을 하질 않나, 뭔 일을 시켜먹지 못해 안달이지를 않나.

아무래도 내 얼굴이 노인들 부류에게는 뭔가 얕보이는 것이 아닐까 하는 생각이 들었다. 확실히 알리샤는 노인들에게 예뻐 보이는 것을 볼 때 나 역시 그런 부류에 속할 가능성이 없지는 않았다.

어쨌든 부부는 닮아가는 것이 아니겠는가……. 젠장! 이런 걸 닮아서 도대체 어디에 써먹겠다는 거야!!

"그건 그렇고 상점이 엉망이로군. 내가 드워프 그대를 도와주는 것은 조금 그렇고… 빌!"

"예, 공작 각하."

"목수 출신의 병사 십여 명을 선발해 이곳을 지원하게."

"알겠습니다."

나의 말에 빌이 부하에게 지시를 하자 그제야 드워프 노인장은 상점을 정리하는 것을 멈추고는 자리에 앉았다.

"그리 처리해 준다면 나야 편하긴 하지. 자, 자리에 앉으시게."

"흠."

공작 체면에 남의 상점이나 치우고 있을 턱이 없지 않은가? 아무리 이종족이라고 해도 이놈의 드워프 늙은이는 예의를 모르는군, 예의를.

"그래, 레트론의 씨움도 끝났으니 다시 기래를 트자고 찾아왔는가?"

"그렇소. 물론 그것과 함께 물량도 두세 배로 늘렸으면 하오."

"음, 두세 배라……."

처음에는 그리 크지 않은 액수로 교역을 했지만, 영지가 커가면서 자금 사정이 나아졌기 때문에 교역의 물량은 점점 많아졌다. 그런 와중에 두세 배로 더 물량을 늘이겠다고 하니 드워프 늙은이가 생각에 잠기는 것은 당연한 일일 것이다.

상점 자체가 크지 않았기 때문에 그 정도의 물량을 한꺼번에 감당할 수 있을 턱이 없기 때문이다.

하지만 션우드가 사라져 평민이나 상인들을 통해 거래해 오던 낮은 질의 보석 외에도 고가의 보석류 역시 내가 독점하고 있는 상황에서 지금까지의 물량만으로는 아멘에서의 공급 물량에 크게 못 미치고 있었다.

"아멘의 귀금속 상권을 독점하고 있는 상황에서 지금까지 거래했던 귀금속 외에도 상질의 귀금속을 필요로 하고 있소이다."

"호오, 자네, 생각보다 수완이 좋은가 보군."

내가 상질을 보석을 원한다고 하자 그는 조금 감탄한 표정으로 말을 하고는 같이 일하고 있던 드워프가 가져다 준 차를 받아 잠시 음미하더니 말을 이었다.

"자네도 이 상점의 보석 대부분이 알디하렌에서 들어오고 있다는 것은 알겠지?"

"물론이오. 당신이 가지고 있는 정도의 물건은 알디하렌 제국의 광산밖에 없으니까."

"그런데 말이야, 현재 알디하렌의 사정이 좋지 않아 물건을 받기가 쉽지 않다네. 게다가 그동안 상점에 있던 물건은 자네와의 교역으로 거의 바닥이 난 상태라네."

그의 말에 난 얼굴이 찌푸려졌다. 하지만 확실히 황제가 암살당한 상황에 제국이 조용할 리 없다는 말은 조금 이해할 수 있었다.

"흠… 그럼 어찌하면 좋겠소?"

"그 때문에 자네를 기다렸네. 듣자하니 자네는 아멘의 공작이라는 작위를 가지고 있으면서도 레트론의 성자와도 친분이 있고, 신성 북부 연합에도 참여했다고 들었는데, 아닌가?"

"…어디서 그런 이야기를 들었는지가 궁금하군."

드워프 노인의 말에 난 조금 긴장할 수밖에 없었다. 확실히 내가 그런 일을 한 것은 사실이지만 그것은 이런 드워프에게까지 알려질 정도는 아니었다.

대외적으로 내 신분에 대한 건 거의 비밀에 부쳐져 있기 때문이다.

"헐헐헐, 그 정도야 이 늙은이도 다 선이 닿아 있다네."

어떻게 된 게 내가 알고 있는 노인네들은 속에 구렁이 수백 마리는 기본으로 넣고 다니는지 알다가도 모를 일이었다.

하지만 다시 생각해 보니, 처음 이 드워프 노인장을 소개해 준 사람이 게리오스였다는 기억이 떠올랐다.

"그렇군. 당신은 육황자 도노테우스와 관련이 있었군."

"이제야 눈치를 채는구면. 허허허."

"게리오스의 소개로 당신을 만났다는 것을 까맣게 잊고 있었소. 그래 당신이 원하는 것이 무엇인지 궁금하군."

"허허허, 별것 아니네. 육황자의 령에 있는 드워프 마을로 가기 위해선 반드시 오황자 령을 통과해야 하는데, 나로서는 그 방법이 없어 자네에게 부탁을 하는 것이네."

"그렇군……."

알디하렌은 중앙의 황도를 중심으로 황도를 둘러싸는 칠황자의 령, 북동방의 일황자, 동방의 삼황자, 남동방에 이황자, 남서방에 오황자, 서방의 육황자, 북서방의 사황자의 령으로 나누어져 있었다.

그 때문에 셔먼에서 서방의 육황자의 령에 가기 위해선 반드시 오황자의 령을 거쳐야 하는데, 현재의 알디하렌 상황에서 오황자 령을 넘어가는 것이 힘든 것은 당연한 일이었다.

"하나 나라고 제국의 모든 황자와 안면이 있는 것은 아니지 않소?"

"자네가 수를 써준다면야 그리 어려운 것은 아니라 생각하는데?"

"…그 말은?"

"귀족파의 길을 터주게."

"무슨!!"

그 말에 난 자리에서 일어나고 말았다. 드워프 노인네가 말하는 것은 바로 북부 도시 연합에서 오황자에게 길을 터주라고 하는 것인데, 그렇게 되면 귀족파는 다시 오황자의 지원을 받게 되기 때문이다.

"들리는 소문에는 자네가 왕당파와 북부 연합의 중재인으로 나선다던데, 사실인가?"

"그렇소."

"그렇다고 한다면 왕당파보단 늦더라도 귀족파의 길도 열어주어야 할 것이 아닌가?"

드워프 노인의 말은 틀리지 않았다. 만약 왕당파의 길만 열어주고 귀족파의 길을 막는다면 자칫 큰 분란을 일으킬 수도 있는 일이기 때문이다.

아니, 내가 귀족파라고 해도 왕당파만이 대제국의 원조를 받는다 한다면 전면전으로 가는 한이 있어도 적을 단시간에 눌러 버리는 방법을 택할 것이다.

세력이 살아남기 위해선 세가 커지기 전에 눌러야지, 아무 일도 하지 않고 시간을 지체한다면 적에게 먹혀 버리는 건 당연하기 때문이다.

그렇게 생각해 보니 교황청의 일 때문에 왕당파의 길을 열어주어야 한다면 귀족파와도 이야기를 나눠야 했다.

　그러나 왕당파의 입장에선 내가 직접 귀족파의 수뇌와 만나는 것은 우려를 살 수 있는 일인지라 신중을 기해야 했다.

　그런 때문에 귀족파의 일은 내가 아닌 다른 사람이 맡아야 했는데, 귀족파의 영역과 가장 가까운 곳에 있고 믿을 수 있는 사람은 현재 레빈밖에 없었다.

　물론 왕당파나 귀족파 일 모두 쉬운 것은 아니었다. 북부 연합에서 가장 요인이라 할 수 있는 요슨은 알디하렌과의 연결로를 차단하여 왕당파, 귀족파 모두 제국과 손을 끊게 할 생각이기 때문이다.

　아무리 내가 실질적인 북부 연합 총사령관의 직위를 지녔다 하더라도 요슨이 생각하고 있는 바를 거스르는 것은 쉬운 일이 아니었다.

　하지만 요슨을 위해서도 보석 교역을 위해서도 길은 뚫어야 했다.

　현재 아멘 왕국에서 독점권을 쥐고 있는 보석 교역은 나의 유일한 사업이기 때문이다.

　그건 그렇고 이것도 때려치울 때가 된 건가? 하지만 어떠한 사업이든 독점권을 쥔다는 것은 힘든 일이고, 그에 따른 수익도 상당하기 때문에 포기할 수 없었다.

　"일단 이 이야기는 나 혼자 결정할 수 있는 일이 아니군. 차후에 답변을 해주겠소."

　"흠흠흠. 이 늙은이는 자네만 믿겠네."

　드워프 노인네와 이야기를 마친 난 영주성으로 돌아와 측근들과 회의에 들어갈 수밖에 없었다.

　"이제 와 두 세력에 길을 터주자고 하는 것은 요슨 성자가 반대할 것이 분명하군요."

"그래, 그 때문에 회의를 하는 것이네. 자네들의 생각은 어떠한가?"

내 말에 엡실론은 잠시 생각에 잠기는 듯한 표정을 짓다가 말했다.

"확실히 영지의 발전을 위해선 보석 독점권을 계속 유지할 필요가 있습니다."

"그렇긴 한데… 요슨을 설득할 명분이 없어. 트자고 한다면 그가 반대할 것이 분명하니 말이야."

젠장, 이래서 레트론 전투의 승리는 내가 축이 되어야 했던 것인데, 미치겠군.

내가 이런 고민으로 머리를 썩이고 있을 때 이스페든이 담배 연기를 내뱉더니 말했다.

"확실히 제국과의 길을 트는 것도 나쁘지 않겠군."

"응? 무슨 생각이 있는가, 이스페든?"

"현재 셀트론 평원을 둘러싼 왕당파와 귀족파의 싸움은 일리온 공작이 있는 귀족파가 왕당파를 압박하고 있지만 그것도 잠시일 것이야. 제국에서 들여오는 물자가 줄어들면 어디에서 그것을 채우겠는가? 그 대상은 백성들이 될 것이네."

"음… 확실히 오랜 내전으로 두 진영 다 재정이 파탄지경에 이르렀으니 그렇게 될 확률이 높을 테지."

"자네가 그것을 이용해서 요슨을 설득한다면 가능성이 없지는 않을 것이야."

과연 이스페든이었다. 말투만 고치면 금상첨화겠는데, 뭔 현자라는 놈의 입이 저리 거친지 놈과 같이 있으면 내 말투도 저 모양이 될 듯하다.

일단 왕당파의 거점인 왕도에 서신을 넣은 상태였고 귀족파는 차후에 레빈을 통해 연락을 할 생각이었기에 난 다시 드워프 노인을 찾아갔다.

"결정했는가?"

"그렇소. 당신이 말한 일에 최대한 손을 써보도록 하겠소."

"허허, 고맙네."

"이런 일을 공짜로 바라시면 섭섭하오이다."

나의 말에 드워프 노인은 이미 예상을 하고 있었다는 듯이 고개를 끄덕이고 있었다. 확실히 내가 그의 부탁을 들어주기 위해 노력을 하고 있는 상황에서 나 역시도 조금 긁어먹어야 명분이 서지 않겠는가?

확실히 요슨 늙은이를 상대하려면 상당한 심력을 소모해야 하는 일인지라 절대로 공짜는 불가였다.

"그래 무엇을 해주면 되겠는가?"

"일단 이곳은 장사꾼으로 찾아왔으니 목적은 최대한의 이윤이 아니겠소이까?"

"허허허. 인간 귀족이라 그리 보지 않았는데, 그래 얼마나?"

"내 입으로 말하는 것은 조금 곤란하니, 그대가 정하였으면 하오이다."

"이런, 인간이 아니라 여우로구먼."

"생각하시는 대로……."

어쨌든 최대한의 이윤을 위해선 어우면 어떻겠는가? 유사 인종인 드워프 놈에게 귀족 취급받지 못하는 정도에 흔들릴 내가 아니었다.

"10%를 내려주지. 이 정도면 만족하는가?"

"10%라… 좋소이다."

"그럼 거래는 성사되었구먼."

"앞으로 잘 부탁하오."

그가 말하는 10%는 전체 보석 교역가에서 10%를 내려주겠다는 이야기였으니 그 정도면 상당한 이득이라 할 수 있었기에 고개를 끄덕였다.

하지만 그와 함께 난 다른 궁금증이 있어 그를 보며 물었다.

"이제 적당히 당신의 이름을 가르쳐 줄 때가 되지 않았소이까? 지금까지는 의도적으로 당신이 이름을 감추는지라 그저 드워프 노인이라고밖에 부르지 못했으니 말이오."

"흠. 하긴 자네라면 내 이름을 가르쳐 주어도 나쁘지 않겠지. 이 늙은이는 북방 하루만가 드워프 일족의 족장인 켈트라 하네."

"북방 드워프 일족의 족장!!"

그의 소개를 들은 나는 조금 놀랐다. 설마 이 늙은이가 한 일족의 수장이라고는 전혀 생각해 본 적이 없었기 때문이다.

그리고 또 족장이라는 사람이 일족의 땅을 떠나 먼 서면의 땅에서 보석 상점을 열고 있다니, 어찌 믿을 수가 있겠는가?

"이해할 수가 없군. 도대체 일족의 족장이 왜 이런 곳까지 와서 보석 상점을 열고 있는 거지?"

"미안하네만 그것만큼은 일족의 비밀이라 말해 줄 수 없네."

"음……."

일족의 수장이 서면까지 와야 하는 이유가 무엇일까? 비밀이라는 말에 더욱 궁금해졌지만 상대가 말해 주지 않는 이상 내가 무엇을 알 수 있겠는가?

어쨌든 그의 이름을 알았고 서면 북로만 뚫어준다면 전체 교역가의 10% 할인도 받을 수 있으니 소득이 없는 것도 아닌지라 대충 넘어가기로 했다.

뭐, 어차피 알아봤자 별 이득도 없는 일이 아니겠는가?

"어쨌든 당신과의 거래가 무사히 완수되기를 바랄 뿐이오. 그럼 이만 실례하지. 아! 병사들이 조만간 도착할 터이니, 상점 복구는 그들에게 맡기시오. 물론 이건 거래에 대한 보너스이니 부담을 갖진 마시오."

"허허. 나야 고마울 뿐이네."

켈트와의 거래를 끝낸 난 레트론으로 돌아온 후 왕도의 서신이 도착할 때까지 밀린 업무에 열을 올렸다.

겨우 얻은 인재 두 사람을 레트론과 필로드의 영주로 임명한 덕에 애석하게도 이런 자질구레한 업무에서 벗어나지 못한 것이다.

"어디 좋은 인재 구할 수 없으려나… 음……."

물론 삼황자가 보내준 병력 중에 샐러만더 나이츠의 슈페리어 넘버 4명이 있고, 필요하다면 청록의 숲 간부 중에서 몇 명 지원받을 수도 있는 일이지만, 솔직히 그자들에게 도움받고 싶은 생각도 없거니와 마음 놓고 일을 맡길 수 있는 자들도 아니었다.

군의 지휘관 문제야 어떻게든 된다고 하더라도 그저 머리만 굴릴 줄 아는 이스페든 늙은이와는 다른 문관이 절실히 필요함을 느끼고 있었다.

"중재인으로 나서면 또 한동안 여행을 해야 하니 그때 인재를 찾아봐야겠군."

어쩔 수 없이 밀린 업무를 처리하는 데 또다시 신력을 소모해야 했고, 열흘 정도가 지난 후에야 드디어 셔먼 왕도에서 왕이 보낸 서신이 레트론에 도착했다.

그날 역시 영주의 성 집무실에 앉아 업무 처리에 정신없을 때 문이 열리며 빌이 오른손에 서신을 들고 찾아왔다.

"공작 각하, 셔먼 국왕의 이름으로 서신이 도착했습니다."

“가져오게.”

“예.”

빌이 건네준 서신을 받아 보니 그의 말대로 서면 국왕의 인장이 찍힌 밀랍이 서신을 봉하고 있었다. 난 책상 위에 있는 편지용 칼을 들어 겉봉을 뜯고는 서신을 읽어 보았다.

“음…….”

역시나 중재인으로 나서고 싶다는 내 제안을 흔쾌히 받아들이는 내용으로 국왕이 직접 앞으로 잘 부탁한다는 투의 이야기가 쓰여 있었다.

“생각했던 대로군. 하긴 왕당파 입장에선 거절할 수 없는 일이겠지. 빌.”

“예, 공작 각하.”

“서한을 가져온 자는?”

“왕당파의 그린 자작입니다.”

“아!”

그린 자작이라면 제국의 칙사단으로 황도로 갈 때 면식이 있던 자인지라 제대로 된 인선이라고 볼 수 있었다.

“그렇다면 직접 만나봐야겠군. 가세나.”

“예.”

빌의 안내도 도착한 곳은 레트론의 접빈관이었고 안에선 익히 얼굴을 알고 있던 그린 자작이 앉아 있는 것을 볼 수 있었다.

“오랜만이오, 그린 자작.”

“아! 이드리샤 공작 각하, 다시 뵙게 되어서 영광입니다.”

“허허허. 영광이라고까지야.”

그의 말에 웃음을 지어 보이며 겸양을 보인 난 자리에 앉았고, 잠시 후 시녀가 나와 그린 자작의 앞에 차를 가져다 주었다.

"서먼 왕국의 국왕 폐하께서 본작의 제안을 받아주시다니, 영광이오."

"공작 각하께서 중재인으로 나서주신다면야 오히려 저희 쪽에서 감사할 뿐입니다."

"그동안의 연을 생각한다면 당연한 일이겠지요. 아! 기리아스 백작은 잘 계시는지 궁금하구려. 알디하렌에서 급히 떠나느라 그때 인사도 제대로 못했는데 말이오."

"백작께서도 이번에 제가 공작 각하를 뵙기 위해 떠난다 하니, 안부를 전해달라 하시더군요."

"허허허. 그렇소이까? 그렇다면 후에 술이나 함께 하고 싶다 전해주시오."

"공작 각하께서 하시는 일이 잘된다면 술이 문제겠습니까? 아마 예뻐하시는 따님이라도 주시려 할 것입니다."

"하하하. 이 사람! 기리아스 백작의 귀에 들어갔다간 경을 치겠네, 경을."

"글쎄요. 제 생각엔 오히려 잘했다 말하실 것 같은데요. 공작 각하와 같은 분을 사위로 두는 것이니 말입니다. 저도 딸이 하나라도 있었다면 당장이라도 공작 각하께 내드리고 싶은 심정입니다."

오랜 친분을 가진 것처럼 이야기하는 그린 자작을 보며 역시나 만만치 않은 인물이라는 생각이 들었다.

보통이라면 내가 이렇게 달갑게 나가면 당황하고 조금 경직되는 것이 보통일 텐데, 그는 조금의 감정의 변화도 보이지 않고 부드럽게 분위기를 이어가고 있었기 때문이다.

"저희 쪽에서 듣자하니, 공작 각하께서 이번에 귀족파의 도당인 헤르멘에게서 레트론을 지키는 데 상당한 일조를 하셨다고 들었습니다.”

“레트론에서 작은 사업을 하다 보니 요슨 성자와 다소 친분이 있어 약간의 힘을 보태었을 뿐이네.”

“그래도 6만에 가까운 대군을 물리쳤다는 것이 어디 쉬운 일이겠습니까? 또 오면서 보니 과거에 왔을 때와는 달리 상당한 병력이 레트론에 주둔하고 있더군요.”

“자애의 여신께서 요슨 성자의 뒤에 게시니 헤르멘의 병력 중 다수가 자애의 어머니의 품으로 들어오게 되었다네.”

역시나 그린 자작이 궁금해하고 있는 것은 현재 레트론의 병력 상황일 것이다. 일단 북부 연합의 중요 거점으로 수장인 요슨 성자가 머무르고 있는 만큼 왕당파로서도 이곳의 병력 상황이 궁금한 건 당연한 일이었다.

뭐, 감출 것도 없거니와 헤르멘의 병력 다수가 요슨 성자의 위용에 레트론 쪽으로 전향한 것은 왕당파를 겁주기에 충분했기에 구태여 감출 필요는 없다 생각하고 그에게 대충 말해 주었다.

“아, 그렇군요. 음… 그런데 궁금한 것이 또 한 가지 있습니다.”

“말하시게.”

“오면서 레트론을 둘러보니, 붉은색 복장을 하고 있는 병사들이 다수 보이더군요. 제가 알기로는 레트론이나 헤르멘에서 그런 복장을 하고 있는 자들은 없다고 알고 있는데 말입니다. 혹시 공작 각하의 병사들이 아닌지요?”

역시나 삼황자가 보내준 5만의 병력에 궁금함을 느끼고 있었다. 하긴 워낙 숫자가 숫자인 만큼 그의 눈에 안 뜨일 리가 없었고 엄청난 숫자의 병력이니 그가 궁금함을 느끼는 것은 당연했다.

이 때문에 난 이것을 어떻게 대답해야 하나 고민할 수밖에 없었는데, 일단 이황자 쪽에 알려지는 것은 어느 정도 막아야 한다는 생각에 미소를 지으며 말했다.

"솔직히 이것은 감추어두고 싶지만, 어차피 알려질 일이니 말하겠소. 붉은 복장을 하고 있는 병사들은 본인이 비밀리에 키우고 있는 파이어 나이츠라네."

"파이어 나이츠……?"

"자네도 알다시피 본국에서 본작의 힘은 극히 미약하다네. 과거 본가의 성세를 생각한다면 참으로 분한 일이지 않는가?"

"그렇습니다."

"그 때문에 본가에서는 과거의 성세를 되찾기 위해 조부 때부터 은밀히 기사단을 양성하고 있었는데, 그들이 바로 파이어 나이츠라네."

"그렇습니까? 하지만 제가 알기로는 아멘 본국에 이드리샤 가문의 전통 기사단인 크로우 나이츠가 있다고 알고 있습니다만?"

"만일 파이어 나이츠와 함께 본가가 다시 크로우 나이츠를 되찾는다면 어떻겠는가?"

"그렇군요!!"

내 말에 그린 자작은 조금 놀란 표정을 짓고는 이내 고개를 끄덕이곤 말했다. 파이어 나이츠에 이어 크로우 나이츠까지 손에 넣는다면 몰락한 가문도 충분히 일으킬 수 있으리라 생각했을 것이다.

"그런데 솔직히 본가의 상황에선 은밀히 키우고 있는 파이어 나이츠가 조금 부담스럽다네. 자네도 알다시피 따로 병력을 키우는 것이 쉬운 일이 아니지 않는가?"

"물론 그렇겠지요."

"그래서 이번에 레트론 일도 있어 파이어 나이츠를 친분이 있던 요슨 성자의 허락 하에 레트론에 주둔시키기로 했다네. 하나 이 일이 어찌 요슨 성자의 허락만으로 할 수 있는 일이겠는가? 당연히 나라의 주인인 셔먼의 국왕 폐하 재가가 있어야 하는 일이 아니겠는가?"

"그… 그렇습니다."

"솔직히 본국의 사정이 워낙 급한 탓에 파이어 나이츠를 급히 레트론 쪽으로 옮기게 했으나 국왕 폐하께 죄송하여 이렇게 중재인으로 나서며 겸사겸사 이 일의 재가를 받고자 한 것이네."

"아!"

우우우… 아무리 내가 지어냈다고 하더라도 상당히 신빙성있지 않은가? 거기에다 갑자기 중재인으로 나서는 것에 대한 의구심도 다소 지울 수 있고 말이다.

후후후. 하지만 겨우 이 정도 일로 중재인으로 나선 것에 대한 걸 끝낼 마음은 눈곱만치도 없었다.

"그런데 말이야. 일단 이곳으로 파이어 나이츠의 주둔지를 옮기기는 했는데 문제가 이만저만이 아니더군."

"무슨……."

"급히 옮기느라 병사들의 장비 문제나 보급선에 상당한 무리가 생겼다네. 뭐 본국에서 군량이야 어떻게 처리할 수 있다고는 하지만 병사들의 장비 문제 같은 것에 상당한 문제가 생기더군. 그리고 북부 연합은 오랜 시간 중립을 지켜온 덕에 장비를 구하기가 그리 쉽지도 않으니 답답한 노릇이네."

"아… 그러시군요."

"이런, 내가 자네에게 실수를 한 것 같군. 이런 말을 자네에게 하는 것은 결례인데 말이야. 그저 본작이 혼자 투덜거린 것이라 생각해 주게."

"하하하……."

나의 말에 그린 자작은 헛웃음을 지으며 이마에 흐르는 땀을 닦고 있었다. 후후후, 어쨌든 확실히 그에게 내가 바라고 있는 것이 무엇인지 말해 주었으니 다음에 올 때는 뭔가 있을 것이라 생각한다.

솔직히 파이어 나이츠야 삼황자가 제대로 준비해 보냈기에 장비나 여러 가지 면에서 부족할 것이 없었다. 하지만 영지의 병사들은 상황이 조금 달랐다.

일단 노턴 코프에서 상당량을 구입하고 있지만, 울며 겨자 먹기로 구입하는 것인지라 질에서 상당히 떨어지기 때문이다.

그 때문에 서먼에서 그것을 어떻게 싼값에 수입할 수 없을까 하여 이런 말을 꺼낸 것이다. 현재 나에겐 그들이 보내는 현금보다 그런 물건이 더 필요했기 때문이다.

일단 오랜 시간 내전을 계속해 오고 있는 서먼이라면 전쟁에 관련된 물품은 상당한 양을 생산해 놓았을 것이라 생각했다.

이것은 중재인으로 나선 이후 왕당파에서 얼마나 뜯어내야 될까 고심하던 끝에 결정되었던지라 그린 자작의 표정을 보며 만족할 수 있었다.

일단 예상치 못한 제안이라 당황하고 있었지만, 다음에 내가 할 제안을 생각한다면 충분히 받아들일 수 있을 것이라고 생각했기 때문이다.

"그러고 보니 서먼의 국왕 폐하께서는 알디하렌의 이황자 전하의 자치령과 이전부터 교역을 하고 있다고 들었는데 사실인가?"

"……!"

내 말에 그린 자작이 크게 놀라는 표정을 지으니 역시였다. 물론 북부 도시 연합의 존재가 상당히 부담스러웠겠지만, 그것보다도 현재의 좋지 않은 전황에서 북부 연합 때문에 이황자와의 선이 끊기자 크게 당황하고 있을 것이 분명했기 때문이다.

"그… 그렇습니다. 솔직히 상당한 국책 사업이고 귀족파의 눈도 있어 지금까지 비밀리에 행하고 있었지만, 요슨 성자께서 북부 연합을 내세우시면서 그 길이 막혀 버리지 않았습니까. 그래서 국왕 폐하께서도 답답하게 생각하시고 계셨습니다."

"역시 혹시나 해서 물어보았는데, 그랬었군. 솔직히 중재인으로 나섰으니 그 일을 요슨 성자님께 말씀드려 해결해 드려야 옳은 일이지만, 아무리 친분이 있다 하더라도 연합에 길을 뚫는 것이 쉽지가 않더군."

"그런… 공작 각하, 어떻게 안 되겠습니까?"

"본작의 입장에서는… 휴……."

"부탁드립니다, 공작 각하. 그리해 주시기만 한다면 어찌 은혜를 잊을 수 있겠습니까? 힘들기는 하지만 일이 잘되면 공작 각하께서 고민하시는 일을 국왕 폐하께서 어떻게든 해결해 드릴 수 있을 것입니다."

"휴… 솔직히 완고한 요슨 성자를 생각한다면……."

"공작 각하, 제발 부탁드립니다."

그의 말에 난 잠시 고민에 잠긴 듯한 표정을 짓다가 할 수 없다는 듯 고개를 끄덕이고는 말했다.

"그린 자작께서 이렇듯 절실히 부탁하시니 내 최선을 다해보리다."

"고맙습니다, 공작 각하."

나의 말에 그린 자작은 벌떡 일어나 내 손을 잡고는 연신 고맙다는 말을 하니, 속으로 회심의 미소를 지었다.

자식, 처음부터 이렇게 나가야지 왜 멀쩡히 앉아서 해주기만을 바란

거야? 후후후.

그린 자작은 마지막까지 일에 대한 당부를 하며 레트론을 떠났기에 난 그를 배웅하면서도 웃음을 감출 수가 없었다.

하지만 그렇다고 이 일이 쉬운 것만은 아니었다. 이번 일에 가장 난적이라 할 수 있는 요슨이 다음 차례였기 때문이다.

요슨을 상대하는 것은 쉬운 일이 아니었다. 왕당파의 그린 자작이야 처음부터 파고들 수 있는 약점을 드러내고 있는 상태였기에 가지고 노는 것쯤이야 식은 죽 먹기였지만, 요슨은 그런 틈이 없기 때문이다.

여신의 허락을 받고 신성 북부 연합의 최고위 사제가 됐고, 헤르멘에게서 빼돌린 병력으로 이미 신성 기사단까지 만들어 병력까지 생긴 그에게 더 이상 뭐가 필요하겠는가?

두 세력과 제국의 연계를 끊는 것이 이들 영역에서 살고 있는 백성들을 더욱 고달프게 하는 일일지라도 이미 그러한 일은 내전 기간 계속 있어왔던 일인 데다 그로선 북부 연합을 그대로 유지해 서면과 알디하렌과의 관계를 끊는 것만으로도 충분히 전략적 노선이 완성되는 판에 뭣 하러 많은 사람들이 죽을 것이 뻔한 일을 하겠는가?

그런 때문에 요슨을 끌어낼 방법은 도저히 생각이 나지 않았다.

"역시나 이스페든에게 물어볼까?"

마음에 들지 않기는 하지만, 이런 상황에서 계책을 생각해 낼 만한 인물은 이스페든밖에 없기 때문에 할 수 없다는 생각을 하며 그의 거처로 향했다.

"이스페든, 있는가?"

그가 머무는 방에 도착하자 이스페든과 함께 필리아가 체스를 두고 있는 것을 볼 수 있었고, 내가 들어서자 필리아는 조용히 일어나 고개를 숙이며 나에게 인사를 올렸다.

"어서 오십시오, 영주님."

"아! 필리아도 있었군. 잠시 이스페든과 이야기할 것이 있어서 말이야."

"그럼 전 이만……."

"아! 필리아가 있어도 상관없네. 아니, 오히려 자네의 도움이 필요할지도 모르겠군. 상대 역시 젊은 여성을 선호하니까 말이야."

"예?"

나의 말에 필리아는 잠시 이해하지 못하겠다는 표정을 지으며 되물었지만, 이스페든은 이미 예상하고 있던 듯 고개를 끄덕이고는 말했다.

"전에 말했던 일로 요슨 성자를 설득하는 것 때문인가?"

"그렇소. 아무리 생각해도 그의 생각을 돌릴 방안이 좀처럼 생각이 나지 않아서 말이야."

"하긴 상대가 자애의 여신의 성자이니 당연하겠지. 여자를 밝히고 돈을 밝히나 그저 자애의 여신에게 기도나 하고 사랑받는 것을 최고라 생각하니까 말이야."

"휴… 뭐 방법이 없겠소?"

"음……."

나의 말에 이스페든은 생각에 잠기는 듯한 모습을 보이니, 그로서도 뾰족한 수가 생각나지 않는 모양이었다.

하긴 내가 이것을 물어올 것을 예상하고 있었던 그였으니까 생각났으면 예의의 그 재수없는 웃음과 함께 잘난 척하며 답을 해주었겠지.

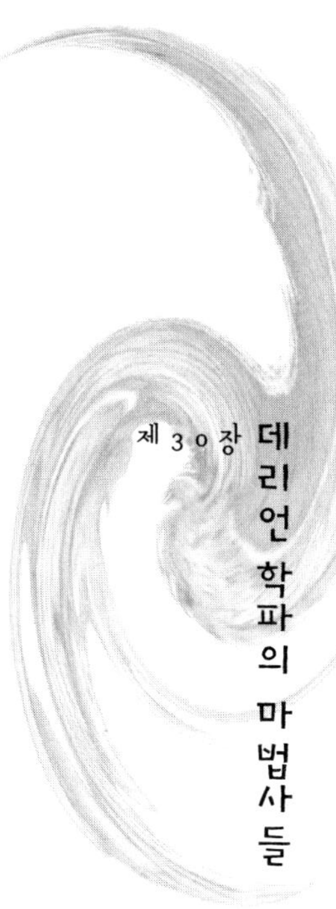

제 3 0 장
데리언 학파의 마법사들

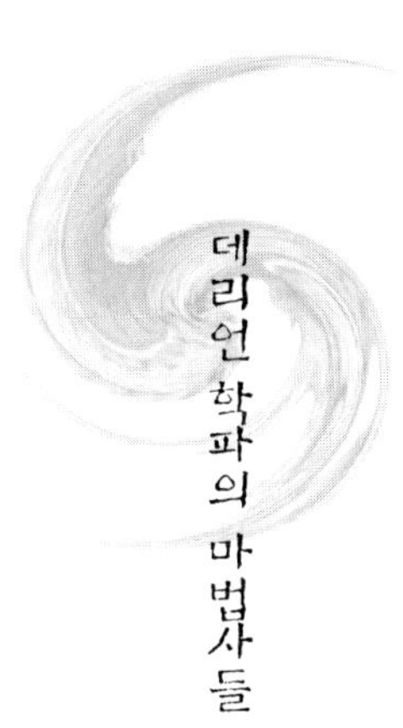

역시나 이스페든에게도 특출한 생각이 없구나라고 생각할 때 갑자기 그가 손을 들어서는 체스판의 말을 옮기더니 말했다.

"체크 메이트!"

"아! 어떻게!"

"허허허, 필리아. 아직 이 늙은이를 이기려면 백 년은 더 있어야 해!"

"그럴 리가… 분명……."

필리아는 자신의 패배가 도저히 믿어지지 않는 듯한 표정으로 체스판을 바라보고 있었다. 그 때문에 훈수라도 들 수 있을까 잠시 체스판을 바라보았지만, 역시나 일까? 이내 고개를 젓고 자리에서 일어났다.

도와는 주고 싶어도 체스는 젬병이니 더 있어봤자 무엇하겠는가? 그러다 필리아가 무슨 생각이 떠올랐는지 체스판을 가리키며 소리쳤다.

"아! 폰이 어떻게 E3에 있죠? 분명 E4에 있었는데요!!"

"무슨 소린가? 처음부터 거기 있었는데."

"우우우……. 정말 이렇게 나오면 다음부터 이스페든님하고는 체스 안 둘 거예요!"

"어허! 이 엘프 좀 보게. 그래, 그래. 할 수 없군. 이 늙은이가 한 수 물려주겠네."

"흥!"

필리아의 말에 이스페든은 졌다는 표정으로 한 수 물려주겠다는 말을 하자 필리아는 그저 콧방귀를 뀔 뿐이었다.

그런 두 사람을 보며 방을 나가려고 몸을 돌렸다. 그때 이스페든이 체스판을 보며 중얼거리듯 말했다.

"요슨 성자가 혼자 산 지 꽤 됐지?"

"…무슨 말이오?"

"아무리 주위에 사람이 많아도 친인이 없으면 외로운 법이야, 외로운 법."

"……."

"듣자하니, 자네 자식 중 한 명이 나이가 차면 자애의 여신의 신전에 들어간다 들었는데, 아닌가?"

"그렇소."

"이용해. 자네 처를 본다면 아이도 상당히 예쁠 테니 잘하면 요슨 늙은이의 마음을 움직일 수도 있을 게야."

"아!"

그제야 이스페든이 나에게 말하는 바를 이해할 수 있었다. 확실히 요슨은 내 아내에게 상당한 관심을 보이고 있었고, 내 딸 프리티아를 보기 위해 직접 내 영지로 찾아오기까지 했다.

또 프리티아를 보고 성녀가 될 아이라고 말하기까지 했으니 그 아이를 데려와 녀석을 잘만 꾄다면 그를 설득하기가 조금 용이해질 것 같았다.

"역시 이스페든!"

"가는 길에 시녀에게 와인이나 한 병 가져다 달라고 하게. 이거 목이 칼칼해서."

"……."

내가 지 하인이라고 생각하는 것 아냐? 저런 재수없는 짓은 정말 마음에 안 든다. 하지만 어쨌든 그가 방법을 제시해 주었기에 난 조금 홀가분한 기분을 느낄 수 있었고, 그 즉시 엡실론을 찾아갔다.

엡실론은 연무장에서 영지의 견습 기사들을 훈련시키고 있었는데, 연무장 반대 편을 보자 삼황자가 보낸 샐러맨더 나이츠의 지휘관들이 이야기를 나누고 있는 것을 볼 수 있었다.

적국이라 할 수 있는 아멘과 알디하렌의 기사들인지라 서로 어느 정도 경계를 하고 있는 듯 보였다.

"엡실론!"

"영주님, 어서 오십시오."

내가 나타나자 엡실론과 삼황자의 슈페리어 나이트들은 자리에서 일어나 예를 취했고, 그들의 인사를 받은 난 엡실론을 보며 말했다.

"영지로 가겠다. 준비해 주게."

"영지로요?"

"그래."

엡실론에게 영지로 갈 준비를 하라고 말한 난 문득 생각났다는 표정으로 고개를 돌려 삼황자가 보내준 샐러만더 나이츠의 지휘관 중 가장 높은 지휘에 있는 자라고 생각되는 중년 기사를 보며 말했다.

"아! 혹시 자네가 이번에 삼황자께서 지원해 준 샐러만더 나이츠의 지휘관인가?"

"예. 샐러맨더 나이츠 슈페리어 넘버 5 톨로메스라 합니다."

"호오."

나는 자신을 소개하는 그의 말에 조금 놀랄 수밖에 없었다. 샐러맨더 나이츠는 삼황자의 전속 기사단, 그곳에서 슈페리어 넘버 5 정도의 인물이라면 삼황자 진영에서는 꽤 높은 축에 속하는 자이기 때문이었다.

"이번에 온 슈페리어 넘버의 기사는 자네뿐인가?"

"아닙니다. 넘버 23 케진 남작과 넘버 29 체이스 영작, 넘버 45 륜까지 모두 네 명이 왔습니다."

역시나 넘버 5 정도의 인물에다 넘버 50 내의 중상위 슈페리어 넘버를 3명이나 더 데리고 왔다는 것은 나에게 상당한 비중을 두고 있음이 분명했다.

"한 5천 정도의 병력은 본작의 영지에 주둔시켰으면 하는데 가능하겠는가?"

일단은 샐러맨더 나이츠가 내 소유의 기사단이 아닌 만큼 톨로메스에게 의향을 물어보았고, 그는 고개를 끄덕이며 말했다.

"삼황자 전하께서는 이곳에서의 모든 일에 공작 각하의 명을 충실히 따르라 말씀하셨습니다."

"그렇다면 문제가 없다는 이야기로군. 하나 이것은 임시일 뿐이네. 아마도 다른 일이 있지 않는 한 자네들의 주둔지는 이곳 레트론이 될 것이니 삼황자 전하께도 그렇게 전해주게."

"예, 공작 각하."

"슈페리어 넘버 급의 기사들까지 따를 필요는 없으니 지휘관급 정규 기사 몇 명만 붙여주게. 영지로 가는 삼황자 전하의 병력은 여기 있는 엡실론 경이 통솔권을 갖게 될 것인데, 그것을 위해서라도 지휘관 급 기사가 필요하네."

"그렇다면 여기 있는 륜을 데리고 가십시오. 엡실론 경이 직접 명령을 내리는 것보다 그를 통해 명령을 내리는 것이 기사단을 통솔하는 데 훨씬 원활할 것이라 생각합니다."

"음……. 알겠네."

슈페리어 넘버 급 정도가 되면 아멘의 양대 기사단의 하나인 크로우 나이츠의 슈페리어 나이트 엡실론의 명령을 듣는 것을 조금 꺼릴 것 같아 제안한 것인데, 톨로메스가 그리 이야기하니 륜이라는 자에게 잘 말해 줄 것이 분명했기에 지휘권을 행사하기가 더 편할 수 있다는 생각을 한 나는 고개를 끄덕였다.

하지만 톨로메스의 말에 륜이라 불리는 기사는 미간을 찌푸리는 것이 아무래도 아멘의 기사에게 명령을 받는 것을 탐탁지 않게 생각하고 있는 듯했다.

하긴 아멘과 안디하렌은 건국부터 지금까지 앙숙이었던 나라이니, 그것이 쉽게 풀릴 리가 없었다. 지금이야 내 밑으로 모여 있다고는 하지만 삼황자와의 일이 끝나면 적이 될 수도 있는 이들이었다.

뭐 나야, 알디하렌이고 서먼이고 내 주머니만 채워줄 수 있다면 적당히 이용해 먹는 주의이니 별 상관은 없지만 말이다.

륜의 지휘 하에 샐러맨더 나이츠 5천 명과 영지의 병사들을 모두 챙긴 난 다음날 아멘의 내 영지로 향했다.

　오랜만에 가는 영지 행인지라 부인과 아이들의 모습을 본다는 생각에 기분이 좋아졌다. 그러고 보니 한 명의 아버지로서 책임감을 느끼고 있는가 보다.

　이상하게도 필리아에게 욕정이 느껴지지 않는 것이 그것에 대한 반증이라고나 할까? 물론 유사 인종으로서 엘프라는 이종족이라는 이유도 있었다.

　물론 엘프를 마누라 삼거나 첩을 삼아 욕정을 푸는 귀족들도 없지 않았으나 미색으로 본다면 알리샤가 필리아보다 한 단계 위였고, 가문의 혈통을 유지하기 위해 엘프와의 잠자리를 무의식적으로 거부하는지도 모르겠다.

　예나 지금이나 유사 인종과의 혼혈은 제대로 취급받지 못했으니 말이다.

　영지로 돌아가며 아쉬운 점이 있다면 헤르멘과의 전투에서 내 영지의 병사들 대부분이 죽임을 당했다는 것이다. 그 때문에 삼황자가 보내준 병력을 제외한다면 영지로 가는 내 병사는 1천을 겨우 넘을 정도였으니 영지 사람들에게는 미안함이 들었다.

　물론 그들이 일개 병사에 지나지 않았지만, 이드리샤의 영주로서 그들의 슬픔을 충분히 이해할 수 있는 일이었다.

　일단 두둑한 보상금을 유가족들에게 내줄 생각이지만, 어찌 가족을 잃은 것이 돈으로 해결되겠는가?

　드래곤 산맥을 넘으며 엘프들은 그들의 마을로 돌아갔고, 일주일의 여정을 끝낸 난 내 영지에 도착할 수 있었다.

　드래곤 산맥을 넘어 영지에 도착하자 많은 영지민들이 나와 우리를 기다리고 있는 모습을 볼 수 있었다. 영지의 초병들이 사람들에게 알렸으리라 생각이 들었다.

　병사들 중에서 자신의 가족을 애타게 찾던 이들은 처음에는 많은 수의 병사들이 돌아오자 크게 기뻐하는 표정을 지었지만, 그 대부분이 다른 병사들인 것을 알고는 표정이 크게 변하고 있었다.

　"휴……."

　서먼으로 갔던 병사들 중 거의 3천 이상을 잃어버린 내가 이들에게 무어라 말을 하겠는가? 그저 한숨밖에 나오지 않았다. 개중에는 아는 병사들에게 소식을 들었는지 통곡하며 우는 이들도 나타나고 있었다.

　시간이 더 지나자 그 통곡 소리는 더욱 커져 갔으니, 병사들의 얼굴에는 고향으로 돌아왔다는 기쁨보다는 동료를 잃은 슬픔이 가득한 듯했다.

　그 때문에 조금 짜증이 나긴 했지만 가족을 잃은 슬픔은 나 역시 조금은 아는지라 넘어가기로 했다.

　"엡실론!"

　"예."

　"영지에 도착하면 이번 레트론 원정에서 전사한 병사들과 부상당한 병사들의 명단을 자성하여 그 가족들에게 적절한 보상을 해주도록 하라."

　"알겠습니다."

　6천에 달하는 병사들을 이끌고 성이 있는 곳에 다다르자 한 무리들이 다가오는 것을 볼 수 있었다. 그 선두에 있는 자가 슈펠트인 것을 확인한 난 오랜만에 보는 그의 모습에 반가운 생각이 들었다.

내 앞으로 다가온 슈펠트는 말에서 내려 기사의 예를 취하고는 나에게 인사를 올렸다.

"레트론 승전을 감축드립니다, 공작 각하."

"감축은 무슨……. 어쨌든 슈펠트, 자네를 다시 만나니 반갑기 그지없군."

"성에 계신 공작 부인께서 레트론 승전을 축하하는 파티를 준비하고 있습니다."

그의 말에 그제야 난 영지로 돌아왔다는 생각이 들었다. 이드리샤 영지의 성문 안으로 들어서자 알리샤와 리안나가 나와서 기다리고 있는 모습이 보였다. 난 말에서 내려 아름다운 나의 두 여인을 가슴에 안고는 말했다.

"알리샤! 리안나! 당신들을 보니 이제야 마음이 놓이는구려!"

"영주님께서 무사히 돌아오신 것을 보니 저희 역시 마음이 한결 가벼워진 것 같습니다."

"오랜 여정에 지치셨을 테니 빨리 안으로 드세요."

난 두 사람의 모습을 보며 역시나 집이 좋다는 말이 그제야 실감이 났다. 그녀들과 함께 성안으로 들어가자 성의 종속들이 나를 보며 축하의 인사를 올렸다. 난 그들에게 손을 들어 화답하며 알리샤를 보며 물었다.

"그래, 아이들은 많이 자랐겠지?"

"예, 영주님. 코넬과 프리티아는 벌써부터 밖으로 나와 노는 것을 더 좋아한답니다."

두 아이의 말을 들은 난 절로 웃음이 나왔는데, 프리티아의 쌍둥이인 벨루의 말이 없자 조금 이상할 수밖에 없었다. 두 아이는 영지를 떠났을 때부터 튼튼했던 아이들이지만, 벨루는 그때도 몸이 약해 걱정을 많이 하고 있었기 때문이다.

"벨루는?"

"그것이… 요즘 고뿔을 앓고 있답니다."

"이런……."

역시나 몸이 약한 벨루가 앓고 있다는 말에 혀를 찰 수밖에 없었다.

"아이가 있는 곳으로 가봅시다."

"예."

이제 내 아이들의 나이는 세 살. 너무 오랫동안 영지를 떠나 있었더니 세월 가는 것도 잊을 지경이었다. 아이들의 얼굴을 보기 위해 걸음을 옮긴 난 세 아이들이 머무는 방에 도착할 수 있었다.

안으로 들어가자 유모 한 사람이 침상에서 아이를 돌보고 있는 것을 볼 수 있었으니 누워 있는 아이가 벨루임을 알 수 있었다.

"음……."

가까이 다가가 보니 벨루의 안색이 극히 좋지 않고 땀을 비 오듯이 흘리고 있는지라 상태가 많이 좋지 않다는 생각이 들었다.

"신전의 셀든 사제는?"

"예. 벨루가 앓고 있다는 말에 오셨습니다만, 아이의 면역력이 약해 병이 쉬이 치료되지 않고 있다 하셨습니다."

"신성 마법으로는?"

"신성 마법을 사용하면 치유할 수 있다 하지만, 면역력 자체가 높아지는 것이 아닌지라 일단 위급하기 전까지는 아이의 면역력으로 병을 치유하는 것이 좋다고 하셨습니다."

"음……."

확실히 나라도 셀든이 그런 말을 했다면 그의 선택을 따랐을 테지만, 아이가 고통스러워하는 모습을 보니 조금 안쓰러울 수밖에 없었다.

"무가의 자손이 이렇게 몸이 약해서야… 흠… 코넬과 프리티아는 괜찮은가?"

"예. 두 아이의 건강은 이상이 없다고 하셨습니다."

"다행이군."

아무래도 벨루의 모습을 보아하니, 후에 공작가의 가주는 코넬이 될 확률이 높은 것 같았다. 솔직히 개인적으로는 행운의 여신과도 같은 알리샤의 아이에게 가문을 물려주고 싶지만, 이미 사람들 앞에서 아이들이 장성한 후 대결로서 가주의 위를 정한다 했으니 물릴 수도 없는 일이었다.

물론 개중에 어린 시절에 몸이 약해도 장성한 후 튼튼해지는 아이들이 없지 않았지만, 그런 경우는 극히 드물었기에 기대할 수 없는 일이었다.

레트론 승전 축하 파티를 간단하게 끝낸 난 성의 집무실에서 그동안 있었던 일에 관한 서류를 훑어보았다.

역시나 슈펠트가 잘 처리해 주었기에 그다지 문제 될 것은 없었다. 그저 무슨 일이 있었는가 살펴보는 선에서 일을 끝내고 있었는데, 그때 서류 중 조금 이상한 재질로 된 양피지를 볼 수 있었다.

"응?"

다른 양피지들과는 달리 붉은 기운이 엿보이는 양피지는 처음 보는 것인지라 흥미가 생겨 양피지에 무엇이 적혀 있는지 살펴보았다.

하지만 양피지는 아무런 글자도 적혀 있지 않은 백지였기에 슈펠트나 성의 집사가 어디서 잘못 챙겨왔다 생각하고 그것을 한쪽으로 치워 놓으려 하는 순간 깜짝 놀랄 수밖에 없었다.

붉은빛의 양피지에서 갑자기 피가 흘러나오는 듯 붉게 물들기 시작 했기 때문이다.

"뭐야?"

순간 섬뜩했으나 자세히 살펴보니 붉은 피라고 생각했던 것이 일정 한 문양을 만들어가고 있었다.

"이건?"

놀랍게도 양피지 위에는 붉은색의 피와 같은 색깔의 글씨가 만들어 지기 시작했고 난 궁금함이 들어 그 글을 읽어보았다.

이드리샤 공작 각하, 창문 쪽을 봐주시겠습니까?

"응?"

양피지에 적혀 있는 글에 나도 모르는 사이에 창문 쪽으로 고개를 돌렸는데, 순간 두 개의 작은 빛을 볼 수 있었다.

"누구냐!!"

그 불빛이 누군가의 눈동자와 같다고 생각한 난 급히 집무실에 있는 검을 잡고는 창문 쪽으로 몸을 날렸는데, 다음 순간 새의 날갯짓 소리 가 들리며 무엇인가가 허공으로 날아오르는 것을 볼 수 있었다.

"뭐야, 새잖아!"

두 개의 빛이 새의 눈이었다는 것을 안 나는 조금 허무할 수밖에 없 었다. 그때 등 뒤에서 섬뜩한 기분이 느껴졌다.

"패밀리어입니다."

"누구냐!!"

갑자기 들려온 소리에 크게 놀란 난 검을 뽑고는 그대로 녀석을 향해 휘둘렀고, 검은 녀석의 목을 베어버렸다.

하지만 내 손에는 녀석의 목을 베었다는 어떠한 느낌도 들지 않았다. 잠시 후 내 뒤에 있던 인형은 마치 안개와 같이 흐릿해지더니 이내 감쪽같이 사라지고 말았다.

그러나 상대 자체가 사라진 것이 아니라고 생각한 나로선 경계를 늦출 수가 없었는데, 그때 집무실의 책상 쪽에서 검은색 로브에 후드를 깊게 눌러쓰고 있는 자가 서 있는 것을 볼 수 있었다.

"네 녀석은 누군데 감히 내 집무실을 허락도 없이 찾아 들어온 것이냐!"

녀석을 보며 내가 살기를 드러내며 소리치자 잠시 후 그는 얼굴을 가린 후드를 천천히 내리니, 붉은 핏빛의 장발에 육십 대 정도의 나이로 보이는 노인의 얼굴이었다.

눈동자 역시 붉은 핏빛을 띠는 남자가 입가에 서서히 미소를 띠며 천천히 입을 열었다.

"공작 각하께 인사드리겠습니다. 본인은 데리언 학파의 마법사인 저주사 이모랄이라 합니다."

"데리언 학파의 저주사!!"

놀랍게도 그는 바로 게리오스가 수장으로 있는 데리언 학파의 마법사였던 것이다.

"내가 알기로는 자네 학파의 마나 사제가 온다고 알고 있었는데?"

"마나 사제 델포스는 이미 일주일 전에 이곳에 도착해 있었습니다."

"일주일 전에?"

“예.”

“이상하군. 일주일 전에 도착했는데 왜 아무도 그가 왔다는 것을 알지 못했지?”

“저희들의 존재는 그다지 환영받지 못하는지라 일단 공작 각하를 먼저 뵙는 것이 순서라 생각했기 때문입니다.”

“음…….”

확실히 데리언 학파의 악명은 대륙 전체에 자자하니 그렇게 생각하는 것도 이상할 것이 없었다.

“이런! 벌써 돌아왔군요. 제스토.”

“예, 스승님.”

그때 이모랄이 잠시 미간을 찌푸리는가 싶더니 이내 누군가의 이름을 부르자 놀랍게도 허공에서 사람의 목소리가 들려왔다.

“흑마법사의 패밀리어가 다시 돌아왔다. 아직 주인이 누구인지도 모르니 잠시 패밀리어의 눈을 어지럽히도록 해라.”

“알겠습니다.”

이모랄의 말에 대답 소리가 들려왔다. 잠시 후 창문 쪽에서 무슨 소리가 들려 고개를 돌려보니, 놀랍게도 핏빛의 글자가 창문의 틀에 쓰여지기 시작했다.

하지만 어느 누구의 모습도 보이지 않았기에 난 귀신에 홀린 것이 아닐까 하는 착각이 들었다.

“저건?”

“환영의 저주입니다. 방금 전에 공작께서 보신 밤새는 마법사의 패밀리어로 은밀히 공작 각하를 감시하고 있었습니다. 그 때문에 제자를 시켜 패밀리어의 눈에 환영을 비춰 저희들의 모습을 감추게 한 것입니다.”

“음…….”

나 역시 패밀리어가 무엇인지 알고 있었고, 그런 녀석이 나를 감시하고 있다는 것이 그리 기분이 좋을 리가 없었기에 그가 하는 대로 내버려 두기로 했다.

그건 그렇고, 역시나 데리언 학파였다. 나를 찾아온 스승이고 제자고 할 것 없이 모두 음침하기 그지없었다. 창틀에 환영 저주의 문양이 다 적히자 잠시 후 이모랄과 같은 옷을 입고 있는 자가 서서히 집무실의 구석 쪽에서 모습을 드러냈다.

“계속 모습을 감추고 있는 것은 결례인 것 같아 제자 녀석에게 형상을 만들라 했습니다.”

“…형상을 만들라 했다고?”

“예.”

“모습을 감추고 있던 게 마법인 것 같은데, 차라리 그것을 푸는 것이 좋지 않겠는가?”

“보이지 않는 존재에 대한 거부감이 들 것이라 생각했기 때문에 형상을 만들라 지시한 것입니다.”

“…설마?”

그의 말에 난 혹시나 하는 생각이 들었다. 그의 말대로라면 그의 제자라는 녀석은 처음부터 모습이 보이지 않는 상태라는 이야기였기 때문이다.

뭐, 대륙에 소문이 나 있는 데리언 학파의 마법사들의 괴행은 이것보다 더 한 것도 많았기 때문에 조금 안정을 찾을 수 있었다.

“음… 혹시 진법사에게 게리오스의 이야기를 듣지 못했는가?”

이들이 나에게 온 것을 보아하니 아직 게리오스의 소식을 알지 못한
다는 생각이 든 난 진법사에게 그에 대한 소식을 들었는지 물어보았다.

진법사 케논은 아델슨 후작의 아들인 크로이드 영작, 아멘의 왕도에
있는 그라면 적국이라 할 수 있는 제국 황제가 독살되었다는 소식도
들었으리라 생각했기에 말한 것이다.

"저희들을 이곳으로 모이라고 한 분이 바로 수장이십니다."

"이런, 모르는가 보군. 자네는 제국 황제가 황태후에게 독살당했다
는 이야기를 듣지 못했는가?"

나로선 그들이 사실을 알아야 된다 생각하여 말했는데, 그는 의외로
고개를 끄덕이고 있었다.

"예, 들었습니다."

"들었다고? 그런데도 왜 게리오스의 명령에 따라 내 영지로 온 것인
가?"

"이런, 공작께서는 게리오스님이 독살당해 돌아가셨다 생각하셨나
보군요."

"응? 그럼……."

뜻밖의 말에 놀란 난 그에게 되물을 수밖에 없었다. 이모랄의 말은
게리오스가 죽지 않았다는 뜻을 내포하고 있었기 때문이다.

"게리오스님께서는 살아 계십니다. 물론 반려자 분과 함께 말입니
다."

"…반려자라면?"

"예. 공작 각하께서도 잘 알고 계시는 제국 황태후, 에레미안님이십
니다."

"아!"

　게리오스가 살아 있다는 말에 난 격동을 감출 수가 없었다. 죽었다고 생각했던 놈이 살아 있다니 어찌 놀라지 않겠는가! 거기에다가 에레미안까지 함께라니 그가 살아 있다는 이야기를 듣자 절로 웃음이 나왔다.

　"후후후. 역시나 게리오스군. 독살을 위장하여 에레미안과 함께 빠져나갈 계책을 쓰다니 말이야. 하하하!"

　역시나 내가 인정한 사람이랄까?

　"설사 진실로 극독에 당하셨다 하더라도 공작 각하께서는 게리오스님을 걱정하실 필요가 없습니다."

　"무슨 소리지?"

　"데리언 학파의 수장이신 게리오스님은 문신사. 그것은 저희 데리언 학파가 지금까지 이루어낸 모든 마법학의 결정체이기 때문에 세상에 존재하는 어떠한 독으로도 게리오스님을 중독시킬 수 없습니다."

　"호오……."

　그의 말에 난 조금 흥미가 생겼다. 그가 처음 문신을 이용한 마법을 선보였을 때 놀라기는 했지만, 극독조차 통하지 않는 몸일 줄은 생각지도 못했기 때문이다.

　어쨌든 게리오스가 살아 있다면 언젠가 다시 내 영지로 돌아올 것이라는 것을 알기에 난 비로소 마음을 놓을 수 있었다.

　"현재 수장께서는 에레미안님과 함께 사황자 저하의 거처에 머무르고 계십니다. 아직은 그곳에서 처리해야 할 문제가 남아 있어 머무르고 계시지만, 모든 일이 끝난 후 수장께서는 이곳 이드리샤 영지에 오실 것이라 했습니다. 지금까지는 황자의 신분 때문에 데리언 학파의 수장 역할을 제대로 하시지 못했지만, 이제 황자의 신분에서 벗어나신 바 본격적인 마법 학파의 수장으로서의 일을 시작하실 것입니다."

"음……."

그의 말대로 게리오스는 지금까지는 그저 이름만 가지고 있을 뿐, 데리언 학파의 업무는 볼 수 없었다. 하지만 이제 황제의 자리까지 던져 버렸으니 진정한 한 학파의 수장이 된 것이라 할 수 있었다.

"만일 자네가 게리오스에게 내 말을 전할 수 있다면, 이드리샤 영지는 언제나 그를 반길 것이라 말해 주시오."

"알겠습니다."

일단 이자가 데리언 학파의 마법사이고 게리오스가 조만간 영지로 올 것이라는 것은 알아 다행이지만, 다른 한편으로는 나를 감시하고 있었던 패밀리어의 정체가 궁금했다.

도대체 누가 내 쪽으로 패밀리어를 보냈을까 하는 생각이 들었는데, 문득 저주사가 했던 말이 생각났다.

"한 가지 묻겠다. 창문 밖에서 나를 감시하고 있던 새가 흑마법사의 패밀리어라고 했는가?"

"그렇습니다."

"그런데 어떻게 그 새가 흑마법사의 패밀리어라고 단정 지을 수 있는 것이지?"

"원소 마법사의 패밀리어와는 달리 흑마법사의 패밀리어에는 어둠의 기운이 느껴집니다."

"그렇군……."

그렇다면 그의 말대로 흑마법사의 패밀리어가 분명할 것이기에 미간을 찌푸릴 수밖에 없었다. 내 영지의 흑마법사는 필리아뿐이기는 하지만, 그렇다고 내가 다른 존재를 만나본 적이 없었던 것은 아니기 때문이다.

바로 알디하렌 이황자의 령, 흑마법사들의 땅이라고 불리는 그곳에서 만난 쉐도우 블레이드라는 자. 그는 분명 어둠의 그림자가 뒤를 따를 것이라 말했기 때문에 패밀리어는 그들의 것이 분명했다.

"마법사가 패밀리어를 움직일 수 있는 거리는 어느 정도나 되는가?"

"서클 수에 따라 다르지만, 고서클 마도사의 경우에는 대륙 반대쪽에 있는 패밀리어라도 자신의 수족과 같이 다룰 수 있습니다."

그 말에 난 한숨이 나올 수밖에 없었다. 가까운 곳에 있다면 저주사에게 부탁해 그를 처리해 달라 부탁하려 했지만, 대륙 반대쪽에서도 다룰 수 있다면 어둠의 그림자라는 녀석을 처리하는 것이 어려울 것은 당연한 일이었다.

"자네의 힘으로 저 패밀리어의 주인을 없앨 수 있겠는가?"

"패밀리어 자체를 없애 그 주인에게 타격을 줄 수는 있겠지만, 그를 없앨 수는 없습니다. 물론 저 패밀리어에게 귀환의 저주를 걸어 주인에게 돌아가게 하여 뒤를 쫓아 없앨 수도 있지만, 상대를 알지 못하는 이상 일단 지금처럼 패밀리어에 환영을 걸어 상대를 속이는 것이 나을 것이라 생각합니다."

"음……."

다음날 저주사의 모습은 보이지 않았다. 다만 그의 제자라고 하는 제스토가 그 보이지 않는 모습으로 주위를 지킬 것이라 말했기에 어딘가에 그가 있을 것이란 생각을 했다.

일단 그의 도움으로 이황자의 쉐도우 블레이드란 자가 보낸 패밀리어의 눈을 속일 수 있어 괜히 녀석에게 신경 쓰지 않아도 된다는 것이 안심이었다.

아침 일찍 영 내의 중요 인물들을 모두 소집한 난 앞으로 영지의 방향에 대한 논의를 시작했다.

뭐, 영지의 중요 인물이라고 해봤자 엡실론과 슈펠트, 이스페든, 빌 정도였고, 거기에 필리아와 함께 알리샤, 리안나를 더한 정도에 지나지 않았다.

사람들이 모두 집무실로 모이자 난 잠시 헛기침을 하고는 그들을 보며 말했다.

"이곳에 모인 사람들도 잘 알다시피, 레트론 원정은 비교적 성공적으로 끝을 맺을 수 있었소. 신성 북부 도시 연합이 요슨의 이름으로 새로이 창설됐기 때문에 앞으로 영지의 발전을 위한 교역은 대다수 매수는 셔먼, 매도는 아멘으로 이루어질 것이오."

영지를 유지하기 위해 가장 중요한 것이 돈인지라 가장 먼저 영지 수입원에 대한 일을 이들에게 말한 난 슈펠트를 보며 말했다.

"이번 레트론 원정으로 영지의 병력에 상당한 피해가 있었네. 그동안 자네가 양성한 병사들의 숫자는 어느 정도인가?"

"영주님과 함께 레트론으로 갔다 돌아온 병력을 제외한다면 보병은 약 2천, 궁병은 1천, 기병은 오백 정도이며 견습 기사의 숫자는 대충 백 명 정도입니다. 이들의 대부분은 새로이 병합된 션우드 령과 데니언 령을 중심으로 차출된 병력입니다."

전부 합쳐 약 3천6백 정도의 병력을 새로이 양성했다는 말에 슈펠트가 그간 얼마나 고생했는지 대충 알 수 있었다.

레트론 원정에서 돌아온 병력의 숫자는 1천 정도, 거기에다 샐러만더 나이츠에서 뽑아온 5천의 병력을 더한다면 영지의 병력은 거의 1만 정도에 달했다.

"각 도시를 중심으로 한 자경대의 숫자는?"

"자경대는 각 도시와 마을에 자치적으로 맡겨놓았기 때문에 큰 도시의 경우에는 약 1천 정도, 마을 규모에서는 일백 정도의 자경대를 조직할 수 있었습니다."

"그렇다고 한다면 상당한 숫자겠군."

"예. 전 영지의 자경대 숫자를 합한다면 거의 5천에 육박합니다."

"수고했네. 하나 자경대는 자경대일 뿐, 이제부터는 정규 병사들이 영지를 지키는 방향으로 돌아서야 하네."

"알겠습니다."

선우드와 데니언의 영지를 흡수함으로써 이제는 적은 숫자의 병사로 영지를 모두 관리할 수 없게 된 만큼 병사의 양성은 상당히 중요한 일에 속했지만, 슈펠트가 알아서 처리해 줌으로써 편히 일을 할 수 있게 되었다.

"노턴 코프와의 일은 어찌 되었는가?"

"현재까지는 뇌물을 주어 잠잠하지만 시간이 지날수록 점점 많은 액수를 요구하는지라 아무래도 때를 보아 쓴맛을 보여줘야 한다고 생각합니다."

슈펠트의 말에 나 역시 미간이 찌푸려졌다. 욕심 많은 돼지새끼 같은 녀석, 적당히 먹었으면 만족할 줄도 알아야지.

"아직은 때가 아니니 일단 밀고 당기며 잘 구슬리는 것이 중요하네. 슈펠트, 당분간 수고를 더 해주게."

"알겠습니다."

"그리고 이번 일은 알리샤에게 부탁해야 될 것 같군."

“말씀하세요.”

“서먼 왕당파가 알디하렌 제국의 아황자 령 세력과 만날 수 있는 길을 터주어야 하는데, 아무래도 요슨 녀석을 설득하는 것이 어려울 것 같소. 내가 설득해 봤자, 녀석에게 미운 털이 잔뜩 박혀 있으니 아무래도 알리샤 당신이 프리티아와 함께 레트론으로 가 녀석을 설득해 주어야겠소.”

일단 알리샤도 자신이 해야 할 일은 대충 알아야 하기 때문에 어느 정도 이야기를 해주었다. 하지만 모든 이야기를 다 들은 그녀는 조금 불안한 표정을 짓고 있었다. 이유인즉 이 일을 자신이 잘할 수 있을까 걱정이 되기 때문이었다.

“하지만 저와 프리티아가 간다고 성자님을 설득할 수 있을까요?”

“녀석은 프리티아를 보기 위해 내 영지까지 찾아왔을 정도이니 아이에 대한 관심이 크다는 것을 알 수 있소. 뭐, 적절한 방법은 제시해 줄 수는 없지만 당신이라면 충분히 그 일을 할 수 있을 것 같아 이렇게 부탁하는 것이오.”

“…영주님께서 말씀하시니 최선을 다해보도록 하겠습니다.”

“고맙소. 아! 이왕이면 레트론의 일이 끝나면 리안나와 함께 알펜 성으로 장인을 만나러 가는 것도 나쁘지 않을 것 같군. 물론 아이들 모두를 데리고 말이야.”

나의 말에 알리샤는 크게 기뻐하는 표정을 지었지만, 리안나의 경우에는 그리 반기지 않는 것 같았는데, 사실 그녀의 입장도 조금 이해할 수는 있었다.

그녀의 부친이었던 아메로스 남작이 내 손에 죽었음에도 불구하고 그녀는 나의 둘째 부인이 되었기 때문이다.

아무리 사이가 좋지 않더라도 아버지를 죽인 원수라고 할 수 있으니, 나야 어떻게든 넘어갈 수 있겠지만, 레빈을 대하는 것은 상당히 꺼려질 것이 분명하기 때문이다.

"리안나."

"예, 영주님."

"당신이 정 마음에 내키지 않는다면 왕도로 시미온을 만나러 가도 좋소. 시미온 역시 조카인 코넬을 상당히 보고 싶어할 테니 말이오."

그제야 그녀는 조금 표정이 밝아진 듯한 모습을 보였다. 하긴 나의 허락없이 영지를 벗어날 수 없는 그녀였으니, 동생을 만나본 지가 꽤 오래되었기 때문이다.

현재 그녀가 마음 놓고 만날 사람이 누가 있겠는가? 왕도에서 사교계를 흔들고 있는 시미온이 유일하게 마음을 놓을 수 있는 사람이겠지.

물론 알리샤도 있지만, 살부의 원한을 생각한다면 꺼려지는 것이 있을 게 분명했다.

"슈펠트."

"예, 영주님."

"알리샤와 리안나를 위해 전담 호위 기사단을 편성해 주게. 그동안 영지에만 머물러 있던 두 사람이었으니, 이제부터는 영지 주변 정도는 자유롭게 다닐 수 있게 해주는 것이 좋겠어."

"알겠습니다."

공작가의 부인 정도면 전담으로 그녀들만을 지키는 호위 기사단 하나 정도는 있어야 함은 당연한 일이었기에 난 슈펠트에게 두 사람을 위한 기사단을 편성해 달라고 말한 것이다.

"션우드 령을 편입하게 됨에 따라 영지는 이스턴 코프의 영역에 닿게 되었다. 아직 이스턴 코프의 군단장인 아레스 백작에게서 연락은 없지만, 조만간 다른 공작 측에서 연락을 취해 본 영지를 압박해 들어올 수 있다. 노턴 코프야 론 백작 때문에 무서워할 것은 없지만, 이스턴 코프는 엘란스트 왕국과 대치하고 있어 정예라 할 수 있으니 그들에 대한 주의를 늦추지 말기를 바라네."

"예, 영주님."

"신성 북부 연합의 일이 마무리되면 아마 북부 연합은 물론 왕당파를 통해서도 상당한 물자를 유입할 수 있을 것이다. 그때부터가 본격적인 이드리샤 영지의 시작이 되겠지."

"아!"

나의 말에 좌중에 있던 사람들은 크게 기뻐하는 모습이 역력했다. 솔직히 아메로스 영지에 이어, 선우드와 데니언 영지까지 손에 넣었지만, 그것은 단순히 땅을 넓힌 정도에 불과할 뿐 공작가로서의 힘을 얻었다고 하기에는 어려웠다.

공작가라면 영지 자체만의 힘으로라도 사방군단 중 하나 정도는 넘어설 정도의 힘을 지녀야 했다. 그리고 왕도와 연을 유지하여 제삼세력을 나의 곁으로 끌어들여 이드리샤 공작가의 이름을 왕국 전체에 널리 알려야 했다.

"슈펜트, 주변의 다른 영주들에게선 무슨 반응이라도 있는가?"

"선우드 령이 공작가의 령으로 흡수되는 것에 상당히 놀란 것 같습니다. 그러나 아직까지는 공작가의 진면목을 알 수 없으니 만큼 침묵을 지키고 있다고 생각됩니다."

현재 영지는 북서로는 노턴 코프와의 경계와 동쪽으로는 이스턴 코프, 그리고 영지의 주변으로 6개의 귀족들의 영지가 이드리샤 영지와 경계하고 있는 형편이었다.

노턴과 이스턴 코프를 제외한다면 6개의 귀족 영지는 모두 나에게 대적할 수 없는 자작이나 남작 정도의 인물, 그렇기에 백작가 정도의 영지에 상당한 병력을 영지에 두고 있는 나에게 있어 상대될 자들은 아니었다.

이들 6개의 영주 중 다섯 정도가 왕도에 있는 네라드와 페이든의 수족인 것을 생각한다면 이들에게서 영지를 적당히 감추어야 하는 것도 상당히 중요한 일이었다.

"일단 주변에 있는 귀족들의 주위를 조사해라. 그리고 이용할 수 있는 약점이 있다면 최대한 이용해서 녀석들의 눈과 귀를 막아야 할 것이다. 물론 할 수 있다면 우리 쪽으로 끌어들여도 되겠지."

"알겠습니다."

"크로우 나이츠의 단장인 아나단에게서는 소식이 없는가?"

"아무래도 슈페리어 넘버 2인 리베인 남작의 움직임이 심상치 않다고 합니다."

"설마 내가 크로우 나이츠를 노리는 것을 알고 있는 게 아닌가?"

"그것은 알지 못하오나 이미 션우드 령을 흡수하면서부터 네라드와 페이든 공작은 이드리샤 공작가가 재기를 꿈꾸는 것 정도는 알아채고 있을 것이라 생각됩니다."

"음……."

현재 나의 실력은 소드 익스퍼트 상급, 대충 슈페리어 넘버급 정도의 실력은 키웠지만 아직 상위 넘버를 획득할 수 있을 정도는 아니었다.

"엡실론!"

“예.”

“크로우 나이츠 중에 자네와 친분이 있는 자들이 꽤 될 것이라 생각하네. 그들에게 연락해 최대한 많은 수를 끌어들이도록 하게.”

“알겠습니다.”

내가 최상급의 경지에 이른다고 해도 갑자기 나타난다면 그들이 반길 리는 없었다. 최대한 많은 수의 슈페리어 넘버를 아군으로 끌어들인 후 넘버 2인 리베인을 처리해야 한다는 생각이 들었기에 엡실론에게 명한 것이다.

대충 앞으로의 영지의 방향에 대해 이들과 논의를 끝낸 난 방으로 돌아와 휴식을 취할 수 있었다.

역시나 머리가 지끈지끈 아파오는 것이 점점 영지가 커져 갈수록 처리해야 할 일들이 늘어났기 때문이다.

어떻게든 사소한 일거리 정도는 해결해 줄 문관의 등용이 시급한 시점이라 할 수 있었다.

“본국의 귀족가 자제들을 끌어들이면 좋겠는데 친분을 맺은 귀족들이 없으니 갑갑하군.”

휴… 이런 시점에서는 평민들 중 학식이 있는 녀석들이라도 끌어 모으고 싶은 마음이 가득했지만, 그런 자들을 끌어들인다는 것은 마음이 내키지 않았다.

일단은 하급 관리직으로라도 채워넣어야겠지만, 그중에서 뛰어난 자들이 있다면 괜히 요직에 앉히지 않았다가 다른 하급 관리까지 들고 일어설 수도 있기 때문이다.

본국의 역사를 보아도 그런 경우는 꽤 있었기 때문에 평민 계층의 문관을 영지로 끌어들이고 싶은 마음은 별로 없었다.

　물론 관리들의 부족으로 인하여 영지의 대부분에서 평민들이 판을 치고 있기는 하지만, 때를 보아 대충 일을 한 녀석들의 목을 칠 수는 없는 노릇이니 단승귀족의 작위나마 내려 귀족으로 신분을 상승시켜 줄 생각이다.

　"제스토 군, 근처에 있으면 같이 차라도 한잔하세나."

　일단 머리도 식힐 겸, 난 차라도 한잔해야겠다는 생각을 하고는 어딘가 있을 제스토에게 같이 차라도 마시자고 말한 후 하녀를 불러 차를 준비케 했다.

　혼자 있는 방에 찻잔을 두 개나 준비하라는 말에 조금 의아한 표정을 짓는 하녀였지만, 일단 영주인 내가 지시하는 일이니 아무 말 없이 차를 가져다 주었고, 잠시 후 방 안 가득히 차 향기가 가득 피어올랐다.

　"음……."

　하녀가 사라지자 잠시 후 아무도 없는 공간에서 천천히 찻잔이 떠오르는 것을 볼 수 있었기에 제스토가 차를 마시고 있음을 알 수 있었다.

　"모습이 보이지 않는다는 것도 참 성가시겠군."

　일단 그와 이야기라도 나누고 싶다는 생각에 중얼거리자, 잠시 후 찻잔이 놓인 탁자 위에 붉은 피와 같은 색의 글자가 써지기 시작했다.

　저주사의 길을 나섰을 때 이 정도는 각오하고 있었습니다.

　일단 나의 말에 대답을 하는 그였으나, 말을 하지 않고 조금 섬뜩한 색의 글자로 대화를 하는 것이 솔직히 마음에 들지 않았다.

　"음… 이런 글자를 읽는 것은 조금 꺼림칙하구만. 말은 할 수 없는가?"

스승님께서 계시면 가능하지만, 저 혼자의 힘으로는 공작 각하와 대화할 수 있는 능력이 없습니다.

"대화를 할 수 없다고?"

예. 제가 가지고 있는 저주의 힘에 대한 대가라 할 수 있습니다.

"대가라니? 자세히 좀 말해 주겠나?"

다른 마법과는 달리 저주사의 능력은 마왕을 섬기는 흑마법과 같은 맥락을 지니고 있습니다. 흑마법을 얻기 위해 마왕과 계약하여 사후 자신의 영혼을 마왕에게 바치는 것과 같이 저주사는 강한 힘을 얻기 위해 자신의 무엇인가를 희생해야 합니다. 저의 경우에는 몸을 희생하여 저주의 힘을 얻었습니다.

"몸을? 그래서 말을 할 수가 없는 것인가?"

예. 일단 사람에게 필요한 발성 기관이 없으니 음성을 나타낼 수가 없는 것이지요.

"그렇다면 자네는 모든 생활을 저주의 힘으로 해야 하겠군."

쉽게 말하면 전 혼만이 존재하고 있으니 현실과의 일을 행하기 위해선 자연히 저주의 힘을 이용해야 하는 것이지요.

"오!"

그제야 그가 글로써 나와 대화하는 이유를 알 수 있었다. 하지만 자신을 몸을 제물로 바쳐 저주의 힘을 얻다니, 아무튼 마법사라는 종속들은 도무지 이해가 가지 않는 놈들뿐이었다.

그때 문득 난 이상한 생각이 들었기에 그에게 다시 물어볼 수밖에 없었다.

"그런데 자네의 스승인 이모랄 역시 저주의 힘을 가지고 있을 터인데, 그럼 그는 무엇을 제물로 해서 저주의 힘을 얻은 것이지?"

스승님께선 시간을 제물로 하셨습니다.

"시간?"

예. 자신의 생명의 반을 저주의 힘을 얻기 위해 사용하셨습니다. 그 때문에 스승님께서는 현재 연세가 서른다섯임에도 불구하고 노인의 몸을 지니고 계신 것입니다.

"엥? 서른다섯?"

그 말에 난 입을 다물 수가 없었다. 분명 후드 밑으로 보인 얼굴은 대충 육칠십은 되어 보이는데, 그런 그가 서른다섯밖에 되지 않았다니. 그저 헛웃음만 나올 뿐이었다.

그러나 다시 생각해 보니, 조금 불쌍한 생각이 들기도 했다.

마법을 위해서라고 하지만 스승이나 제자나 크나큰 희생을 통해 힘을 얻어냈기 때문이다. 하지만 어쩌면 힘을 얻기 위한 희생은 당연한 일일 수도 있었다.

아무런 대가 없이 무엇을 이룰 수 있겠는가? 괴이하게 보이기는 하지만 힘을 얻기 위해서는 자신의 노력과 희생을 바탕으로 이루어지는 것이 정도라고 할 수 있었다.

"하지만 흑마법사는 마계의 힘을 얻기 위해 제물을 이용하지 않는가? 저주사는 그러한 방법이 없었는가?"

물론 살아 있는 인간을 제물로 쓴다면 자신의 희생을 줄일 수 있습니다. 하나 데리언 학파에선 타인을 제물로 사용할 수 없습니다.

아무래도 세상에 알려진 데리언 학파의 소문은 거의 대부분이 헛소문일 가능성이 높을 것이라는 생각이 들었다.

"음… 그렇다면 데리언 학파의 다른 마법사들도 자네들과 같은가?"

모두가 그렇지는 않습니다. 다만 진법사, 연금사, 마나 사제들마다 독특한 수련 방법이 있다고 들었습니다. 하지만 데리언 학파의 마법이 일인전승으로 이루어지는 만큼 다른 이들의 수련 방법은 저 역시도 알지 못합니다.

학파 하나에 여러 가지 계통을 전문적으로 하는 마법사들이 있는 것도 색다르지만, 그들마다 다른 수련 방법이 있다는 것은 더 의외일 수밖에 없었다.

하지만 그 덕에 악명이 자자하다고는 하지만, 데리언 학파의 실력은 많은 마법 학파가 인정하고 있었다.

제스토와 이야기를 나누고 있을 때 노크 소리가 들렸다.

"무슨 일이냐?"

"왕도에서 크로이드 폰 스페드 아델슨 영작께서 보내신 서한이 도착했습니다."

"하나둘씩 모이는군."

크로이드가 데리언 학파에서 진법사 케논으로 불리고 있는 것을 아는 나로선 점점 영지로 이들이 모인다는 생각에 고개를 끄덕이고는 자리에서 일어났다.

"마법사들이 영지로 모이면 좋은 일이겠지. 자네들을 위해 머물 곳을 마련해 놓겠네. 그곳에서 데리언 학파의 이름으로 머물도록 하게. 하지만 외부로 그 정체를 드러내서는 안 되네. 아직 데리언 학파의 이름을 드러내기엔 시기상조이니 말이야."

알겠습니다. 다른 분들께도 그리 말씀드리도록 하겠습니다.

데리언 학파의 힘을 얻고, 민체스터 학파와 연계를 취한다면 영지 자체의 마법사들의 힘은 충분하다 할 수 있었다.

알리샤들과 함께 서면으로 가야 하지만, 일단 데리언 학파의 마법사들을 기다리는 것이 우선이라 생각한 난 얼마간 영지에 머물기로 결심했는데, 예상치도 못한 일이 벌어지고 말았다.

그날 역시 집무실에 머물러 영지의 일을 처리하고 있었는데, 슈펠트가 황급한 표정으로 집무실 안으로 들어왔다.

"영주님, 일이 터졌습니다."

"일? 그건 또 무슨 소린가?"

나로선 일이 터졌다는 말에 영문을 몰라 물었고, 슈펠트는 지도를 꺼내어 탁자 위에 올려놓고는 한 부분을 가리키며 말했다.

"이곳은 본 영지와 션우드 령의 서동쪽 경계인 토울스 강입니다. 강 자체의 폭은 그리 넓지 않지만 수심이 깊어 도강을 위해선 다리나 배가 필요한 곳입니다."

"그런데?"

"강 반대 편은 드리포트 자작의 령으로 페이든 공작의 일파라고 알려져 있습니다. 그런데 아무래도 드리포트가 공작의 지시를 받았는지 도발을 해오더니 급기야 강을 넘어 첼슨 마을을 공격해 왔습니다."

"자작 따위가 감히!! 피해는!"

"마을을 송두리째 불태워 버렸습니다."

그의 말에 노기가 치솟아 올랐다. 하지만 먼저 녀석이 왜 내 영지를 습격해 왔는가를 생각해 보는 것이 우선이었다.

자작 따위가 감히 공작의 영지에 들어와서 마을을 태워 버린다는 것이 말이나 되는가?

"슈펠트, 자네가 보기에 녀석이 무슨 생각으로 이런 짓을 했다고 생각하는가?"

"일단 형식적인 도발이라고 보기에는 도가 지나친 감이 있습니다. 궁수들을 이용해 겁을 주는 차원을 지났으니까요. 아무래도 션우드가 지 쓰러뜨린 공작 각하가 어떻게 나올지 살펴보려는 행동 같습니다. 일단 그 전투가 외부에 크게 알려져 있지 않아 본 영지의 군세를 측정하기가 어려웠을 테니 말입니다.”

“드리포트의 군세는?”

“마을에서 살아 돌아온 자의 말에 의하면 대략 1천 내외라고 합니다.”

“1천?”

“예. 물론 그 이상의 숫자가 존재할 것은 분명하지만, 일단 토울스 강 너머로는 1천 명 정도가 주둔하고 있다 알고 있습니다.”

슈펠트의 말에 난 잠시 생각에 잠길 수밖에 없었다. 아군의 숫자가 훨씬 더 많음은 분명하지만 일단 너무 많은 병력으로 녀석을 공격할 수는 없는 일이었다.

아군의 군세가 1만에 가까운 것을 페이든 녀석에게 일부러 알려줄 필요는 없기 때문이었다.

“엡실론에게 알려라! 샐러만더 나이츠의 슈페리어 나이트 류과 함께 2천의 병력을 이끌고 녀석에게 본 영지가 그리 만만치 않음을 보여주라 전하시오!”

“하오나……”

“생각할 것 없다. 페이든이 본 영지의 힘을 구경하고 싶다면 보여주는 것도 나쁘지 않겠지. 그리고 우리 쪽에는 명분이 있다. 그런 명분이 있는 만큼 페이든이 대놓고 나서지는 못할 것이다.”

“그러나 페이든 공작은 왕도에 있습니다.”

“우리에겐 시미온이 있지 않은가. 그리고 그녀의 곁에는 삼왕자가 있다. 서신을 보내 왕도에 이 일을 알려 이 전투의 명분을 알리도록 해라. 그렇게 하면 그들도 노골적으로 드리포트를 편들지는 못할 것이다.”

"알겠습니다."

"아니, 내가 직접 나서는 것이 좋겠군. 병력 2천 중 1천은 자경대 복장으로 해라. 나머지 1천 명도 허름한 옷을 입히게. 정도껏 초라하게 보여 본작이 우습게 보이는 것도 나쁘지 않겠군."

"아!"

나의 말에 슈펠트는 무언가 깨달은 듯한 표정을 지었다. 확실히 영지의 힘을 아직 외부에 노출시켜서는 안 되는 입장에서 녀석에게 본때를 보여주려면 이 방법이 최선일 것이라는 생각이 들었다.

"션우드가 알디하렌으로 도주할 때 영지의 모든 것을 휩쓸고 갔다고 소문을 퍼뜨리게. 공작은 자신의 영지조차 관리하기 힘들어 셔면의 유민을 받는 대가로 돈을 받고 있다는 것도 함께! 사실상 론 백작과의 연계 사실이 감추어져 있는 상황에서 군비조차 충분히 돌리지 못하는 상황이니 철저히 불쌍하게 보여야겠지. 후후후."

페이든과의 머리 싸움이라면 거절할 필요는 없겠지. 철저하게 녀석을 농락해야겠다는 생각이 들었다.

다음날 나를 필두로 하여 총대장에는 엡실론, 기병장 슈펠트, 보병장 륜, 마법사 필리아, 정식으로 이번 원정에 참여하는 것은 아니지만 조언자의 입장으로 참여히는 저주시 이모랄과 그의 제자인 제스토 역시 포함되고, 참모로는 이스페든이 임명되었다.

2천밖에 되지 않는 병력은 지휘관을 비롯하여 정예로 선별했지만, 애석하게도 겉으로 보이는 이들의 모습은 지극히 초라하기 그지없었다.

물론 모두가 정규 병사이기는 하지만, 세인의 눈을 피하다 보니 정규 병사라고 하는 녀석들의 갑옷은 낡거나 색이 바랜 것이 대부분이었고, 자경대의 복장을 하고 있는 놈들은 제대로 된 갑옷조차 걸치지 못했으니 말이다.

"공작 각하, 이건 아무래도……."

샐러만더 나이츠에서 온 륜은 병사들의 모습을 보며 조금 껄끄러운 표정을 짓고 있었다. 그도 그럴 것이 제국의 슈페리어 나이트인 그가 낡고 낡은 플레이트 메일을 입고 있는 것이 마음에 들 리 없었다.

하지만 그를 비롯하여 다른 기사들 역시 허름한 갑옷을 입고 있는 것은 마찬가지였기 때문에 그렇게 큰 불만을 표시하지 못하고 있었다.

이런 부하들의 복장과는 달리 내 갑옷은 휘황찬란하기 그지없었다.

셔면이나 아멘 왕도로 갈 일을 대비하여 레트론의 드워프에게 부탁한 갑옷은 미쓰릴과 철을 섞은 금속으로 만들어 금박으로 모양을 내 눈부신 은빛과 금빛이 절묘하게 어우러져 있었다.

장인 종족인 드워프가 만든 갑옷인 만큼 하나의 예술품이라고 해도 과언이 아니었고, 또한 레크라스에게서 빼앗은 알다하렌산 준마에게 착용하게 할 마갑 역시 장인들에게 심혈을 기울여 만들게 했기 때문에 화려함의 극치를 달리고 있었다.

솔직히 나 역시 이런 번쩍번쩍한 갑옷을 입고 싶은 마음은 추호도 없었다. 전장에서 이런 갑옷을 입었다가는 적 병사나 기사들의 표적이 될 것은 분명하기 때문이었다.

하지만 내 자신의 가치를 최대한 깎기 위해선 어쩔 수 없는 선택이랄까? 아마 이 전투의 사정을 잘 모르고 있는 귀족들이 이런 나의 모습을 보면 코웃음을 칠 것이 분명한 일이었다.

병사들의 모습은 거지꼴인데 영주 혼자만 이런 화려한 갑옷을 걸치고 있으니 어찌 그런 생각을 하지 않겠는가?

"휴, 류 경. 이번 전투는 본작을 최대한 깎아내리기 위한 전투이기도 하니 불만은 오늘 상대할 녀석들에게 풀어주었으면 하네."

"그런… 휴……."

스스로를 깎아내리기 위한 복장이라는 공작의 말에 류은 할 말을 잃었다.

"엡실론, 병사들을 진군시켜라!"

"예. 전군 앞으로!!"

뿌우우!!

엡실론의 명령과 함께 진군 나팔이 크게 울려 퍼졌고, 드디어 드리포트 영지를 향해 나아가기 시작했다.

하지만 이것은 거의 쪽팔림의 극치였다. 거지꼴의 군대를 이끌고 있는 상황에서 은빛과 황금으로 만든 화려한 갑옷을 입고 있는 내 모습은 광대로밖에 보이지 않았기 때문이다.

군이 진군할 때마다 나와 보는 마을 사람들은 남녀노소 할 것 없이 모두 시선이 나에게로 향하고 있었기에 난 얼굴이 시뻘게질 수밖에 없었다.

'빌어먹을 놈의 드리포트 자작… 두고 봐라! 철저하게 괴롭혀 주마!! 으드득!'

슈펠트의 보고대로 토울스 강의 폭은 그렇게 넓지 않았다. 하지만 그렇다고 사람이 쉽게 건너갈 수 있을 정도의 깊이나 넓이도 아니었다.

토울스 강에 도착한 난 일단 화살 방어용 방패를 세우고 임시 진영을 이루게 한 후 병사들을 쉬게 했다.

병사들이 임시 막사를 세우고 있는 동안 난 제장들과 함께 적진을 살피기 위해 강 가까이로 움직였다. 일단 작전을 짜기 위해선 주위 지형과 녀석들을 살펴볼 필요가 있었기 때문이다.

도강이 필요한 지형인 탓에 녀석들은 이미 우리 쪽 군사가 올 것을 대비하여 방어적인 요소가 강한 진영을 이루고 있었다.

특히 강 건너편 1천의 병사들이 나무로 하나의 요새를 만들어 마치 수성전에 대비한 것과 같은 모습을 하고 있었기에 도강을 한다 해도 숨어 있는 녀석들을 공격하기 위해선 상당한 피해를 각오해야 할 듯했다.

"임시로 세운 것치고는 생각 외로 견고한 듯하군. 저 정도의 임시 요새를 세우려면 적어도 이 주 이상은 걸렸을 것 같은데 말이야."

"그렇습니다. 역시 사전에 계획되었던 일 같습니다."

"음… 엡실론, 자네라면 어찌하겠는가?"

"아군의 병력이 우세한 상황이니 공성 사다리를 이용하여 정공법으로 함락시키는 방법을 택할 것입니다."

"음… 슈펠트, 자네는?"

"일단 요새에서 먼 곳으로 도강한 후 적 진영 내에서 불화살로 방벽을 훼손시킨 다음 투석차를 만들어 나무 방벽을 파괴하고 함락하는 방법을 택하겠습니다."

"도강하여 적 영지로 들어가는 것은 조금 위험하지 않겠는가? 어쩌면 후방에 드리포트 자작의 또 다른 병력이 있을지 모르는데?"

"오히려 그런 편이 더 상대하기 쉽겠지요. 드리포트 자작 정도라면 영지의 전 병력이라고 해봤자 아군의 수와 비슷한 정도에 지나지 않을 것이니, 후방의 적을 각개격파하고 요새에 틀어박혀 있는 적을 외부로 끌어내어 상대할 수 있으니 말입니다."

그 말에 잠시 생각에 잠겼던 난 고개를 저었다. 모두들 저 요새를 함락하여 적을 소탕하는 데만 정신을 쏟고 있기 때문이었다.

견고한 요새를 상대로 싸운다는 것은 우세한 병력이 있다고 해도 상당한 피해를 감당해야 하는 일, 그건 처음 세웠던 내 계획에서 벗어나는 일이었다.

"이스페든, 당신의 생각은 어떻소?"

엡실론과 슈펠트의 의견이 마음에 들지 않아 그래도 머리가 좋은 이스페든에게 생각을 묻자 그는 고개를 끄덕이고는 나를 보며 말했다.

"구태여 저 요새를 함락할 필요가 있겠는가?"

"음… 자세히 말해 보시오."

"우리의 목표는 복수전. 그렇다고 하면 저기 보이는 요새를 함락하는 것만이 복수의 방법은 아닐 거란 말이네."

확실히 그의 말대로 움직이지 않는 요새를 칠 필요는 없었다. 드리포트 영지에서 요새가 지켜내는 부분은 극히 작은 부분에 지나지 않기 때문이다.

그런 생각이 든 난 슈펠트를 보며 물었다.

"슈펠트, 이곳에서 가장 가까운 드리포트 영지의 마을은 어디인가?"

"남동쪽으로 약 5킬로미터 떨어진 곳에 있는 테리슨 마을입니다."

"요새에서 멀리 떨어진 곳에서 도킹한 후 테리슨을 약탈한다. 눈에는 눈, 이에는 이. 당한 만큼 갚아주는 것처럼 보이는 것이지."

내 영지의 마을이 당한 만큼 갚아주는 것도 또 다른 복수가 아니겠는가? 물론 테리슨 마을에는 불행한 일이겠지만 모든 것은 드리포트 때문이니. 후후후.

"그리고 마을의 습격으로 요새에 틀어박혀 있는 녀석들이 나오면 처

리하고, 그래도 틀어박혀 나오지 않는다면 병력 중 일부를 남겨 요새의
병력을 묶어두고 나머지 병력은 드리포트 영주가 있는 성으로 진군한
다.”

“그렇다면 드리포트 영지를 도모하실 생각이십니까?”

“아직은 녀석의 영지를 도모해 페이든의 심기를 흐트릴 시기는 아니
다. 하지만 당한 만큼의 두 배 정도는 돌려주어야겠지. 현재 아군의 병
력과 녀석의 병력이 비슷한 상황이니 성에서 함부로 나오지는 않을 터,
화공으로 녀석이 있는 성에 최대한 피해를 준 후 물러난다. 물러서는
아군을 보며 녀석이 추적해 오면 싸우고 그렇지 않다면 그대로 후퇴,
요새의 병력을 묶어둔 아군과 함께 다시 우리 쪽 영지로 돌아온 후 병
력 중 오백 정도를 요새 맞은편에 주둔시킨 후 물러난다.”

“하오나 드리포트가 가만히 있겠습니까? 성에 있는 병력을 모아 요
새의 병력과 합쳐 또 영지로 쳐들어올 수도 있습니다.”

이미 그러한 것도 예상하고 있었기에 난 고개를 끄덕이고 그의 물음
에 답해주었다.

“남은 병력은 물러나 후방에서 오 일 정도 복병계를 사용한다. 녀석
이 움직이지 않는다면 처음 생각대로 그대로 병력을 남긴 채 영지로
돌아가고, 그렇지 않고 광분한 드리포트가 영지의 전 병력을 이끌고 도
강하여 공격해 들어오면 주둔시켜 놓았던 병력을 후퇴시켜 적을 복병
계의 함정으로 이끌어낸 후 괴멸시키는 것이지. 또 복병계와 동시에
일부의 병력을 돌려 적 요새를 점거하여 영지의 경계선을 토울스 강
남쪽으로 바꾸어놓는다.”

나의 말에 제장들은 고개를 끄덕이며 찬성했다. 이런 작전은 아군의
병사들이 최정예이기 때문에 가능한 것이지, 만약 옛날처럼 어중이떠

중이 병사들이었다면 세울 수조차 없는 계획이었다.

"그것으론 조금 부족한 것 같군."

"응? 이스페든, 다른 생각이라도 있는가?"

그때 이스페든이 툭 던지는 말에 되물어보았다. 그러자 그는 미소를 지으며 말했다.

"복병계가 성공한다면 녀석은 가장 가까운 도피처로 도망갈 것이 분명할 터, 그곳이 어디겠는가?"

"음… 당연히 자신들이 만들어놓은 요새겠지. 하지만 그것은 내 생각대로라면 녀석들이 도주하기 전 병력을 돌려 점령할 터인데?"

"요새는 그냥 내버려 두고 녀석을 그곳에 묶어두는 것이 좋겠군. 그리고 일부 병력을 돌려 녀석의 성을 습격하여 털어갈 수 있는 만큼 최대한 털어가는 것이 좋겠군."

"아!"

"그와 동시에 녀석의 약점이 될 만한 것을 가져오면 나중을 생각해서도 상당히 좋겠지?"

사악한 늙은이 이스페든은 나의 계획에 조금 보강해 주는 것을 잊지 않았다. 역시나 참모로서 쓸모있는 늙은이였다.

물론 이 모든 것은 드리포트가 내 계획에 따라 움직여 주어야 가능한 일이지만, 사람 일이라는 게 마음대로 되는 것이 아니었기 때문에 그 정도는 각오하고 있었다.

하지만 생각대로 움직여 주지 않는다고 해서 드리포트 정도에 당할 내가 아니었기에 그리 긴장감은 생기지 않았다.

다음날 엡실론을 선두로 하여 토울스 강을 따라 상류 쪽으로 병력을 이동시켰다. 자신들과 싸우리라 생각했던 우리가 갑자기 방향을 선회하자 요새 안에 틀어박혀 있던 녀석들에게서 당황하는 모습이 드러나고 있었다.

하지만 어쩌랴? 아무래도 요새에 틀어박혀 있으라는 명령을 받았던 때문인지 우리를 따라 움직이지는 않았다.

"조금이라도 녀석들이 움직여 준다면 당장이라도 처리하고 영지로 돌아가고 싶군."

"일단 그것이 가장 간단하고 편한 방법은 분명할 테니까."

나의 말에 이스페든은 동감하는 듯 고개를 끄덕이며 중얼거렸다. 확실히 내 영지의 마을을 불태운 것에 대한 대가를 지불해 주는 것이기에 1천의 병사들이라면 충분히 제물로서 가치가 있었다.

하지만 녀석들은 나에게 그런 제물을 바칠 생각을 전혀 하지 않고 있었으니 더 큰 대가를 치른 후에야 후회하게 될 것이다.

감히 나 이드리샤 공작의 영지로 들어와 난리를 피운 것이 얼마나 큰 실수였는가를 말이다.

강을 살피다 비교적 폭이 좁은 부분을 발견한 난 임시 부교를 만들어 병력을 강 건너로 이동시켰고, 곧바로 병력 중 오백 정도를 요새 쪽으로 이동시켰다.

오백의 병사들을 적이 잘 보이지 않는 곳에서 이동하게 하여 최대한 병사의 숫자를 많아 보이게 하라고 지시했다.

그래야 요새의 병사들이 우리 쪽 병력이 강을 건너와 자신들을 상대하기 위해 상류로 올라가 강을 넘어왔다 생각할 것이기 때문이다.

오백의 병사를 요새 쪽으로 남겨놓은 난 나머지 천오백의 병력을 이끌고 테리슨 마을을 향해 나아갔다.

두 시간여 정도의 행군 후 드디어 나의 눈앞에 테리슨 마을의 모습이 들어왔다. 대충 오백여 가구 정도가 사는 듯한 마을은 평화로움이 가득해 보였다.

하지만 잠시 후 그 평화로움은 비극으로 끝날 것임을 아는 난 입가에 미소를 짓고는 엡실론을 불렀다.

"엡실론."

"예, 공작 각하."

"병사들에게 테리슨 마을의 약탈을 시작하라 명하라!"

"예."

나의 말에 고개를 숙여 대답한 그는 잠시 후 깃발병을 향해 손을 올렸고, 다음 순간 진격의 나팔 소리와 함께 병사들의 함성 소리가 크게 울려 퍼졌다.

"와아아!!"

그리고 테리슨 마을을 향해 병사들은 진격해 들어가기 시작했다. 조금은 난잡한 모습이었지만, 이것은 약탈자와 같은 모습을 유지하라는 명을 미리 내렸기 때문이다.

"나도 가볼까."

병사들이 마을을 향해 달려가는 모습을 보며 나 역시 빠질 수 없다는 생각에 말의 박차를 가했고, 호위 기사단 오십여 명 또한 나의 뒤를 따라 테리슨 마을로 향했다.

"꺄아악!!"

"사람 살려!!"

"마을을 불태우고!! 재물을 약탈하라!!"

천오백의 병사들이 테리슨 마을에 당도하여 약탈과 함께 집에 불을 지르기 시작하자, 그 모습은 아비규환의 모습이 따로 없었다.

사방에서 여인들의 비명 소리와 사람들의 신음 소리가 울려 퍼졌다.

갑작스러운 공격에 마을 사람들의 대부분이 피하지 못한 채 내 병사들의 약탈에 희생되고 있는 것이다.

"휴… 끔찍하군."

이전에 아메로스 남작의 저택을 약탈할 때와는 달리 일반 평민의 마을을 공격하고 있는 덕에 그리 마음이 편하지는 않았다.

만약 내 영지에 있는 자들이라면 내 보호를 받으며 살아가고 있을지도 모를 일이었지만, 애석하게도 이들은 드리포트의 영주민이었다.

"꺄아악!! 살려줘요!!"

"크흐흐흐!!"

문득 여자의 비명 소리에 고개를 돌려보니, 병사 한 녀석이 한 여인의 머리채를 잡고 집 안으로 끌고 들어가는 모습을 볼 수 있었다.

아마도 여인을 범하기 위해서라 생각된다. 과거였다면 나 역시 저들과 같이 한몫 보려 했을 것이 분명했지만, 알리샤와 리안나를 아내로 맞고 자식 녀석들이 생긴 지금에 와서는 그리 흥미가 당기지 않았다.

마을을 뒤져 보면 예쁜 여자야 있겠지만 그런 짓을 하는 것이 두 사람에게 미안한 생각이 들었기 때문이다.

"병사들에게 적당히 하라고 해. 대충 이곳 일을 처리하고 드리포트의 성으로 가야 하니 말이야."

"알겠습니다."

"앞으로 한 시간을 주겠다. 최대한 약탈할 수 있는 것은 약탈하고 일백 정도를 선별해 마을에서 약탈한 것을 가지고 영지로 돌아가라 전하게. 그리고 일백 정도는 도수가 높은 술이나 기름을 오크통에 담아

마차에 실어 나르도록 하게. 드리포트 성에서 유용하게 써먹을 수 있게 말이야.”

“예.”

나의 명에 빌은 고개를 숙이며 대답하고는 각 지휘관에게 명령을 전달했다. 난 마을의 광장의 엉성하게 만들어진 우물로 다가가 타고 있던 말에서 내려 불타고 있는 마을을 바라보았다.

장관이라고나 할까? 불길이 하늘 높이 치솟아오르는 모습은 나의 심장을 들뜨게 하고 있었다.

“영주님, 마을 주점에서 명주를 찾았기에 가져왔습니다.”

“응? 오! 이런 물건이 이런 평민 마을에 있다니 놀랍군. 한 잔 따라주게.”

“예.”

빌이 병사들에게서 받아 온 물건은 아멘에서도 구하기 어렵다는 아멘의 포도 산지 중 가장 유명한 소브로에서 만든 72년산 포도주였다.

한 병에 족히 수백 골드를 넘어간다고 알려져 있는 고급 포도주인지라 내 성에도 귀빈을 위해 단 두 병 구해놓았을 뿐인데, 이런 평민 마을에서 구경하니 어찌 반갑지 않겠는가?

빌이 건네준 와인잔을 받아 든 난 붉은 포도주의 색을 보며 미소를 지을 수 있었다.

“마치 핏빛 같군. 검붉은색의 포도주라… 후후후!”

붉은 불길이 사방을 적시며 비명을 지르는 인간들, 피가 대지를 적시는 와중에 마시는 한 잔의 핏빛 포도주는 조금은 색다른 풍미를 자아내고 있었다.

“빌, 자네도 한잔하지 않겠나?”

“아닙니다.”

살짝 혀끝으로 감도는 달콤함이 과연 소브르산이라는 생각을 하며 빌에게도 권유해 보았지만, 그는 그다지 흥미가 돌지 않는 듯했다. 아니, 표정을 보아하니, 상당히 불쾌한 모습이 역력했다.

“빌.”

“예, 공작 각하.”

“자네는 이런 일을 그다지 달가워하지 않는 듯하군.”

“…그렇습니다.”

“음… 자네의 마음을 이해하긴 하네. 나 역시 이런 약탈이 이제는 그리 즐겁지 않군.”

“이것은 결코 즐거운 일이 될 수 없습니다. 힘없는 자를 약탈하는 것은 말입니다.”

조금은 강한 어투로 말하는 그를 보며 난 고개를 끄덕였다. 하긴 모든 이에게 이런 약탈이 즐거울 리는 없었다.

아무리 가해자 편에 들어 광란자가 되더라도 후에 자신과 가족을 생각한다면 후회가 될 것이 분명했기 때문이다.

“자네의 말이 틀리지 않네. 평민들의 입장에선 이런 약탈자는 악인일 수밖에 없으니까 말이야.”

“……”

“좋아! 대충 이만하고 이곳을 뜨도록 하세. 이 정도면 드리포트의 병사들에게 당한 마을에 대한 복수는 해준 것이겠지. 그리고 이곳에 남을 자들에게도 조금은 살 희망을 주어야 할 테니 말이야.”

나의 말에 빌은 기다렸다는 듯이 각 소지휘관에게 명령을 내렸고, 잠시 후 나팔 소리가 들리며 회군의 신호가 울려 퍼졌다.

병사들은 갑자기 회군의 나팔 소리가 울려 퍼지자 인상을 찌푸리는 표정이 역력했지만, 녀석들을 기쁘게 해주기 위해 명령을 번복할 생각은 없었다.

마을을 빠져나오자 이스페든과 필리아가 일부 병력과 함께 마을 밖에서 대기하고 있는 모습이 보였다.

"이곳에 있었군?"

이번 약탈 계획에 일조를 한 사람이 바로 그인지라 난 의외라는 표정으로 이스페든에게 물었는데, 그는 고개를 내저으며 말했다.

"목적을 위해선 다소의 희생은 불가피하다 생각하지만 저런 광란에 끼어들고 싶은 마음은 없다네."

"음, 하긴 이해할 수 있겠군. 이스페든, 간단한 투석차를 만들고 싶은데, 알고 있는가?"

"투석차? 원리는 대충 알고 있네."

"그렇다면 병사들에게 준비를 시켜두게. 드리포트의 성에서 쓸모가 있을 것 같으니 말이야."

"자네가 무슨 생각을 하고 있는지는 대충 알 것 같군."

나의 말에 이스페든은 알겠다는 표정을 하며 고개를 끄덕이고는 병사들에게 명령을 내리기 시작했다.

테리슨 마을의 약탈을 끝낸 난 병사들을 이끌고 곧바로 드리포트의 성을 향해 나아갔다.

솔직히 예상치 못한 일이지만 마을의 약탈로 인하여 군의 사기는 크게 치솟아 있었다. 아니, 그때의 기분이 사라지지 않은 듯했다. 그것을 보곤 빌은 미간을 찌푸리며 이들을 안정시키려 노력하고 있는 모습이 보였고, 엡실론이나 슈펠트 역시 그리 표정은 좋지 않은 듯했다.

하긴 엡실론이나 슈펠트는 기사도를 숭상하고 있는 사람들이었으니 약탈을 한 후 사기가 치솟는 병사들이 마음에 들 리가 없을 것이다.

또 가장 크게 작용하는 것은 지금 원정군의 대부분은 내 영지의 병사가 아니라 샐러만더 나이츠의 병력이라는 것이다.

양국의 상황을 보더라도 서로를 경원 시한 역사가 거의 수백 년을 넘어가니, 하층의 사람들이라고 해도 서로를 보면 그다지 좋은 시선을 가지지 못하고 있었다.

그러니 그런 나라에서 이런 짓을 하는 것은 오히려 그들이 본국으로 돌아간 후에는 자랑거리가 될 수도 있는 일이었다.

그런 생각이 들자 조금 기분이 나빠지는 것도 같았다.

'흥. 열심히 좋아해라. 앞으론 그렇게 좋아할 시간도 없게 팍팍 굴려줄 테니까. 흥!'

내 영지의 마을을 공격한 드리포트도 마음에 들지 않지만, 그렇다고 아멘의 사람들을 약탈하고 히죽거리는 샐러만더 나이츠 녀석들도 마음에 들지 않았다.

"륜 경!"

"예, 공작 각하."

"병사들을 진정시키게. 저렇게 들떠 있는 것을 보니 불안한 마음이 드는군."

"알겠습니다."

륜을 부른 난 들뜬 분위기의 병사들을 안정시키게 한 후 엡실론과 슈펠트, 빌을 불러들였다.

"엡실론, 자네 표정을 보니 테리슨의 일이 그리 마음에 들지 않는 듯하군."

"…솔직히 그렇습니다. 기사 된 자로서 아무 힘도 없는 양민을 죽이고 약탈한다는 것은……."

"음… 슈펠트와 빌 역시 엡실론과 마찬가지 생각인가?"

"그렇습니다. 이런 일이 자주 있다면 자칫 기사단의 명예를 더럽힐 수도 있는 일입니다."

확실히 슈펠트의 말대로 기사단에 이런 일이 자주 있게 되면 평민들의 눈총을 사게 될 것이 분명했다.

"자네들의 뜻에 동감하는 바이네. 솔직히 필요에 의한 일이라고는 하지만 나 역시 이런 일이 그리 마음에 들지는 않는군. 앞으로 이런 일은 없을 것이네. 그건 그렇고, 영지의 병사들과 삼황자의 병사들 사이에 알력 다툼은 없는가?"

"일단 그런 면에선 확실히 통제하고 있기 때문에 아직까지는 보이지 않지만, 마을 약탈에서 보신 바와 같이 영지의 병사들은 전혀 약탈에 참가하지 않는 것을 감안한다면 아마도 조만간 이들 간의 충돌이 있을 것 같습니다."

"하긴 적국의 병사들과 충돌이 없는 것이 오히려 더 이상한 일이겠지. 하지만 큰 충돌이 있어서는 안 되니 사전에 잘 통제해 주도록 하게. 삼황자의 병사와 영지의 병사들의 숫자가 비슷한 상황이니 말이야."

"알겠습니다."

마을의 약탈로 기분이 저하된 제장들의 사기를 올려줄 필요가 있다고 생각한 난 다시는 이런 일이 없겠다고 그들을 다독여 주었다.

또 병사들 간의 알력 다툼도 있을 수 있기 때문에 그것에 대한 당부도 잊지 않았는데, 그때 내 귓가로 낮은 저음의 목소리가 들려왔다.

"공작 각하, 이모랄입니다."

"이제 그만 물러가도록 하게."

"예."

상대가 이모랄이라는 것을 확인한 난 이들을 보낸 후 조용히 읊조리 듯 말했다.

"그래 무슨 일인가?"

"마나 사제 델포스가 당도했습니다. 이미 게리오스님께 공작 각하의 일에 적극 협력하라는 명을 받았으니 분부만 내려주시면 데리언 학파의 힘을 보여 드리겠습니다."

"오! 그대들이 도와준다면 이번 싸움은 훨씬 편해질 수 있을 것이오."

마나 사제가 영지에 있다는 소식은 들었어도 그가 어디 있는지도 모르는 상황이었다. 일단 전투를 시작하기 전에 그를 불러오라는 명령을 내리기는 했지만, 이렇게 제때에 도착하리라곤 생각지도 못했다.

그가 왔다면 이번 드리포트 원정에 상당히 도움이 될 것이 분명하기 때문에 난 크게 마음을 놓을 수 있었다.

다음날 원정대는 드디어 드리포트의 성에 도착할 수 있었다. 일단 드리포드 역시 페이든 공작의 일파였으니 부유한 귀족층에 속하는지 전략적으로 거의 가치가 없는 곳에 성이 존재함에도 불구하고 성곽은 상당히 견고해 보였다.

"상당히 견고한 성곽이로군. 빌!"

"예. 영지의 병사 중 드리포트의 성에 가본 적이 있는 사람에게서 대충 성 내부도를 완성할 수 있었습니다. 중앙의 드리포트 내성을 중심으로 남쪽으로 약간 떨어진 곳에 광장이 있고, 그 주변으로 큰 시장이 형성되어 있습니다. 그리고 내성을 중심으로 부유한 계층의 저택이, 성곽 주변에는 평민의 가옥이 위치해 있으며 성 서쪽으로는 병사들을 위한 시설과 연무장이 배치되어 있습니다."

"음… 급히 알아본 것치고는 자세하군. 이스페든, 투석차는 어떻게 되었는가?"

"대충 중요한 부품 등은 이곳으로 오면서 급히 만들라 지시했으니 내일 정도쯤에는 두세 대 정도는 완성할 수 있을 것 같네."

"충분하군. 엡실론!"

"예, 공작 각하."

"일단 녀석들에게 긴장을 좀 일으킬 필요가 있으니 공격하는 모습이나 대충 보여주도록 하게."

"알겠습니다."

나의 명령에 드디어 드리포트 성에 대한 첫 번째 공격이 시작되었다. 물론 그저 겉보기에만 거창하지 이 공격은 녀석들이 어떻게 나올지를 알아보는 데 지나지 않았다.

각 소지휘관에게 이미 이번 공격에 대해서 대충 알렸기 때문에 병사들의 움직임에는 그리 큰 문제는 없으리라 생각했다. 그때 진격의 나팔이 길게 울려 퍼짐과 동시에 병사들이 함성을 지르며 드리포트 성을 향해 진격해 들어갔다.

드리포트 성은 견고했기 때문에 천오백 정도의 병사로 함락시킬 수 있다고는 생각되지 않았지만, 일단 병사들에게 공성전과 같은 움직임을 보이라 명령했다.

병사들이 성 가까이로 밀려들어 가자 수백 발의 화살이 하늘을 뒤덮을 듯이 날아왔지만 성 내부에 그리 뛰어난 장수가 없는 듯, 화살은 병사들이 도착하기 전에 그들의 앞에 떨구어지며 그리 큰 효과는 보지 못했다. 하나 눈 먼 화살에도 맞는 녀석이 있는지 순식간에 수십 명의 병사들이 거꾸러지는 모습을 볼 수 있었다.

"보아하니 군비는 충분한 듯하군."

"드리포트 영지는 비교적 부유한 곳에 속한다 들었으니 이 정도는 당연한 일이겠지."

"하긴, 나라면 아까워서 이 정도의 병력에 활을 쓸 생각은 하지 않았을 텐데 말이야. 필리아!"

"예, 영주님."

"파이어 볼 정도의 마법으로 성을 공격할 수 있겠는가?"

"거리가 멀어 위력은 반 정도로 줄어들겠지만 가능할 것 같습니다."

"음… 그렇다면 다섯 번 정도 성벽에 마법을 부탁한다."

"예."

나의 말에 고개를 끄덕인 그녀는 화살이 닿지 않는 범위까지 이동해 가서는 천천히 주문을 외우기 시작했고, 잠시 후 마나의 흔들림과 함께 그녀에게서 파이어 볼이 뻗어 나가는 것을 볼 수 있었다.

쿵!!

그녀의 말로는 위력은 반 정도로 줄어들 것이라 했지만, 과연 원소 마법에 비해서 공격력이 위인 흑마법인 때문인지 화려한 폭발은 과연 마법이라는 생각이 들었다.

하지만 그녀의 마법이 끼친 효과는 그저 성벽의 일부를 그슬리고 한두 명 다친 것에 불과할 뿐이었다.

워낙 거리가 먼 탓도 있지만, 성벽 자체가 견고한 것도 그 이유였다.

필리아는 그 후에도 서너 번 정도의 파이어 볼을 성벽으로 날린 후 돌아왔는데, 얼굴을 보니 상당히 피로한 모습과 함께 이마는 땀으로 범벅이 되어 있었다.

"수고했다, 필리아. 잠시 물러나서 휴식을 취하도록 하게."

"알겠습니다."

흑마법사로 5서클 정도면 이 정도뿐인가 하는 생각에 조금 실망감도 들었다. 파이어 볼을 다섯 번 정도 쓴 것에 불과한데 저런 모습이라니.

하지만 아군에 마법사의 존재가 알려진 이상 이제 드리포트 녀석은 함부로 나서진 못할 것이다.

마법사라는 것이 만능은 아니었지만, 그들이 있음은 전술상의 폭이 넓어지기 때문에 작전을 세우는 것이 편하고, 일반 평민들에게는 그 존재에 상당한 경외감을 보이기 때문에 사기 진작에도 상당히 도움이 되었다.

"슈펠트, 군을 물리도록 하게."

"예."

역시나 드리포트의 성을 함락시키기에는 여러 가지가 역부족이었는지 아군 병사의 피해가 커져 가고 있기에 슈펠트에게 명령해 군을 물리게 했다.

퇴각의 니팔 소리가 들리자 일시에 성을 점기하기 위해 나아갔던 병사들이 후퇴하기 시작하니, 드리포트의 성에서는 자신들이 승리했다 생각하는 함성이 울려 퍼지고 있었다.

"작전상의 후퇴라고는 하지만 마음에 들지는 않는군."

성에서 물러나는 병사들을 보며 중얼거린 난 다시 슈펠트에게 병사들 진영을 구축하라 명했다.

　그저 시늉만으로 공격을 한 것이었지만, 역시나 공성전이라는 것 자체가 결코 쉬운 일이 아닌지 천오백의 병사들 중 이십여 명이 죽임당하고 오십여 명이 부상을 입고 물러나고 말았다.

　공성 사다리조차 올리지 않은 상황에서 이 정도의 피해라면 만약 진짜 공성전을 시도했다면 피해는 엄청났을 거란 생각이 들었다.

　"아무래도 쓸데없이 병사들을 죽인 것 같은 기분이 드는군."

　제장들을 소집한 회의에서 내가 중얼거리자 이스페튼은 미소를 지으며 답했다.

　"우리 쪽은 드리포트의 성을 점령할 능력이 없다. 겁만 많은 공작은 성을 함락하지 못하자 화풀이로 성에 불을 지르고 물러나는 것으로 분풀이를 하고 끝냈다는 것이 자네의 생각 아닌가?"

　"공작으로서 상당히 치졸하게 보이는 행동이니 페이든의 눈을 흐리기에는 좋겠지만 별로 마음에 들지는 않는군."

　작위 중 가장 높은 공작이라는 직함을 지니고 있는 내가 자작 따위의 성을 함락하지 못하여 성질만 내다 화공으로 성에 불을 지르고 물러났다는 것은 웃음거리가 되기에 충분한 일이었다.

　아마도 이 싸움이 소문이 난다면 왕도의 귀족들은 스스로 귀족으로서의 명예를 포기했다고 나를 보며 조롱을 보낼 테지만, 아직 페이든을 상대할 때가 아님을 잘 알고 있는 나로선 그저 복수로 만족해야만 했다.

　"투석기를 최대한 빨리 완성시켜라. 더 이상 저 성 따위는 보고 싶지 않으니까 말이야."

　"알겠습니다."

　"아! 그리고 내일쯤 마법사 두 사람이 도착할 것이다. 쇼브른 학파라는 알려지지 않은 자들이지만 실력은 꽤 된다고 게리오스가 고향으로 떠나기 전에 천거한 사람이니 그리 알아두도록.”

“예.”

쇼브른 학파는 데리언 학파의 마법사들에게 대신 부여한 학파의 명칭이었다. 언제까지 이름을 속일 수는 없는 일이기에 이런 선에서라도 이들을 외부로 끌어내야 한다는 생각이 들었기 때문이다.

다음날 오후, 드디어 이스페든에게 제작을 명령했던 투석차가 완성되었다. 하지만 예상했던 것과는 달리 투석차의 모습은 뭔가 어설프기 그지없는 모습이 역력했다.

“이스페든, 저것이 투석차인가?”

“그렇다네. 부랴부랴 만드느라 상당히 어설퍼 보이지만 그래도 일을 진행하기에는 부족함이 없을 것이라네.”

“음…….”

하긴 며칠의 시간 만에 투석차를 만들라고 지시했던 것이 조금 무리였다는 것은 알고 있었다. 하지만 그래도 외장에 조금 신경을 썼으면 했는데, 투석차의 여기저기에는 가지도 제대로 처리하지 못했는지 울퉁불퉁한 데다가 바퀴조차 달려 있지 않아 움직이는 것도 버거워 보였다.

“그런데 저걸 어떻게 움직인다는 것이오?”

“통나무를 여러 개 밑에 깔아놓고 밀어야겠지.”

“음… 슈펠트.”

“예.”

“슬슬 시작할 때가 된 것 같군. 병사들에게 투석차를 드리포트의 성

앞으로 이동시키도록 해라."

"예."

나의 명령에 드디어 세 대의 투석차는 서서히 드리포트의 성으로 이동하기 시작했다. 거대한 투석차의 모습에 성에서 보고 있던 녀석들은 크게 당황하는 모습이 역력했다.

우리들이 투석차를 이동시키자 성 내에선 종소리와 함께 성벽 위의 병사들이 황급히 이동하고 있는 모습이 보이고 있었기 때문이다.

하지만 어차피 투석차에 비해 활의 사거리는 비교가 될 수 없는 일이었기 때문에 성안에 틀어박혀 나올 생각을 하지 않는 그들을 전혀 무서워할 필요가 없었다.

투석차가 드리포트 성을 바라보며 일렬로 세워지자 테리슨 마을에서 준비해 놓았던 술과 기름이 든 오크통을 운반해 오기 시작했다.

"본격적으로 화공을 시작하기 전에 일단 투석차란 이름답게 돌이라도 한 번 날려보게."

"알겠습니다."

나의 말에 투석차를 담당하고 있는 병사들이 움직이기 시작했고, 잠시 후 한 대의 투석차에 돌이 실렸다.

"음… 얼마나 날아갈지 궁금하군. 발사!"

"발사!!"

솔직히 공성 병기 중 투석차라는 것을 처음 본 나로선 그 사거리조차 잘 알지 못하고 있는 형편이었다.

그 때문에 이스페든의 주도 하에 만든 투석차의 위력이 궁금할 수밖에 없었기에 흥미를 느끼며 발사를 명령했고, 잠시 후 투석차를 담당하는 기사의 외침과 함께 삼십여 명 정도의 병사들이 일제히 고함을 지르며 밧줄을 앞으로 당겼다.

후두둑… 슈!!

그러자 투석차의 중앙에 있는 긴 나무가 크게 앞으로 회전을 하는가 싶더니 이내 끝에 매달린 가죽에 쌓여 있던 돌이 허공을 가르며 긴 포물선을 그리며 날아갔다.

쿵!!

그리고 여지없이 족히 어른 네 뼘 정도의 둘레를 지닌 돌은 그대로 드리포트의 성벽과 충돌하니, 큰 소리와 함께 충돌한 돌은 성벽에 크게 흠집을 낸 후 부서져서는 땅으로 떨어졌다.

"음… 견고하군."

커다란 돌에 격중당했음에도 불구하고 흠집만 난 성벽을 보며 그 견고함에 조금 놀랐다.

"이스페든, 저것이 최고 사거리는 아니겠지?"

"대충 성벽 주위를 겨냥한 것에 불과하네. 최대 사거리는 저 거리의 두 배 정도는 가능할 것이야."

"그런가? 음… 술과 기름이 들어 있는 오크통을 날려도 그 정도 사거리가 될까?"

"글쎄. 한 번 날려봐야 알겠지."

"그런가? 그럼 시범 삼아 이끼와 같은 사거리로 한번 날려보도록 해 보게."

나의 명령에 고개를 끄덕인 이스페든은 기사에게 지시를 내려 투석차에 오크통을 실으라고 명령했다.

내 계획이 성공하려면 오크통 역시 방금 전 돌과 비슷한 사거리를 내야 했기 때문에 조금 긴장이 될 수밖에 없었는데, 그때 투석차 주변에서 큰 소란이 생겼다.

"누구냐!!"

"저자를 막아라!!"

"응?"

투석차 부근에서 갑자기 소란이 일어 그곳을 바라보자 중앙의 투석차 가까이에 흰 로브를 입고 있는 사십 대 정도의 중년인이 병사들에게 포위당해 있는 것을 볼 수 있었다.

"무슨 일이냐?"

"갑자기 정체를 알 수 없는 자가 투석차로 접근해 왔습니다."

"흥! 웃기는군. 눈에 뻔히 뜨이는 흰 로브를 입고 이곳까지 왔는데도 중간에 알아챈 사람이 없었단 말인가?"

나로선 병사들이 저자를 지금 발견했다는 것에 더 황당함이 밀려왔는데, 그때 귓가에서 누군가의 목소리가 들려왔다.

"공작 각하, 이모랄입니다."

"오! 이모랄."

"지금 투석차 쪽에 와 있는 자가 공작 각하께서 기다리시던 마나 사제 델포스입니다."

"아!"

갑자기 나타난 정체 모를 사내가 기다리던 마나 사제 델포스라는 것을 안 난 미소를 지으며 말했다.

"포위를 풀어라. 그자는 내가 기다리고 있던 자다."

나의 말에 델포스를 포위하고 있던 병사들은 포위를 풀었고, 백색의 로브를 입고 있는 중년인은 입가에 미소를 띤 채 다가와서는 정중히 귀족에 대한 예를 표하며 말했다.

“이드리샤 공작 각하께 인사드립니다.”

“기다리고 있었소이다. 쇼브른 학파의 마도사 델포스 경.”

쇼브른 학파라는 말에 델포스는 조금 의아한 표정을 짓다 이내 나의 뜻을 간파하고는 다시 미소를 지으며 말했다.

“공작 각하께서 미천한 마법사를 이토록 반겨주시니 송구스러울 뿐입니다. 그나저나 저 투석차를 만든 자가 누구인지 궁금하군요.”

“그대가 보기에 이상한 것이라도 있소이까?”

“급조하여 만든 것이라 하지만, 저 투석차의 양식이 대륙 서부 쪽을 따르고 있는지라 남부의 아멘에서 흔히 보기 어려운 것이어서 흥미가 생겼을 뿐입니다.”

“아! 그런 것인가?”

델포스는 대륙 서쪽에 위치한 오스람 국에서 온 사람. 한 나라를 장악하고 있는 자이니 만큼 투석차 같은 것도 간혹 보았을 것이다.

공성 무기 같은 경우에는 거의 비슷비슷하지만, 각 나라마다 독특한 양식이 있다는 것을 들은 적이 있기 때문에 난 이스페튼을 보며 말했다.

“저 투석차를 설계한 사람은 여기 계신 이스페튼 경이라오.”

“이스페튼… 아! 그분이셨군요.”

이스페튼이라는 말에 잠시 생각에 잠기던 델포스는 이내 손뼉을 치며 반가운 표정을 짓고는 누구인지 알겠다는 듯한 모습을 보였다.

하지만 이스페튼이 위현자라는 것이 밝혀지면 곤란하기 때문에 난 델포스에게 고개를 저으며 말했다.

“이스페튼 경과의 이야기는 나중으로 미루도록 합시다.”

“알겠습니다, 공작 각하. 한데 저 투석차를 이용하여 오크통을 성 쪽으로 날릴 것 같은데, 안에 들은 내용물이 무엇인지 물어보아도 되겠습니까?"

"근처의 마을에서 공수해 온 술 아니면 기름일 것이오."

"투석차를 이용한 화공을 펼칠 생각이시로군요. 음… 그렇다면 제가 약간 손을 보아도 되겠습니까?"

델포스의 말에 난 잠시 생각에 잠긴 후 고개를 끄덕였다. 그가 손을 보겠다는 것은 자신의 실력을 잠시 보여주겠다는 말과 같은지라 마나 사제의 힘을 구경하고 싶은 생각이 들었기 때문이다.

"좋소이다. 그대의 실력을 한번 펼쳐 보시오."

"그럼……."

나의 말에 고개를 끄덕인 델포스는 천천히 투석차 쪽으로 걸음을 옮기더니 투석차의 가죽 주머니에 올려져 있는 오크통에 오른손을 가져가서는 무엇인가 주문을 외우기 시작했다.

그러자 잠시 후 푸른빛이 일렁이는가 싶더니 이내 오크통에 빨려 들어갔고, 델포스는 뒤로 걸음을 옮기더니 투석차를 담당하고 있는 기사를 보며 말했다.

"자, 이제 그대의 솜씨를 보도록 합시다."

"……."

"발사하라."

"발사!"

델포스의 말에 영문을 몰라 하는 그를 보며 난 슈펠트에게 발사 명령을 내렸고, 잠시 후 슈펠트의 외침에 따라 투석차는 오크통을 드리포트의 성을 향해 발사했다.

후두둑… 슈!!

또다시 병사들의 고함과 함께 투석차는 오크통을 하늘 높이 날렸고, 허공을 가르며 날아간 오크통은 잠시 후 전에 날렸던 돌과 마찬가지의 궤도를 그리며 성벽에 충돌했다.

하지만 성벽에 충돌한 오크통은 전에 날렸던 돌과는 전혀 다른 위력을 보여주었다.

콰과광!!

오크통이 성벽에 충돌한 순간 갑자기 엄청난 폭발음과 함께 대지가 진천했기에 난 크게 놀랄 수밖에 없었다.

"뭐야!!"

놀란 가슴을 진정시키고 드리포트의 성벽을 바라보았는데, 첫 번째 날린 돌은 성벽에 약간 손상을 준 것에 불과했는데 비해 단순히 술이나 기름이 들었을 오크통은 성벽 일부를 크게 파손시켜 버렸기 때문이다.

오크통이 충돌했을 때의 폭발로 인한 화염은 주위를 휩쓸어 버렸으니 나로선 설마 단순히 술이나 기름이 들었을 오크통이 이런 위력을 내리라고는 생각지도 못했다.

"델포스, 자네의 솜씨인가?"

"별것 아닙니다. 단지 오크통에 들어 있는 발화 물질의 마나를 활성화하여 일순간 큰 폭발을 만들어냈을 정도에 불과하니까요."

"오!!"

데리언 학파 중에서도 마나를 신격화할 정도로 자유자재로 다루는 사람인 만큼 나로선 그의 능력에 크게 감탄할 수밖에 없었다.

아니, 이는 나뿐 아니라 주위에 있던 제장과 병사들 모두가 놀란 표정을 감추지 못하고 있었다.

더 이상 참을 수 없던 난 자리에서 일어나 박수를 치며 소리쳤다.

"대단하군. 이것이 그대의 힘인가?"

"극히 일부의 힘일 뿐입니다."

"놀랍소. 도저히 내 눈으로 보아도 믿어지지 않는군. 한 번만 더 보여줄 수 있겠소?"

"공작 각하께서 원하신다면."

나의 말에 고개를 숙이며 답한 그는 또다시 투석차 쪽으로 다가갔다.

이에 병사들은 황급히 오크통 하나를 들어 투석기에 채워 넣었고, 잠시 후 마나의 활성화가 이루어진 또 하나의 오크통이 드리포트의 성벽을 향해 뻗어 나갔다.

쿠구궁!!

그리고 두 번째 오크통 역시 이전 것과 다름없이 거대한 폭발을 일으키며 성벽의 일부를 부수어 버렸고, 이에 첫 번째는 너무 놀라 입을 열지 못했던 아군의 병사들이 크게 함성을 질렀다.

"와아아아!!"

마법사의 마법이 실전 전투에서는 전혀 다른 응용으로 엄청난 힘을 만들어낼 수 있다는 것에 감탄하고 말았다.

그리고 이 두 번째 공격으로 인하여 난 전혀 예상하지 못한 결과를 맞이하고 말았다.

"고… 공작 각하!!"

"무슨 일인가, 엡실론?"

갑자기 엡실론이 당황한 모습으로 나에게 와서 말하기에 난 영문을 알 수 없어 물어보았는데, 그는 드리포트의 성을 가리키며 당황한 표정으로 말했다.

"드… 드리포트 자작이 항복을……."

"엥?"

그 말에 성벽 쪽을 쳐다보자, 아니나 다를까, 성벽으로 거대한 백기가 크게 휘날리고 있었으니 그것은 바로 항복의 표시였기에 어이없는 상황에 허탈감마저 밀려오고 있었다.

"뭐야, 저건!"

"각하께서 보여주신 힘에… 아무래도 지레 겁을 먹고……."

"미치겠군!"

실수였다. 전혀 바라지도 않은 결과가 오고 만 것이다. 그저 성에 불만 지르고 다시 영지로 돌아갈 생각이었는데, 예상치도 않게 델포스의 등장으로 그 힘을 구경하다 상대방의 전의를 상실케 해버리고 만 것이다.

"뭐야, 저 멍청이는. 겨우 두 번 날렸을 뿐인데 지레 겁을 먹고 항복이라니… 젠장!!"

이렇게 되면 지금까지 세워놓았던 나의 전술, 전략은 모두 허공으로 날아가 버린 것이니, 이 어이없는 사태에 머리가 아파왔다.

제 3 1 장 다시 제국으로

"어떻게 이 빌어먹을 놈은 겨우 두 번의 투석차 공격에 두 손 들고 나오는지. 참나! 도대체 내 영지에 들어와 마을을 휩쓴 놈이라고는 생각이 안 드는군."

나로선 예상외의 결과에 기뻐하기보다는 오히려 짜증이 날 지경이었다. 애당초 이 땅을 점령하고 싶은 마음도 없었거니와 그저 페이든의 눈이나 속이며 실속이나 챙기자는 생각이었기 때문이다.

하지만 겁쟁이 드리포트 때문에 지금까지 계획해 놓았던 것이 산산이 흩어지고 말았으니 어찌 기분이 좋을 수 있겠는가?

연신 투덜거리는 나를 보며 이스페든은 미소를 지으며 말했다.

"아무래도 공작 자네의 계획을 드리포트가 따르지 못한 것 같네."

"당연하지! 드리포트란 자가 저런 겁쟁이일 거라고 누가 생각이나 했겠어!"

"그것보다는 다른 이유가 있겠지."

"다른 이유?"

다른 이유라는 말에 난 이스페든에게 되물어 볼 수밖에 없었다.

"첫째, 토울스 강 요새의 병력이네. 아마도 드리포트가 생각했을 때 자네가 직접적으로 만행을 저지른 토울스 강 병력을 먼저 처리하리라 생각했겠지. 하지만 자네는 그들을 상대하지 않고 강을 넘어 이쪽으로 오지 않았는가? 거기에다 요새를 견제할 병력까지 남겨놓았으니 드리포트 입장에선 애초부터 적은 병력을 두 개로 나누어 버린 셈이 된 것이지."

"음……."

"둘째는 병력 이동이 신속하게 이루어졌다는 것이네. 삼황자가 보내 준 병력이 주축이 되다 보니, 자연 병력 운용이 원활했고, 거기에다 테리슨 마을 약탈을 짧은 시간에 끝낸 덕분에 예상보다 빠른 시간에 드리포트의 성까지 도달하게 됐지. 셋째, 토울스 강 요새 병력이나 테리슨 마을에 있어야 할 전령이 드리포트 성에 자네의 이동을 보고하지 못했다는 것이네. 그렇지 않았다면 자작이 이렇게 속수무책으로 성을 포위당하지는 않았을 테고 숫자상으로 위태로우면 도주를 했을 테지. 넷째, 자네 병력을 보고 어떻게든 수성이 가능하다고 생각했는데 난데없이 등장한 강력한 공성 병기의 위력으로 드리포트의 사기를 꺾어 버린 것이지. 그리고 마지막 다섯 번째, 자네 말대로 드리포트가 엄청난 겁쟁이였다는 것이지."

"휴……."

그의 자잘한 설명에 한숨만 나올 뿐이었다. 애초에 이런 식의 결과가 나올 줄 알았다면 요새 병력만 전멸시키고 물러갔을 것이다.

“어쨌든 이곳 영주나 만나보도록 하지.”

“알겠습니다.”

나의 말에 엡실론과 슈펠트는 병력을 이끌고 드리포트 성으로 진군해 갔다. 이미 백기를 들고 항복한 상황에서 적의 반격은 전혀 없었기에 아군이 성으로 진입해 가는 것은 전혀 문제가 되지 않았다.

하지만 난 성내의 모습을 보고는 황당함이 밀려왔는데, 아군에 의해 포로로 잡힌 병사들의 숫자는 이백 명 정도에 지나지 않았기 때문이다.

이것은 예상의 오 분의 일 정도에 지나지 않은 병사의 숫자였으니 첫 번째 공격을 버틴 것조차 신기할 수밖에 없었다.

“엡실론, 성의 수비병은 이들이 전부인가?”

“예.”

“영주가 병사들을 빼돌린 것은 아니고?”

“영주가 포로로 잡혔으니 그것은 아니라 생각합니다.”

“허… 거참…….”

“1차로 성을 공격했을 때 보인 병사들은 족히 오백 이상은 되어 보였습니다. 아마도 성내의 평민들을 동원하여 방어를 한 듯합니다.”

그 말에 헛웃음밖에 나오지 않았다. 하긴 자작이 거느릴 수 있는 병사들이라고 해봤자 2천 명 정도에 불과하니, 실제 요새의 병력과 합친다면 이 정도의 숫자는 일반적일 수 있었다.

“겨우 천이백 정도의 병사로 공작령을 침범하다니… 드리포트 자작을 데려와라!”

“예.”

성내에 정규 병력이 이백 정도에 지나지 않았다고 한다면 두 번의 투석차 공격으로 항복한 것도 이해할 수 있는 일이었다.

잠시 후 수명의 병사들에게 둘러싸인 채 이십 대 후반 정도의 젊은 드리포트 영주가 포박되어 오는 것을 볼 수 있었다.

그는 천이백의 병력으로 감히 공작령을 공격한 자답지 않게 지극히 평범해 보이는 자로 얼굴에 두려움이 가득한 것이 심약한 인물이라는 것을 알 수 있었다.

"응? 뒤따라오는 저자는 누구인가?"

그때 난 드리포트 자작의 뒤로 병사들에게 포박당한 채 비슷한 나이의 남자가 끌려오는 것을 볼 수 있었다. 하지만 귀족이라고 보기에는 입고 있는 복색이 초라해 보인지라 나로선 그가 누구인지 궁금했다.

"드리포트 가의 가신이라 합니다."

"가신? 난 분명 영주만을 데려오라 지시했을 텐데?"

"그렇습니다만, 저자가 쉽게 드리포트 자작의 곁을 떠나려 하지 않고, 사람들의 말을 들어보니 실제로 영지의 대소사를 관리하는 자가 저 자인지라 데리고 오게 되었습니다."

"그래?"

겁에 질려 있는 영주와는 달리, 뒤따라오는 가신은 침착함을 유지하고 있었기에 그럴 수 있겠다는 생각이 든 난 고개를 끄덕여 드리포트 자작과 함께 내 앞에 무릎을 꿇리게 했다.

두려움에 고개를 들지 못하는 드리포트를 보며 난 한심하다는 생각밖에 들지 않았다.

"그대가 드리포트 자작인가?"

"그, 그렇습니다, 공작 각하……."

"홋! 우습군. 도대체 그대는 무슨 이유로 감히 공작령에 들어와 약탈과 방화를 저지른 것인지 알고 싶군."

“그… 그것이…….”

난 겁에 질린 그에게 조소를 흘리며 차가운 목소리로 물었다. 하지만 그는 제대로 대답도 하지 못한 채 무슨 말을 해야 하는지도 모르고 있으니 답답한 노릇이었다.

아무리 페이든이 사주했다 하더라도 저건 조금 심한 것이 아닌가? 차라리 가신들에게 모든 것을 맡기고 도주했다면 이해하겠지만, 저런 자가 마지막까지 남아 나와 대적하려 했다니 웃음만 나올 뿐이었다.

그런데 그때 예상치도 못한 곳에서 나의 질문에 대한 답이 터져 나왔다.

“그것은 공작 각하께서 더 잘 알고 계시지 않습니까?”

“응?”

나의 질문에 대답한 자는 어이없게도 영주가 아니라 그의 가신이라며 같이 끌려온 자였다.

“넌 누구냐?”

“드리포트 가의 가신 필로스라 합니다.”

자신의 처지를 잊은 듯이 당당하게 말하는 그를 보며 난 조금 호기심이 들었다. 가신이라 함은 가문에 충성을 맹세한 기사나 문관 등을 말함이었다.

필로스라는 자를 보자 귀족가의 가신으로서의 기품이 흘러나오는 것이 내 앞에 있는 영주보다는 훨씬 귀족 같은 생각이 들었다.

“흥미롭군. 듣자하니 그대가 영주 대신 영지의 모든 것을 처리한다 들었는데?”

“어찌 가신의 입장에서 영지를 맡을 수 있겠습니까? 설사 제가 영지의 모든 일을 처리한다 하더라도 그것은 영주님의 명령이 있어서일 것입니다."

그의 말에 난 고개를 끄덕일 수 있었다. 확실히 가신이 영주의 모든 것을 처리할 수 있지만, 그 이전에 영주의 명령이 없다면 그 어떠한 일도 해서는 안 되는 것이다.

그것이 바로 영주와 가신의 차이가 아닌가?

하지만 바꿔 들으면 그것은 지금의 자신의 처지를 회피하는 것과 같기 때문에 난 인상을 찌푸리며 말했다.

"하나 가신이라 함은 영주에게 올바른 진언을 해야 함이 당연한 일, 그대는 이번에 했던 일이 옳은 일이라 생각하는가?"

"어찌 귀족의 권위를 무시한 일을 옳은 일이라 할 수 있겠습니까?"

"호오, 그렇다면 도대체 무슨 배짱으로 이런 일을 벌인 것인가? 그대들은 분명 내가 선우드를 몰아내고 영지를 차지했음을 알 터, 보아하니 그대들 영지의 병력은 천이백이 고작인 듯한데, 공작가의 병력이 그것보다 적을 것이라 생각했는가?"

"물론 아닙니다. 제 소견으로는 분명 공작 각하의 영지에 5천 이상의 병력이 있을 것이라 예상하고 있었습니다."

그렇다면 이번 싸움 자체가 무모하다는 것을 뻔히 알고 있음이 분명한 일이었기에 난 그를 보며 다시 물었다.

"그런데도 내 영지의 마을을 약탈했단 말인가? 이런 일이 있을 것을 뻔히 알면서도 말이야?"

"저의 잘못된 판단으로 영주님을 설득한 것이 문제였겠지요."

"잘못된 판단?"

"물론 공작 각하께서 그 일에 대한 보복을 단행하실 것임을 예상하고 있었습니다. 하지만 섣불리 성을 함락할 것은 예상치 못했습니다."

녀석은 아무런 흔들림 없이 나의 질문에 대답하고 있었기에 드리포트의 모습에 실망한 나로선 새로운 흥밋거리에 관심이 갈 수밖에 없었다.

"하하하. 우습군. 어찌 내가 드리포트 영지를 손에 넣지 못할 것이라 생각했는가? 그것이 궁금하군."

"페이든이라는 사자가 버티고 있기에 공작 각하께서 드리포트 영지를 도모하시지 않으리라 생각했기 때문입니다."

"호오~"

확실히 그의 말은 틀리지 않았다. 나 역시 섣불리 페이든의 휘하에 있는 귀족가의 영지를 탐할 생각은 없었기 때문이다.

그 때문에 잠시 생각에 잠긴 난 고개를 끄덕이며 말했다.

"너의 말이 옳다. 난 그저 내 영지의 마을에 대한 보복을 끝으로 물러가리라 생각하고 있었지. 그런데 궁금하군. 그것을 뻔히 아는 자네들은 왜 나에게 항복을 한 것인가? 조금만 버티면 물러설 것은 예상하고 있었는데 말이야?"

"……."

하지만 그는 나의 말에 더 이상 대답을 하지 못하고 있었는데, 난 대충 짐작할 수 있었다. 아무리 가신이 뛰어나다 하더라도 마지막 결정을 내리는 것은 영주. 저렇듯 심약한 영주가 영지를 다스리고 있었으니 투석차의 엄청난 위력에 겁을 먹었을 것은 분명했다.

또 이전에 테리슨 마을의 약탈도 어쩌면 그들의 귀에 들어갔을 수도 있는 일, 항복한다면 목숨이라도 건질 수 있지 않을까 하는 생각을 했을 수도 있을 것이다.

"하나 저희들이 항복한다 하여도 그리 변할 것은 없지 않겠습니까?"

"응? 무슨 말이지?"

"페이든이 버티고 있는 한 공작 각하께선 함부로 드리포트 영지를 도모하지 못하실 것이라 생각했기 때문입니다."

"하하하하!!"

그의 말에 난 절로 웃음이 터져 나왔다. 확실히 처음엔 그들이 항복한 것에 조금 당황했다. 만약 페이든이 이곳 드리포트 영지까지 내가 도모했음을 알게 된다면 본격적으로 나를 겨냥하여 중앙에서 수를 쓸 것이 분명하기 때문이다.

"그렇다면 내가 어찌 할 것이라 생각하느냐?"

"공작 각하께서는 드리포트 영지를 도모하시진 못하지만, 그렇다고 그대로 물러가시지도 않을 터, 아마도 저희들을 포섭하려 하시겠지요."

당당하게 말하는 그를 보며 난 잠시 생각에 잠길 수밖에 없었다. 영주는 볼 것 없으나 가신이라는 자는 상당히 쓸 만했기 때문이다.

"엡실론!"

"예, 공작 각하!"

엡실론을 부른 난 그에게 한 가지 말을 전한 후 허리에서 검을 빼어서는 그에게 던져 주며 병사들에게 말했다.

"저자의 밧줄을 풀어주어라."

"예."

병사들에게 필로스의 밧줄을 풀어주게 한 후 다시 영주를 보며 물었다.

"영주여, 그대에게 묻겠다. 그대에게 자식이 있는가?"

"예? 아! 예, 이제 네 살인 아들과 두 살인 딸이 있습니다."

"그래? 그럼 전혀 문제가 없겠군."

그의 말에 난 고개를 끄덕이고는 밧줄이 풀린 필로스를 보며 말했다.

"필로스라 했는가?"

"예."

"내 그대에게 한 가지 제안을 하겠다. 그대는 드리포트 가의 가신임은 틀림없겠지?"

"그렇습니다."

"그렇다면 이 자리에서 영주의 목을 베어라! 만일 그대가 영주의 목을 벤다면 드리포트 영지의 모든 이를 살려주겠다. 하나 그렇지 못할 시에는 이 성의 인간들은 단 한 사람도 살아남지 못할 것이다!"

"……!!"

나의 말에 필로스란 자는 크게 놀란 표정을 지었다. 그리고 자신의 목을 베라 하는 나의 말에 드리포트 자작은 놀란 목소리로 소리쳤다.

"헉!! 공작 각하! 제발 목숨만은… 목숨만은 살려주십시오!"

"흥! 필로스여! 듣지 못하였는가?"

난 울부짖는 영주의 말에도 아랑곳하지 않고 필로스를 다그쳤고, 잠시간 멍하니 있던 그는 천천히 자리에서 일어나 내가 던져 준 검을 손에 들었다.

그것을 보며 난 이자가 어찌 나올지 궁금했다. 보아하니 상당히 충직한 가신 같았는데, 그가 과연 영주의 목을 벨 수 있을까 하는 생각이 들었기 때문이다.

물론 몇 가지 경우를 두자면 첫째, 검을 든 녀석이 영주의 목을 베지 않고 스스로 목숨을 끊을 경우. 둘째, 검을 들어 나를 치려고 할 경우.

셋째, 영주의 목을 벨 경우이다.

그 때문에 과연 녀석이 무슨 선택을 할 것인가 흥미로울 수밖에 없었는데, 잠시간 망설인 그는 천천히 검을 들어 영주의 앞으로 걸음을 옮겼다.

"피, 필로스, 제발… 제발 날 살려주게!! 우, 우린 친구가 아닌가!"

"친구?"

영주의 친구라는 말에 의외라는 생각이 들었다. 영주와 가신이 친구라니, 아마도 어린 시절부터 소영주와 가신의 자식으로서 같이 지냈을 것이 분명했다.

그렇다고 한다면 더 더욱 영주의 목을 베기가 어려울 것이란 생각이 들었는데, 그때 필로스의 눈에서 눈물이 떨구어지는 것을 볼 수 있었다.

"영주님… 못난 저를 용서해 주십시오!"

그 말과 함께 필로스는 검을 들어서는 그대로 영주의 목을 내려쳤다.

챙!!

그리고 다음 순간 붉은 피가 사방으로 튀기며 땅을 붉게 적셨다. 하지만 그것은 영주의 목에서 흐른 피가 아니었으니, 검을 들고 있었던 필로스의 손아귀가 찢어지면서 흐르는 피였다.

그가 영주의 목을 내려친 검은 엡실론의 검에 의해 막힌 채 떨구어져 있었다.

"하하하! 우습군. 가신이자 친구인 자가 강압적인 지시라 하여도 영주의 목을 베려 하다니 말이야!!"

나의 말에 필로스는 어떠한 말도 하지 못하고 고개를 숙였고, 한순간 죽음의 순간까지 다가갔던 드리포트 영주는 하의를 적신 채 몸을 떨고 있었다.

"어찌하여 네 녀석은 그대가 섬기는 영주의 목을 베려 했는가? 그것이 궁금하군."

그 말에 필로스는 살기 어린 눈으로 나를 노려보고는 천천히 입을 열었다.

"스스로 목숨을 끊을 수 있으나 그것은 제 스스로 가신으로서의 의무를 저버린 것이요, 검으로 공작 각하의 목숨을 노릴 수 있으나 그것으로 영주님과 사람들의 목숨을 살릴 수 없는 것이니, 제 선택은 하나일 수밖에 없었습니다."

"그래서 영주의 목을 베려 했더냐? 하하하! 우습군. 그대는 내가 거짓을 말할 것이라는 것은 생각하지 않았는가?"

"물론 그런 생각도 했습니다. 하나 제가 그것을 거부한다 해도 영주님을 살릴 수 없었고, 그것이 사실이라면 영지와 드리포트 가의 명맥을 위해선 베어야 했습니다. 아니, 설사 공작 각하의 제안이 거짓이었을지라도 영주님의 목을 이 손으로 벤 것을 후회하지는 않았을 것입니다."

"후회하지 않을 것이라?"

"만약 공작 각하께서 영주님의 목을 베었어도 약속을 지키시지 아니했으면 드리포트 가와 이드리샤는 같이 몰락할 뿐이라 생각했기 때문입니다."

"같이 몰락한다?"

"최고의 작위인 공작가의 가주께서 한낱 자작가의 가신과 한 약속도 지키지 못하신다면 이미 그것은 보지 않아도 알 수 있는 일이 아니겠습니까!"

한낱 자작가의 가신과의 약속도 지키지 못하면 나의 미래도 알 수 있을 것이라? 크크크!

"하하하하하!!"

그의 말에 난 통쾌한 웃음밖에 나오지 않았다.

"이스페든, 저자의 말을 어떻게 생각하는가?"

"참으로 옳은 말이군. 새겨듣도록 하게. 크크크."

"옳지, 옳아! 가슴속에 새겨들어야지. 하하하!!"

자작가의 가신 주제에 대공작에게 서슴지 않고 말하는 그를 보며 오히려 웃음이 나다니.

"저자를 어찌 생각하는가?"

"냉철히 판단하여 시세를 볼 줄 아나 처세를 할 줄 모르고 또한 자신의 뜻을 굽힐 줄 모르니, 사람에 따라 쓸 만할 수도 그렇지 않을 수도 있는 자이네."

이스페든의 말이 틀리지 않다 생각한 난 고개를 끄덕이고 영주를 보며 말했다.

"드리포트 자작, 살고 싶은가?"

"……."

"살고 싶으냐 물었다!!"

"헉!! 사, 살려만 주신다면 공작 각하께서 시키시는 일은 뭐든지 다 하겠습니다!"

"좋아, 아주 좋아……."

저렇듯 심약한 자는 죽이기보다 이용하는 것이 나쁘지 않겠다는 생각이 들었다. 하지만 그의 곁에 저 필로스라는 자가 남아 있으면 문제가 될 것이니, 난 미소를 지으며 말했다.

"그대에게 하나의 제안을 하지. 그대의 장자를 나에게 맡겨라! 그리고 나에게 충성을 맹세해라! 그리한다면 그대의 목숨과 영지를 부지하게 해주지."

"가, 감사합니다!!"

"그리고 말이야, 자네의 목을 베려 했던 필로스란 자 또한 자네의 장자와 함께 내가 데려가겠다. 그대 역시 가신이라 하나 자신을 죽이려 하던 자를 가까이 두는 것은 껄끄러울 것이요, 본작이 데려가는 그대의 아들을 혼자 나의 성에 보내고 싶지는 않을 것이니 적역이 아니겠는가?"

"그… 그렇습니다……."

사시나무 떨듯 나의 말에 답하는 그를 보며 미소 지은 난 필로스를 보며 말했다.

"그대에게도 나의 제안이 그리 나쁘지 않을 것이다. 나에게 충성을 맹세한다면 내 가문이 존속하는 한 드리포트 가는 본국에서 사라지지 않을 것을 약속하지. 아! 그것뿐 아니라 후에 그대 가문의 부흥 역시 보장할 것이다. 자작가의 가신으로서의 가문이 아닌 일대 영주의 가문으로 만들어주겠다 하는 것이다."

"……."

나의 말에 필로스는 대답하지 않았지만, 난 그것을 나의 제안을 받아들였다 생각하고 자리에서 일어나 말했다.

"엡실론!"

"예."

"군사 이백을 이곳에 남기고 나머지는 영지로 돌아간다. 또 영주의

문서를 받아 요새의 병사들에게 드리포트 가의 항복을 알리고 그곳에
오백의 병사들을 주둔케 하라!"

"예."

이렇게 해서 어이없던 드리포트 가의 전투는 끝이 났다. 뭐, 나의 입
장에서야 필로스라는 새로운 인재를 얻었고, 드리포트 가까지 좌지우
지할 수 있게 되었으니 그리 큰 문제가 될 일은 없었다.

예상대로 필로스는 상당히 뛰어난 자였다. 드리포트 자작의 장남인
티론이라는 아이와 함께 영지에 도착한 그에게 일단 선우드 영지의 세
금 부분을 맡겨보았는데, 조금은 엉성하게 작성되었던 지금까지와는
달리 어디 흠 하나 잡을 곳 없이 완벽하게 일을 처리하는지라 절로 탄
성이 터져 나왔다.

그 때문에 난 그에게 영지 내 수익에 관한 모든 것을 맡겼다. 물론
드리포트 가의 가신이었던 자인지라 확실히 믿기에는 조금 이르렀지
만, 티론이 내 성에 머물고 있는 데다가 그만큼 완벽하게 일을 처리할
수 있는 자도 없는지라 일단 그를 보좌하는 자리에 영지의 사람을 보
내어 그를 감시하게 하는 것을 잊지 않았다.

그러나 현재의 상황은 그리 좋다고 할 수 없었다. 드리포트 가의 행
위를 보아서도 이제부턴 아멘 본국에서의 일도 쉽게 볼 수 없는 상황
이 되어버렸다는 생각이 들었다.

언제 또 이런 도발을 해올지 모르는 상황에서 이제 본국에서의 일도
진척을 보일 때가 되었다는 생각이 들었다.

물론 아직까지는 제대로 된 나만의 병력도 없거니와 아멘에서 힘을
얻기 위해선 타 귀족과의 친분도 맺어야 하지만, 현재 본국에서의 나의

입지는 극히 작을 뿐이었다.

그 때문에 난 아멘 왕도에서 올 한 사람을 기다리고 있었는데, 바로 아델슨 후작의 아들인 크로이드였다.

데리언 학파의 진법사 케논의 이름을 가진 그가 내 영지에 오겠다는 서신을 보낸 상황에서 솔직히 마법의 힘보다는 그가 속한 가문의 힘이 절실했기 때문이다.

페이든과 네라드 공작이 거의 대부분의 귀족가들을 장악하고 있는 상황에서 그나마 중립의 힘의 대표자인 아델슨 후작가는 유일하게 왕가와 함께 나의 힘이 될 사람이었기 때문이다.

서먼의 왕당파에서 의뢰했던 일도 해결해야 하는 상황에서 본국 내부의 문제까지 겹치다 보니 정신이 없을 정도였지만, 일단 내부의 일이 우선이라는 생각에 영지에 머무를 수밖에 없었다.

크로이드가 영지에 온 것은 드리포트 자작과의 싸움이 있은 지 오일이 지난 후였다. 십여 명의 아델슨 가 기사들과 함께 영지에 도착한 그는 예전에 보았던 모습과 크게 다르지 않았다.

영지의 집무실에 그가 들어오는 것을 보며 난 자리에서 일어나 반갑게 그를 맞아들였다.

"하하하! 오랜만이오, 크로이드 아델슨 영작!"

"이렇게 공작 각하를 다시 뵙게 되니 영광입니다."

나의 말에 반가운 표정으로 답하는 그를 보며 미소를 지은 난 본격적인 대화를 나누기 위해 마나 사제와 저주사, 그리고 그의 제자만을 집무실에 남긴 채 모든 이를 내보냈다.

진법사 케논, 마나 사제 델포스, 저주사 이모랄, 이렇게 세 명의 데리언 학파의 주축 마법사가 영지의 모인 것을 확인하니 든든한 생각마저 들었다.

물론 이들이 내 전속 마법사는 아니었지만, 언젠가 올 데리언 학파의 수장인 게리오스가 나에게 올 뜻을 밝힌 상황에서 이들은 나의 수하와 다를 바 없지 않는가? 후후후.

"이렇게 데리언 학파의 세 마법사가 모였으니 본작으로선 든든하기 그지없소이다."

"모두가 공작 각하의 영명하심 때문 아니겠습니까."

"하하하! 이모랄 경께서는 마법보다는 아부에 더 능하신 듯하오."

이모랄은 저주사라는 말과는 달리 상당히 듣기 좋은 말을 잘하는지라 나로선 그가 마음에 들 수밖에 없었다.

"데리언 학파의 수장인 게리오스 경에게서 온 소식은 없소이까?"

"아무래도 근시일 안에 오시기는 어려울 듯합니다."

"무슨 일이라도 생긴 것인지?"

"수장께서 대외적으로 독살을 당한 것으로 알려진 후 사황자 위르테우스에게 황좌가 넘어갔지만, 그로 인하여 일황자 로만테우스의 움직임이 심상치 않다고 합니다. 이미 그의 령에 속한 병사의 숫자만 해도 거의 20만을 넘어서고 있다고 하니, 조만간 본격적인 움직임을 보이리라 예상됩니다."

"음……."

"일단 수장께서는 사황자의 령에서 일황자가 내전을 일으킬 때를 대비하여 병사들을 모으고 있지만, 상황은 그리 좋지 않다고 합니다."

일황자가 본격적으로 내전을 일으키기 위해 준비를 하고 있다면 게리오스의 입장에선 쉽게 자리를 뜨지 못함은 당연한 일일 것이다.

"만약 일황자가 내전을 일으킨다면 첫 번째 목표는 어디가 될 것 같소이까?"

"음… 아마도 황도로 진격해 들어갈 것이라 생각됩니다. 삼황자나 사황자의 령이 근접해 있다고는 하지만, 삼황자는 야심이 없고, 사황자는 황제의 좌에 오르기 전까지는 군사를 양성하지 않았으니 수장께서 힘을 쓰고 계시기는 하지만, 사황자 령의 군대로는 일황자를 막지 못할 것이 분명합니다."

그의 말에 난 잠시 생각에 잠겼다. 만일 내가 일황자라고 한다면 확실히 이모랄의 말대로 황도로 그대로 진격해 들어갈 것이다.

하지만 그 이전에 몇 가지 해야 할 일이 있었는데, 바로 나머지 다섯 명의 황자 중에서 한 명이라도 자신의 편에 끌어들여야 하고 다른 이에게는 내전에 참여시키지는 않더라도 현상 유지를 약속하여 그들이 내전에 끼지 못하게 하는 것이다.

그렇다고 한다면 일황자의 입장에서 끌어들일 수 있는 자는 오황자일 것이다. 물론 그와 적대하고 있는 이황자도 가능성이 있지만, 일황자에 이어 가장 강한 힘을 보이고 있는 자가 이황자이니 만큼 그와 손을 잡는 것이 꺼려질 것이다.

오황자와 손을 잡고 이황자와 함께 사황자와 친분이 있는 육황자를 견제케 하기 위해선 오황자가 적임일 것이 분명했다. 그리고 현상 유지를 원하는 삼황자에게는 유화책을 써 방관자의 입장을 취하게 하면 일황자로선 군사적 능력이 미비한 사황자의 령에 약간의 군사를 보내고, 자신에 이어 두 번째로 강한 힘을 지니고 있는 이황자를 삼황자라는 존재에게서 방비케 함으로써 황도를 치는 데 훨씬 유리한 고지를 만들 수 있을 것이다.

　게리오스가 사황자의 령에서 병력을 양성하는 데 주력하는 이유는 바로 내가 생각하는 것과 크게 다를 바 없을 것이니, 일황자가 황도로 진군한다면 사황자의 령에서 일황자의 거점을 공격하기 위함일 것이다.

　"일황자의 군대는 제국에서도 이름난 정병, 칠황자와 황도의 군이 이들을 막는 것은 어려울 듯하군."

　"그렇습니다. 그 때문에 사황자 령의 병력 확충이 중요한 것이지요."

　"삼황자를 끌어들인다면 어찌 되겠는가?"

　"확실히 삼황자를 끌어들인다면 도움이 될 것이 분명하지만, 현상 유지를 바라는 삼황자가 사황자의 손을 들어줄 것을 바라기는 어려울 것이라 생각됩니다."

　확실히 그의 말대로 일황자는 제국의 적자로서의 명분이 있을 뿐 아니라 그 자신의 힘 역시 제국 제일이라 할 수 있으니 삼황자가 사황자의 손을 들어줄 확률은 거의 전무하다고 할 수 있었다.

　"만일 서먼이 나선다면 어떻겠는가? 북부 연합이라면 충분히 도움이 될 것인데 말이야."

　"확실히 북부 연합의 힘이 있다면 도움이 될 것이지만, 자칫 제국의 귀족들을 일황자에게로 돌아설 수 있게 할 것입니다."

　"하긴……."

　알디하렌 제국은 서먼을 겁쟁이의 나라라 부르며 거의 속국처럼 생각하고 있기 때문에 그들이 사황자를 돕는다면 제국을 팔아넘기려 한다는 헛소문만 퍼뜨려도 상당수의 귀족들이 일황자에게로 돌아설 것이 분명했다.

솔직히 알디하렌, 서먼, 아멘 이렇게 중부를 장악하고 있는 세 대국은 서로 간에 그리 좋지 않은 감정을 가지고 있기 때문에 함부로 이들 세 나라 중 하나가 내전에 손을 뻗치는 것은 그리 좋은 결과를 보기 어려운 일이었다.

라피나르 제국에서 갈라졌음에도 불구하고 북부 연합의 창설에 큰 힘이 되었던 내가 대외적으로 이름을 밝히지 못하는 것도 이러한 이유 때문이었다.

"수장께서는 일황자가 내란을 일으킬 시에 공작 전하께서 제국으로 오시기를 바라고 계시는 듯합니다."

"나를?"

크로이드의 말에 난 의외라는 생각에 되물을 수밖에 없었다. 솔직히 내가 제국으로 가봤자 무슨 일을 하겠는가?

"아마도 수장께서는 사황자의 령에서 양성하고 있는 병력을 공작 각하께 맡기고 싶어하시는 듯합니다."

"나에게? 하하하! 말도 안 되는 소리! 내가 무슨 힘이 있다고 그들을 맡는단 말인가?"

난 말도 안 된다고 말을 하며 손을 내저을 수밖에 없었는데, 그런 나를 보며 이모랄은 고개를 저으며 말했다.

"아닙니다. 공작 각하께서는 지금껏 모든 싸움을 승리로 이끌지 않으셨습니까? 그것만 보더라도 공작 각하께는 능력이 있으시며 승운을 지니셨다 할 수 있습니다. 사황자의 령에 뛰어난 기사들이 있다 하더라도 공작 각하와 같은 승운을 지닌 자는 없을 것이니, 사황자 령의 병력을 이끄는 지휘관으로 공작 각하만한 분은 없을 것입니다."

"그런가? 후후후! 한번 생각해 보도록 하지……."

이모랄의 말에 기분이 좋아진 나는 조금 긍정적인 대답을 했는데, 그의 말대로 나에게 정말 승운이 있는 것일까 하는 생각에 절로 웃음이 흘러나왔다.

"아! 크로이드, 자네에게 부탁할 것이 있네."

"예, 말씀하십시오."

"페이든이 본격적으로 내 영지로 손을 뻗기 시작했네. 하지만 그대도 알다시피 난 본국 내에서 인맥이 거의 전무하니 그와 대적하려 해도 힘이 없다네."

나의 말에 크로이드는 무슨 뜻인지 대충 알아채고는 고개를 끄덕이곤 말했다.

"제가 알기로 공작 각하께서는 왕궁과 연이 닿았다고 들었습니다만?"

"세 왕자 분들과 약간의 친분을 가질 수 있었네."

"그렇다면 간단합니다. 페이든과 네라드는 귀족 연합의 힘을 업고 방자해지고 있습니다. 그 때문에 폐하께서도 저의 부친께 힘을 요청하셨습니다. 물론 아버지도 그것을 승낙했으니 편지를 써주신다면 폐하께 그것을 올리고 아버지를 따르는 귀족들의 힘을 얻을 수 있을 것입니다."

"과연 자네에게 부탁하기를 잘했다는 생각이 드는군. 고맙네."

"별말씀을 다 하십니다. 저로서는 공작 각하께서 저희 학파의 수장과 뜻을 함께하시니 당연히 해야 할 일을 하고 있을 뿐입니다."

크로이드가 아멘 귀족과의 연을 주선해 준다면 더 이상 문제 될 것이 없었다. 왕도에서 페이든이 개수작을 떨어도 아델슨 후작이 막아줄 것이 분명하기 때문이다.

그렇게 되면 본국에서의 일은 어느 정도 안심할 수 있기에 마음 놓고 셔먼의 일을 처리할 수 있는 환경이 조성되었다고 할 수 있었다.

데리언 학파의 마법사들과의 이야기를 끝낸 후 크로이드는 이곳 영지의 안전을 도모하기 위하여 왕도의 귀족들을 설득하고자 왕도로 돌아갔고, 난 엡실론과 슈펠트에게 명령하여 다시 셔먼으로 떠날 준비를 했다.

계속 영지를 비워야 하는 게 마음이 놓이지 않기는 하지만, 이것 역시 영지의 발전을 위해서인지라 어쩔 수 없는 일이었다.

그나마 다행이라면 이번 셔먼 행에는 알리샤와 벨루, 프리티아가 동행하게 되었다는 것이다.

지금까지 조금 심심한 여행이었다면, 이번 여정은 가족들과 함께 할 수 있는지라 기분이 좋을 수밖에 없었다. 하지만 리안나와 코넬이 왕도에 있는 시미온을 만나기 위해 크로이드와 함께 떠났다는 것은 조금 섭섭한 일이었다.

이번 여정에는 많은 병사들을 거느릴 생각이 없었기에 이백 정도의 병사들과 함께 엡실론과 이스페든, 필리아, 론이 동행하게 되었다.

삼황자의 슈페리어 나이트인 륜은 처음부터 영지 수비군을 맡길 생각이었기에 슈펠트를 영지 수비군 대장, 륜은 부대장이라는 자리에 임명하여 서열을 철저히 유지하게 했다.

륜은 슈펠트의 명령을 받는 것을 조금 마음에 들어하지 않았지만, 그가 아멘 제2기사단인 크로우 나이츠의 슈페리어 넘버 4의 인물이라는 것을 들었는지 조금 잠잠한 모습이었다.

검술 실력으로 평가한다면 슈펠트가 월등히 뛰어난지라 기사인 그로서도 군말없이 명령에 복종한 것이다.

이백의 병력과 함께 영지를 나온 우리들은 드래곤 산맥을 넘어 다시 셔먼의 레트론에 도착할 수 있었다.

레트론은 내가 떠나올 때와 크게 다를 바 없는 모습이었는데, 영지에 도착하자마자 우리를 반기며 많은 병사들과 함께 찾아온 사람은 바로 알리샤의 아비이자 장인이라 할 수 있는 레빈이었다.

이전에 레트론을 떠날 때 알리샤와 벨루, 프리티아를 데리고 오겠다는 서신을 보냈기 때문에 그가 직접 이곳까지 병사들을 이끌고 온 것이다.

아마도 레트론에서 어떤 일이 생길지 모르는 상황에서 딸과 외손자를 안전하게 데리고 가기 위해 온 듯했다.

"알리샤!!"

"아버지!!"

족히 1천은 되는 병사들과 함께 우리들을 마중 나온 레빈은 알리샤의 모습을 확인하자 크게 기뻐하는 표정으로 달려왔다.

알리샤 역시 오랜만에 아버지를 보는지라 만면에 미소를 감추지 못했다. 마차 위로 뛰어온 레빈은 그녀의 손을 잡고는 말했다.

"네 모습을 보니 이 아비는 이제야 마음이 놓이는구나. 그래, 이드리샤 영지에서는 별일없었고?"

"예, 아버지. 아! 벨루, 프리티아, 뭐 하니? 외할아버지시란다."

"외할아버지, 안녕!"

"아이구, 우리 귀여운 강아지들!"

아이들이 자신에게 인사를 하자 레빈은 참지 못하고 달려가서는 두 아이를 안아 들었다. 외할아버지의 품에 안긴 아이들은 무엇이 그리 좋은지 레빈의 수염을 잡고는 까르르 웃음을 터뜨리고 있었다.

"레빈, 오랜만이오."

"흥!"

아이들을 보며 웃음을 감추지 못하는 그를 보며 난 손을 들어 인사를 했지만, 그는 콧방귀를 뀌며 나를 외면했기에 노기가 치솟아올랐다.

하지만 어쩌랴, 처음부터 저런 놈인 것을! 간신히 노기를 참고 이들과 함께 레트론 성으로 향했다.

레트론 성에 도착한 난 알리샤와 레빈과 함께 성전으로 향했고, 성전 앞에 도달하자 기다리고 있었던 듯 요슨 성자가 이십여 명의 기사와 사제들과 함께 우리들을 배웅하러 나와 있었다.

"오!!"

이놈의 늙은이 역시 레빈과 다를 바 없는지 알리샤와 아이들의 모습을 확인하자 나 같은 놈은 안중에도 없는 듯 그들에게 달려가 두 아이를 안아 들었고, 아이들 역시 요슨 성자가 낯설지 않은지 늙은이의 품에 안겨서는 웃음을 멈추지 않았다.

뭐, 어쨌든 요슨 성자의 마음을 돌리기 위해서 데려온 아이들인지라 그날은 요슨 성자에게 알리샤와 아이들과 시간을 가지도록 내버려 둘 수밖에 없었다. 일단 힘들여 데려온 아이들이니 요슨을 잘 홀려놓기만 바랄 뿐이었다.

다음날 난 엡실론들과 함께 요슨 성자를 찾아갔고, 그는 이미 예상하고 있었는지 집무실에서 나를 기다리고 있었다.

"그래, 아이들까지 데려온 것을 보니 나에게 원하는 것이 있을 텐데, 그것이 무엇인가?"

내가 자리에 앉자 녀석은 단도직입적으로 나를 보며 물었다. 역시나 늙은 생강이라고나 할까? 교묘하게 그를 끌어들이려 했지만 그리 쉽게 일이 처리될 것이라고는 보이지 않았다.

나를 보며 퉁명스럽게 말하는 요슨의 얼굴을 보며 탁자 위에 있는 찻잔을 들어 차를 한 모금 입에 머금으며 잠시 뜸을 들인 후 천천히 그에게 용건을 말했다.

"왕당파와 이황자와의 길을 열어주었으면 하는 것이 나의 바람이오."

"역시나 자네가 중재자로 나섰을 때부터 대충 예상하고 있었지. 하지만 말이야, 자네 역시 답은 알고 있겠지?"

역시나 그는 나의 제안을 받아들일 생각이 없는 듯했다. 하긴 서면의 내전을 멈추고자 만든 북부 연합이니, 지금 왕당파와 이황자와의 길을 터준다면 의미가 없다고 생각하겠지.

하지만 나에게도 약간의 생각은 있었다. 알리샤와 아이들을 이용하여 녀석을 천천히 설득해 갈 생각이었지만, 그때와 지금과는 사정이 여럿 바뀌어져 있기 때문이다.

"요슨 성자, 그대는 제국이 지금 어떻게 돌아가고 있는지 알고 있소이까?"

"제국?"

"후훗, 아무래도 그대에게는 알려지지 않은 듯하군. 제국은 조만간 일황자에 의해 내전이 시작될 것이오."

"음……."

내전이라는 말에 그의 입에선 침음성이 흘러나왔고, 난 찻잔을 내려놓고 그를 보며 계속 말을 이었다.

"본작의 예상대로라면 일황자는 근년 안에 내전을 일으킬 확률이 높소. 현재 황좌에 올라 있는 사황자가 완전히 세력을 장악하기 전에 황도를 공격하여 황위를 찬탈할 것이 분명하니 말이오."

"그럴 테지."

"제국에서 들어온 정보에 따르면 일황자는 오황자와 손을 잡고 삼황자에게는 중립을 제의할 것이오. 오황자로 하여금 가장 문제 되는 이황자와 함께 사황자의 편이라 할 수 있는 육황자를 견제하게 하고, 자신의 령과 경계하고 있는 사황자의 령에 일단의 병력을 남겨놓아 근거지의 안전을 확보한 후 그대로 황도로 진격해 들어갈 것이라 생각하오."

난 데리언 학파 마법사들과의 대화에서 나온 내 예상을 그에게 말해 준 후 미소를 지으며 말을 이었다.

"성자, 그대가 원하는 것이 서면의 내전을 끝내는 것이 분명할 터, 확실히 왕당파와 이황자 사이에 길을 터준다면 내전은 쉬이 끝나지 않을 것이 분명하오. 하나 제국의 내전이 시작되면 상황이 바뀌겠지. 아무리 이황자가 서면의 힘을 탐낸다고 하더라도 일황자와 손을 잡는다면 서면에 원조를 할 수 있는 형편이 되지 않을 것이오. 또한 북부 연합이 서면 북부를 장악하고 있는 상황에서 이황자에게는 왕당파의 가치가 크게 떨어져 있는 상황이니 길을 터준다 하더라도 그대가 생각하는 것처럼 내전이 심화되는 일 같은 것은 벌어지지 않을 것이오."

"……."

나의 말에 일리가 있다고 생각하는지 그는 반론을 펼치지 못했고, 난 미소를 지으며 계속 말을 이었다.

"요슨 성자, 현재 필로드 성의 아서 이스페온 경을 아실 것이오."

"청록의 숲의 수장을 말하는 것인가?"

"그렇소. 아서 이스페온 경이 궁극적으로 노리는 게 무엇인 줄 알고 계시오?"

내 말에 그는 고개를 끄덕이고는 말했다.

"제국에 자치령을 세우는 것이 아닌가? 라피나르 제국의 후손들이 다스리는 제국 내의 자치령 말이네."

"그렇소. 하지만 일황자가 만약 황도를 장악하고 황위에 오르게 된다면 아서 경의 계획은 어려워질 것이 분명하고, 내전이 끝난 제국이 안정되면 아마도 야심 많은 일황자는 서면을 노리고 들어올 것이오. 그럼 서면은 결코 안정을 찾은 제국의 상대가 되지 못함을 당신도 잘 알고 계실 것이오."

"음……."

어쨌든 대충 요슨 녀석이 나의 그물에 걸려든 것 같다는 생각이 들었기에 속으로 회심의 미소를 지을 수 있었다.

"요슨 성자, 내전으로 인하여 오황자가 서면에 원조를 할 수 없다면 길을 막거나 막지 않거나 똑같은 일이 아니겠소? 하나 본작은 무턱대고 길을 막는 것보다는 이들의 길을 터주어 약간의 숨통을 터주는 척하며 오황자의 령에 아서 경의 군대를 투입하는 생각을 했소이다."

"아서 경의?"

"황태자와 손을 잡은 오황자는 북부 도시 연합에서도 방해되는 인물, 본작은 오황자의 령을 자치령으로 만들 생각이오."

오황자의 땅을 아서의 자치령으로 만드는 계획. 물론 그것은 나의 머리에서 모두 나온 것은 아니었다.

나라 하나 말아먹은 이스페든이 그래도 정치 쪽에는 내 주위에 있는 사람 중에 가장 뛰어난 터라 그와 논의하여 찾은 방법이었다.

오황자의 령을 자치령으로 만들게 되면 나는 물론 요슨이나 아서에게도 좋은 일이 아니겠는가?

"내가 계획하고 있는 일이 하루아침에 되는 일은 아니나 일이 성사되면 아서 경의 자치령은 북부 연합의 완충지가 될 것이오. 그렇게 되면 더 이상 제국의 힘이 서면에 닿지 않는 것은 물론 일황자의 야심까지 막을 수 있으니 일석이조, 아니, 나아가 왕당파를 돕고 있는 이황자의 세력까지 축출할 수 있을 것이니 일석삼조가 되는 게 아니겠소이까?"

요슨은 나를 쉽게 믿지 않는다. 자애의 여신을 믿고 있는 그가 교묘하게 간계를 펼치며 자신의 이익을 탐하는 내가 마음에 들지 않는 것은 당연한 일이다.

그 때문에 아무리 좋은 조건이라 할지라도 그는 내 청을 쉽게 수락하지 않을 것은 당연했지만, 내가 누구인가?

알리사와 자식들을 이용하여 나에 대한 녀석의 화를 조금 누그러뜨림과 동시에 이런 제안을 함으로써 성공률을 극대화시키니, 역시나 녀석은 좀처럼 받아주지 않으려던, 아니, 듣지도 않으려던 나의 제안에 고심하고 있는 것이 아니겠는가?

한참을 그렇게 고심하던 요슨 성자는 잠시 후 찻잔을 들어 목을 적시고는 크게 한숨을 쉬며 말했다.

"약속할 수 있겠는가?"

"약속이라면?"

"더 이상 본국의 내전을 그대의 야심으로 이용하지 않을 것이라고 약속할 수 있는가 물었네."

“그것은 걱정하지 않아도 충분하오. 북부 연합이 결성된 이상 서면의 내전을 통해 내가 얻을 것은 이제 없으니 말이오. 후후후.”

이럴 때는 결코 녀석의 약속을 지키겠다고 단호하게 말해서는 안 된다. 요슨 역시 나의 성격을 잘 알고 있는 상황에서 내가 이득을 위해선 무슨 짓이라도 할 사람임을 잘 알고 있으니 조금은 야비하게 녀석의 청을 들어주는 듯 보이는 것이 그의 불안감을 조금이라도 없애는 방법인 것이다.

역시나 이런 내 생각이 맞아들었는지 그는 고개를 끄덕이고는 말했다.

“알겠네. 그대의 뜻대로 왕당파와 이황자의 길을 터주도록 하지.”

“후후후! 요슨 성자, 당신의 선택이 틀리지 않은 것을 결과가 말해 줄 것이오.”

요슨 성자가 나의 뜻을 받아들이자 난 숨통이 확 트인 것 같은 기분에 절로 미소가 터져 나왔다.

이제 왕당파와 약속했던 일을 성사시켰으니 그들에게 서신을 보낸다면 내 영지로는 서면의 군비 물자가 상당수 유입될 것이다.

또 드워프의 족장인 켈트가 제안했던 일도 이루어진 것이니 앞으로 드워프에게서 싼 가격으로 보석을 들여올 수 있을 것이다. 하니 잘만 녀석을 꼬신다면 드워프들의 보석만이 아니라 그들이 만드는 모든 것을 우리가 취급할 수 있을 것이다. 드워프가 만드는 물건들이 상당한 고가인 것을 감안한다면 엄청난 돈이 나에게 굴러들어 올 것이다.

하지만 애석하게도 나에게는 서면의 북부 상권을 마음대로 주무를 만한 인재가 없다는 것이 문제였다. 일단은 레트론과 필로드의 형제 영주들에게 맡기면 될 테지만, 귀족들 중에 션우드만큼 상행위에 능한 자가 없느니 만큼 북부 상권을 유지하는 것은 쉬운 일이 아니었다.

"휴… 좋은 건수가 생겨도 맡을 만한 사람이 없어 문제로군. 일단 서먼 북부 상권은 레빈에게 북부 상권에 권리에 관한 문서를 넘기고 돈을 챙기는 쪽으로 선회해야 할 것 같군. 용병 길드와도 연이 닿아 있는 녀석이라면 상인들도 잘 알고 있을 테니까 말이야. 음……."

하루만가 드워프 족장인 켈트에게 사람을 보내어 일이 성사되었다는 것을 알리게 한 나는 레트론 영주 성의 집무실로 향했다.

일단은 내 자신이 외부에 알려지지 않았지만 신성 북부 도시 연합의 총수장이니 만큼 할 일이 한두 가지가 아니었기 때문이다.

영주의 집무실에 도착하자 레트론 영주인 민트가 나에게 그동안에 밀렸던 북부 도시 연합의 군 관련 문서들을 산더미같이 안겨주었기에 한숨밖에 나오지 않았다.

하지만 어쩌랴, 이것도 내가 처리해야 할 일인 것을. 시녀에게 차를 부탁한 난 집무실에 앉아 밀린 문서들을 처리할 수밖에 없었는데, 서류들을 살펴보던 중 상당히 흥미로운 문건을 발견하고는 탄성을 내질렀다.

"호오……!"

레빈이 꽤 능력이 있다는 것은 알고 있었지만, 설마 이 정도일 줄은 생각지도 못했다. 군 관련 문서에서 찾아낸 것은 바로 알펜 성의 영주인 레빈이 북부 도시 연합에 내는 정식 기사단 신청 문서였기 때문이다.

정식 기사단은 나라에서 인증을 받는 기사단을 일컫는 것으로 귀족들이 소유하고 있는 사병과도 같은 기사단과는 질적으로 틀린 것이었다.

아멘만 해도 수많은 기사단이 있지만 정식으로 인증받은 기사단은 근위 기사단을 제외한다면 모두 일곱 개뿐이라는 것이 그 반증이라 할 수 있다.

또 정식 기사단의 허가를 받기 위해선 몇 가지 전제가 필요한데, 먼저 기사단 고유의 능력이 있어야 한다는 것이다. 가문의 기사단인 크로우 나이츠만 하더라도 그들만의 검술이 있는 것처럼 말이다.

정식 기사단 신청을 내고 있는 애로우 나이츠가 제시하고 있는 기술은 마상 궁술. 이것은 대륙 어디에서도 존재하지 않는 오직 울브스 블러드 마치만의 독특한 특색이었기에 레빈은 이것을 애로우 나이츠만의 고유 기술로 제시하고 있는 것이다.

과거에 그의 용병단이 내 영지에 있을 때 그들이 사용하는 마상 궁술의 위력이 어느 정도라는 것을 잘 아는 나로선 고개를 끄덕일 수밖에 없었다.

두 번째 조건은 바로 전신의 신전에서 상위 기사들, 즉 슈페리어 나이트 급의 인증을 받아야 한다는 것이다.

전신의 신전은 기사나 검사들의 무력을 인증받을 수 있는 유일한 신전이었다. 전통적으로 이어져 내려오고 있는 기사단이라면 실력이 뒤떨어져도 익스퍼트 중급 정도를 슈페리어 나이트 넘버로 인정할 수는 있지만, 처음 인증받는 기사단의 경우에는 상급 이상만이 슈페리어 나이트가 될 수 있었다.

정식 기사단을 발족하기 위해서 필요한 슈페리어 나이트 넘버 급의 기사는 모두 삼십 명으로 그에 미치지 못한다면 정식 기사단의 인증을 받을 수가 없었다. 하지만 문서에 나와 있는 애로우 나이츠의 슈페리어 나이트 넘버를 받은 이들은 모두 마흔세 명이나 되니, 이것은 엄청 난 것이라 할 수 있었다.

애로우 나이츠에 나 정도의 실력자가 마흔세 명이나 된다는 것이니 어찌 놀랍지 않겠는가?

과거 나에게 패했던 케넬스 역시 슈페리어 넘버 급에 올라 있었는데, 그의 넘버가 37에 불과하다는 것을 감안한다면 실로 믿어지지가 않는 일이었다.

"용병 길드를 자신의 기사단으로 끌어들인 것인가? 서열 2위였던 케 넬스가 넘버 37에 지나지 않다니, 짧은 시간에 엄청난 기사단을 만들 어냈군, 레빈."

레빈이 능력이 뛰어나고 카리스마가 있는 사람이라는 것은 알고 있 었지만, 기사단 신청서에 나와 있는 그 부하들을 보며 난 조금 배가 아 프다는 생각이 들었다.

정식 기사단을 인증받기 위해 또 필요한 것은 슈페리어 나이트를 제 외한 정식 기사의 숫자가 백 명을 넘어야 한다는 것인데, 용병단을 끌 어들였다면 그러한 조건을 채우는 것은 그리 어려운 일이 아님을 잘 알고 있었기에 더 이상 볼 필요가 없었다.

"북부 도시 연합의 이름으로 정식 기사단 허가는 당연한 것이로군. 음… 어쨌든 조건은 모두 완수했으니 인정을 해주어야겠지. 좋다. 신 성 북부 도시 연합 제1기사단은 레빈의 애로우 나이츠로 결정해야겠 군."

레빈이 나와 인연이 없는 사람도 아니기에 난 쓴웃음을 지으며 허가 서에 사인을 했다. 이제 요슨 성자의 인증만 받는다면 애로우 나이츠 는 신성 북부 도시 연합의 최초 기사단이 될 것이다.

그 외에도 아서의 이름으로 필로드 성의 병력을 중심으로 하는 그린 나이츠가 정식 기사단으로 신청을 해와 이들을 제2기사단에 임명했다.

다만 요슨 성자가 끌어들인 신성 기사단이나 삼황자가 보내준 샐러맨더 나이츠는 슈페리어 넘버 급 기사의 수가 부족했기 때문에 정식 기사단으로 인증받지 못했다.

하지만 샐러만더 나이츠야 삼황자에게 잠시 빌린 것에 지나지 않고 또 그들이 셔면의 정식 기사단 이름을 받을 리도 없었다. 그리고 요슨 성자의 신성 기사단이야 후에 북부 도시 연합의 힘이 더욱 커지면 점차 뛰어난 인재들이 모일 것이 분명했기에 정식 기단의 발족은 시간문제일 뿐이었다.

기사단 문제를 모두 해결한 후에도 북부 도시 연합의 군비 문제나 병력 배치에 관한 문건만 해도 수백여 건에 달하는지라 나로선 일에 열중할 수밖에 없었는데, 거의 사흘이나 밤샘에 가깝게 일을 처리했음에도 끊임없이 밀려오는 군 관련 문서에 나로선 손을 들 수밖에 없었다.

"뭐가 이렇게 많아! 젠장!!"

"영주님, 잠시 차라도 드시면서 머리를 식히세요."

"휴… 알았어, 알리샤."

그나마 다행인 것은 내가 이렇게 업무에 정신없을 때 알리샤가 가까이에서 내 시중을 들어준다는 것이었다.

그녀가 없었다면 아마 난 지쳐서 집무실에서 죽었을지도 모르니, 알리샤에 대한 사랑이 똘똘 뭉치고 있었다.

"아이들은?"

그녀가 내려놓은 찻잔을 든 난 아이들에 대해 물었고, 그녀는 나의 물음에 미소를 지으며 답했다.

"아버지와 요슨 성자님과 같이 지내고 있어요. 처음 나온 여행인지라 벨루가 약간 감기 기운이 있는 것을 제외한다면 아무 문제가 없어요."

"휴… 벨루 녀석, 조금만 튼튼했으면 걱정이 없을 텐데. 사내 녀석이 계집애보다 몸이 약하니. 쯧쯧."

벨루가 감기 기운이 있다는 말에 나로선 혀를 찰 수밖에 없었다.

"어쨌든 요슨 성자가 가까이 있으니 그리 큰 문제는 없을 것 같군. 그래, 레… 아니, 장인은 언제 알펜 성으로 간다고 하던가?"

"일주일 정도 후에 알펜 성으로 간다고 하셨어요."

"그래? 벨루도 있으니 조심해서 다녀오도록 하시오."

"예, 영주님."

레빈이 알펜 성으로 가면서 알리샤와 아이들도 동행하기 때문에 난 그녀에게 조심하라는 당부를 해주었다.

당분간은 레트론에 머물면서 북부 도시 연합의 군 관련 문제들을 모두 해결해야 하기 때문에 그녀가 이삼 주 정도 알펜 성에서 시간을 보내면 같이 영지로 돌아갈 수 있겠다는 생각을 했다.

하지만 어찌 된 게 내가 생각하는 것은 조금씩 틀어지는 일이 다반사였다.

공작 각하, 수장께서 보내신 서신입니다.

알리샤가 준비해 둔 차를 모두 마신 난 다시 서류를 처리할 겸 책상에 앉았는데, 그때 붉은색의 글씨가 책상 위로 써지는 것을 볼 수 있었다.

이 글씨를 쓴 사람의 정체가 바로 저주사 이모랄의 제자인 제스토라는 것을 아는 나로선 고개를 끄덕였고, 잠시 후 책상 위로 피가 흘러내리는 듯하다가 그 위로 하나의 서신이 떠오르듯이 올라왔다.

서신을 봉인하는 밀랍 위로 전에 보여주었던 게리오스의 문장이 찍혀 있는 것을 보며 난 천천히 봉인을 뜯고 서신을 살펴보았고, 모든 내용을 다 읽은 난 미간을 찌푸리고 말았다.

"휴… 또 제국으로 가야겠군."

서신에 적혀 있는 것은 바로 게리오스가 나에게 사황자의 령까지 와달라는 내용이었다. 자세하게 적혀 있지는 않았지만, 대충 살펴보니 아무래도 일황자의 내전이 멀지 않았다는 내용인지라 사황자의 령에 모인 병력을 맡기로 한 내가 그곳으로 가야 함은 당연한 일이었다.

이번에는 얼마나 그곳에서 있어야 하는지 알 수 없었지만, 아무래도 일황자의 내란을 잠재우기 위해선 족히 일 년 이상은 제국에서 머물러야 할 것이었다.

이것은 수장께서 공작 각하가 제국을 여행하시기에 도움이 될 것이라 하시며 보낸 물건입니다.

서신을 모두 읽었을 때 또다시 제스토가 책상 위에 글씨를 쓰고는 서신을 전할 때와 똑같은 방법으로 하나의 가죽 주머니와 말려진 양피지 한 장을 올려놓았다.

그것이 무엇일까 하는 궁금증에 난 붉은색 끈으로 묶여진 양피지를 펼쳐 보았는데, 안에 적혀진 내용을 보고는 크게 놀랄 수밖에 없었다.

“오!!”

놀랍게도 게리오스가 나에게 보내온 것은 바로 황제의 이름으로 되어 있는 제국 귀족의 임명서였다.

물론 그 황제의 이름은 게리오스의 이름이었는데, 그가 짧은 시간 제국의 황제에 올랐을 때 만든 것임을 알 수 있었다.

하지만 그보다 날 놀라게 한 것은 그가 이런 것을 만들었다는 것이 아닌 그 안에 적혀 있는 귀족의 작위였다. 놀랍게도 그는 나에게 제국 대공의 작위를 내렸기 때문이다.

대공의 작위는 공작보다 한 단계 위라 볼 수 있는 것으로 다른 말로는 공왕이라고도 불리는 자리였다.

제국에 속하기는 하지만 자치권을 가지고 있는 하나의 왕과도 같은 자리였으니, 이것은 막강한 힘을 가지고 있는 공작이 왕에게 인증을 받아야만 가능한 자리였다.

황제 기론테우스라는 이름으로 적힌 이 임명서에 따르면 내가 대공의 작위를 받으며 가진 공국은 바로 사황자 령의 트리말론 산맥 일대. 영토의 크기만으로 따진다면 현재 아멘에 있는 내 영지의 삼십 배가 넘는 엄청난 땅이었다.

물론 대공이라는 작위가 가지고 있는 일반적인 공국의 크기와 비교한다면 조금 작은 정도였지만, 이 정도만 해도 엄청난 것이라고 할 수 있었디.

가죽 주머니를 열어 보자 그 안에는 대공의 작위를 증명하는 문장이 새겨져 있는 반지가 들어 있었기에 난 헛웃음만 나올 뿐이었다.

“아멘에서는 공작, 셔먼에서는 남작, 알디하렌에서는 대공이라니 아무래도 작위를 보면 제국으로 적을 옮기는 것이 가장 좋겠군.”

대공으로 받은 명칭은 시피른, 내 공국이 트리말론 산맥에 있는 것을 감안한다면 이제 트리말론 영지가 될 터이니, 그렇다면 내 정식 귀족 명칭은 플로렌 폰 시피른 트리말론 대공이 되는 것이다.

아멘, 셔먼, 알디하렌의 건국 시기가 같은 것을 생각한다면 수백 년의 역사 속에서 이 삼국의 귀족 작위를 모두 가진 인물은 아마도 나 하나뿐이 아닐까 싶다.

서로 으르렁거리고 있는 적국의 작위를 모두 가지고 있다니, 아무리 나라고 해도 조금 부담되는 것은 사실이었다.

하지만 다시 생각해 보면 게리오스가 나에게 대공의 작위를 내리는 것은 어쩌면 당연한 일이라 할 수 있었다.

제국에서 내가 해야 할 일은 바로 사황자 령에 있는 군대를 황제의 명으로 이끄는 것. 그렇다면 적어도 백작 이상의 작위를 가져야 하는 것이다 그걸 생각한다면 그만큼의 작위를 받아야 함은 당연한 일이었다.

아마도 난 게리오스가 일황자의 야심을 막기 위해 비밀리에 대공에 임명한 귀족쯤으로 생각될 것이 분명하니, 사황자 령에서 군대를 이끄는 것은 문제가 없을 것이다.

서신에 따르면 트리말론 영지의 병력은 약 3만 정도라 하니, 공국이라는 것을 감안한다면 숫자가 적기는 하지만, 아마도 이 정도도 게리오스가 내 작위를 생각하여 최대한 할애한 병력일 것이 분명했다.

그렇다고 한다면 성의를 보아서도 제국으로는 가야 할 것이 분명한지라, 잠시 생각에 잠길 수밖에 없었다.

일단 셔먼에서 내린 남작의 작위를 가지고 오황자 령을 통과한 후 육황자 령은 대공의 이름으로 통과하면 될 것이다.

육황자는 사황자와 친하고 또 그의 령이라고 할 수 있는 곳의 대공이니 박대하지는 않을 것이 분명했다.

아쉬운 것이라면 오황자의 령을 통과해야 하는 상황에서 많은 수의 병력을 이끌고 갈 수 없어 많아야 일백이 한계일 것이다.

제장들을 집무실로 불러 모은 난 이들에게 제국으로 갈 것을 밝혔고, 갑작스러운 나의 말에 모두들 크게 놀라는 표정을 지었다.

"도대체 제국의 내란에 공작 각하께서 왜……."

엡실론은 내가 제국에 간다는 말이 마음에 들지 않는 듯 크게 소리치고 있었다. 엡실론은 내가 제국의 삼황자와 손을 잡는 것 역시 마음에 들지 않고 있었는데, 이제는 제국 내란에 직접 참여한다는 말까지 하자 참을 수 없었던 모양이다.

"내가 이번 제국 내란에 끼어들려 함은 크게는 아멘 본국을 위함이요, 작게는 본작의 신의를 지키기 위함이네."

"하지만 공작 각하께서 가실 곳은 제국입니다. 자칫 잘못되시기라도 한다면……."

"이미 만반의 준비는 모두 마쳐 놓고 있는 상황이네."

"전쟁입니다. 만반의 준비를 했다고 해결될 일이 아닙니다."

엡실론은 아무리 내가 진정시키려고 해도 결코 승복하려 하지 않았다. 확실히 전쟁이란 것은 어떻게 풀릴지 알 수 없는 상황에서 아무리 만반의 준비를 했다고 해도 안심할 수 있는 것이 아니었다.

그런 엡실론의 말을 들으며 이스페든 역시 고개를 끄덕이며 그의 말에 동감을 표시하며 말했다.

"이 늙은이 역시 엡실론 경과 같은 생각이네, 도대체 뭣 때문에 자네가 제국 내란에 끼어든단 말인가?"

"일황자는 패황의 기질이 있는 자요. 그가 만약 제국의 황좌를 차지하기라도 한다면 언젠간 서먼은 물론, 아멘까지 휩쓸리는 대전쟁이 이 대륙을 휩쓸 것이 분명하니 그것을 막는 것은 높이 선 자의 의무라 할 수 있소."

"일황자가 황좌에 오른다면 그것 역시 운명. 공작, 자네는 자신이 영웅이나 되는 것처럼 착각을 하고 있는 것이 아닌가?"

"착각?"

"그렇지 않다면 무슨 생각인가? 자네의 병력조차 제대로 끌고 가지 못하는 상황에서 그대의 가치가 얼마나 되리라 생각하는가? 뛰어난 검술을 지닌 것도 아니거니와 그렇다고 전략가로서의 재능도 뛰어나지 않은 자네가 말이야!"

그의 말에 기분이 나쁠 수밖에 없었다. 솔직히 나도 내 능력은 스스로 잘 알고 있었다. 지금껏 싸움도 내가 잘해낸 것이 아니라 제장들과 주위에 있는 자들이 뛰어남에 연전연승을 해왔음을 말이다.

난 내 능력과 내 주위 제장들의 능력을 구분하지 못할 만큼 바보는 아니었다.

하지만 그렇다고 내 능력이 엉망은 아니지 않은가? 검술도 전략가로서의 재능도 중상은 된다고 생각하는데, 그런 나를 저렇게 무시하다니. 망할 놈의 늙은이! 으드득!

"확실히 그대의 말대로 난 검술도 전략가로서의 재능도 없다는 것은 잘 알고 있소. 본작은 영웅은 될 수 없는 사람이오. 하나 뛰어난 검술가도 전략가도 될 수 없는 내가 한 가지 자신하는 것은 대아멘 왕국의 공작으로서의 자부심이오. 대공작가의 가주로서 신의는 어느 것보다 중요한 것이라 알고 있고, 이번 제국의 여정 역시 대공작가의 가주로서신의를 지키기 위함이오! 그것으로 부족한가?”

내가 약속을 하지 않았다면 모를까? 이미 공작가의 가주로서 약속한 일을 가지고 번복하고 싶은 마음은 없었다.

나의 말에 엡실론은 더 이상 불평을 터뜨리지 못했고, 이스페든은 중얼거리며 공작이 뭐가 잘났냐는 식으로 중얼거리고 있었지만, 더 이상 나의 말에 반대하지는 못하고 있었다.

“그대들이 이렇게 반대하니 어쩔 수 없구려. 이번 제국으로의 여정에 제장들은 동행하지 않는 것이 좋겠소!”

“……!! 공작 각하! 그게 무슨 말씀이십니까!”

이들에게 따라오지 말라고 하는 나의 말에 엡실론은 크게 놀라 소리쳤다.

“듣지 못하였는가? 이번 여정은 제장들의 도움 없이 나 혼자의 힘으로 향하겠다 하였소.”

“그것은 아니 될 말씀이십니다!”

엡실론은 절대 혼자 갈 수 없다는 말을 하고 있었지만, 이미 난 결정을 내렸다. 이스페든, 이 빌어먹을 늙은이가 나의 성질을 긁어놓았던 덕에 화가 나서 소리친 것이지만, 이들에게 본때를 보여주고 싶은 생각도 들었기에 결정을 번복하고 싶은 생각은 전혀 없었다.

“이미 본작이 내린 결정이오! 제국으로의 여정은 일주일 후가 될 것이니 엡실론 경은 본작과 함께 갈 정병 백 명을 대기시켜 놓도록 하시오. 흠!!”

그 말과 함께 난 회의실을 빠져나왔다. 엡실론은 연신 나에게 자신만이라도 동행시켜 달라고 청하고 있었지만, 난 단호하게 거절을 하고 집무실로 돌아왔고, 내 결정이 확고한 것을 안 엡실론은 더 이상 말하지 못하고 물러섰다.

엡실론을 물리고 집무실로 돌아오자 그제야 마음은 조금 안정됐지만 불안한 생각이 들기도 했다.

"엡실론이라도 데리고 가야 했던 건가? 휴… 뭐, 빌이라도 있으니 괜찮겠지."

하지만 그가 나의 곁에 있는 호위 기사단장이라 하더라도 실제의 능력은 나보다 한 단계 떨어지고 있었기 때문에 기사로서의 능력을 따진다면 이번 여정에서 가장 뛰어난 사람은 내가 될 것이다.

지금까지 소드 마스터인 엡실론의 존재는 나에게 상당한 안도감을 주고 있었기 때문에 많은 의지가 되곤 했는데, 이번 여정에서는 그와 동행하지 않겠다고 했으니 후회막심이었다.

하지만 다시 생각해 보니, 제장들에게 나의 능력을 보여줄 수 있는 기회이기도 했다. 그 때문에 조금 자신감도 생기는 듯했는데, 그때 쾅하는 소리와 함께 문이 열리며 보기 싫은 낯짝을 가진 녀석의 얼굴이 보였다.

"레빈?!"

무례하게 공작의 집무실을 발로 차 열고 들어온 녀석은 장인인 레빈이었는데 녀석의 무례함에 미간이 찌푸려졌다.

"무슨 짓인가! 감히 본작의 집무실을 발로 차고 들어오다니!"

"흥! 여기가 아멘인 줄 아느냐? 애석하지만 이곳은 서먼, 작위로 보면 백작인 내가 남작인 네 녀석보다 높으니 이 정도쯤이야 무례할 것도 없지!"

"뭣이!! 큭……."

천한 것이 작위 좀 받았다고 못하는 소리가 없다는 생각에 노기가

치솟아올랐지만, 저런 천한 것의 도발에 넘어갈 수는 없는지라 노기를
참으며 말했다.

"그래, 무슨 일로 본작을 찾아왔는가? 레!빈! 백!작!"

"흥! 이야기는 다 들었다. 제국으로 간다고?"

"물론이오."

"그것도 엡실론 경도 없이 병사들 백 명만 달랑 데리고 제국으로 간
다고?"

"물론이오."

"미친놈!!"

"뭣이!!"

녀석의 말에 난 더 이상 참지 못하고 자리에서 일어났는데, 그는 내
가 노기를 보이는 것에 아랑곳없이 집무실 안의 소파에 자리를 잡더
니 근처의 와인을 잡고는 그대로 병째 들이키고는 콧방귀를 뀌며 말
했다.

"흥! 미친놈이라고 했다. 네 녀석이 보기에는 제국이 그리 만만하게
보이더냐?"

"누가 제국이 만만하다고 했는가?"

"제국이 아멘이나 셔먼같이 한가한 나라로 보이는가? 멍청한 놈! 잘
들어라! 네 녀석이 드래곤 산맥에 붙어 있는 척박한 대지에서 영주 노
릇을 해서 만만하게 생각할지 모르지만, 제국에 비해선 네 녀석의 땅은
옥토다."

"흥!"

빌어먹을 놈. 셔먼에서 도적질이나 한 놈이 제국에 대해서 뭘 안다
고 떠드는지.

"셔먼과 아멘의 땅은 축복받은 곳이다. 하나 제국은 네가 생각하는 것과 다르다. 사황자 령이라고? 스이반의 호수가 있다고 하여 평화로운 곳이라고 생각하느냐? 애석하게도 전혀 아니다. 스이반의 호수는 정령의 축복을 받는 곳이다. 그곳을 제외한 대지는 일 년의 삼 분의 일 이상이 겨울인 얼음의 대지. 아멘 출신인 네놈이 갔다가는 열흘도 못 되어 얼어 죽기 딱 좋은 곳이다. 또 마물들은 어떻고? 드래곤 산맥은 드래곤 간의 경계 탓에 마물들이 자신의 땅을 벗어나지 않지만 제국은 다르다. 어디를 가도 고블린, 오크, 코볼트 같은 하급 마물은 물론 웨어 울프, 트롤, 가고일 같은 중급이나 오우거, 미노타우르스, 와이번과 같은 상급 마물들이 득실거리는 곳이 제국이다. 제국의 기사들이 왜 강한 줄 아느냐? 그들은 태어나면서부터 살기 위해, 먹기 위해, 자신의 땅을 지키기 위해 마물과 싸우며 평생을 보내야 하기 때문이다. 마물? 차라리 그런 놈들만 있다면야 어떻게든 살겠지. 더욱 무서운 것이 뭔 줄 아느냐? 그것은 바로 제국의 산맥에 숨어 사는 야만족들이다. 식인을 하는 최강의 야만 민족인 이스니카 족은 둘째 치고라도 트리본 족, 야크 족, 데만 족은 대륙에서 가장 강한 무력을 지니고 있다는 제국조차 평정하지 못한 놈들이다. 네 녀석이 백 명 정도의 병사만 데리고 갔다가는 너를 포함하여 그들 모두가 들짐승들의 밥이 될 것은 보지 않아도 눈에 선하다. 그래도 잘난 척하고 엡실론 경과 같은 사람도 없이 혼자 갈 테냐? 그래, 갈 테면 가라고! 제국의 땅에서 비명횡사하고 싶다면 말이야!"

"……."

그의 말에 난 조금 겁이 날 수밖에 없었다. 솔직히 제국이 척박한 땅이라고는 들었지만, 설마 레빈이 말한 정도라고는 생각지도 못했기 때문이다.

하지만 다시 생각해 보니 혹시나 레빈 저놈이 겁을 주려고 저러는 것은 아닐까 하는 생각에 콧방귀를 뀌며 말했다.

“흥! 본작이 그 따위에 겁을 먹으리라 생각했는가?”

“겁? 하하하하! 미친놈! 제국엔 용병 길드가 없다. 왜 그런 줄 아느냐?”

“…왜 그런데?”

“제국은 용병이라면 누구나 군침을 흘리는 땅일 수도 있다. 대륙 드워프의 삼 분의 이 이상이 제국에 머무를 정도로 그곳은 산천 곳곳에 광맥이 깔려 있으니 말이다. 그 때문에 일확천금을 노리는 이를 셀 수 없는 곳이 제국이니 그곳에선 마물과 야만족들을 처리하기 위해 해마다 수백 명 이상의 용병을 바라고 있다. 제국으로 가면 셔먼이나 아멘에서 평생을 벌어야 할 돈을 짧게는 한 달 만에 벌 수 있지. 하지만 제국으로 간 용병들 중 살아서 셔먼과 아멘으로 돌아오는 이는 많아야 백 명 중 서너 명에 불과하다. 모두가 제국의 땅에서 마물과 야만족들의 밥이 되어 그곳에 뼈를 묻어야 하고, 그 때문에 일자리는 많아도 수없이 죽어가는 용병들 탓에 길드 자체가 존속할 수 없는 곳이 바로 제국이란 말이다. 그런데 그곳으로 싸우러 간다고? 웃기는군!”

윽… 그렇게나 위험한 곳인가? 설마 사람 사는 땅이 정말 그럴까 하는 생각노 들었지만, 용병 길드가 없다는 것은 나도 잘 알고 있는 사실이었고, 제국에 관한 서적도 몇 권 읽은 적이 있는지라 조금 두려움이 밀려왔다.

아무래도 내가 너무 쉽게 생각한 것이 아닐까 하는 생각이 들었다.

“어떤가? 그래도 제국에 가고 싶은가?”

"…흥! 공작으로서의 명예가 걸려 있소!"

하지만 은근히 물어보는 그의 말투에 다시 오기가 솟아오른 난 자신 있게 소리쳤고, 그는 할 수 없다는 표정을 지으며 말했다.

"휴… 그렇게 가고 싶으면 말리지는 않겠네. 하지만 말이야, 엡실론과 마법사 두 명 정도는 동행하여 데리고 가게. 또 병사들 역시 최정병으로 뽑고. 자네 영지의 병사나 샐러맨더 나이츠 외에 필로드 성에 연락해 아서에게서 제국 북서부 출신의 병사들을 지원받도록 하게. 지역 출신의 병사들이 있다면 여정이 조금은 편해질 것이니 말이야."

"음… 정히 백작이 그렇게 해야만 안심한다면 내 한발 물러서도록 하겠소."

그의 말에 난 못 이기는 척하며 받아주기로 했다. 그가 말한 것이 사실이라고 한다면 결코 쉬운 여정이 될 수 없음을 느꼈기 때문이다.

휴… 아무튼 레빈이 저렇게 강경하게 말해 주니 조금 안심이 되기는 했다. 역시나 엡실론이 동행하는 것이 안심이 되는 것은 사실이기 때문이었다.

어쨌든 제국으로의 여정의 준비는 순탄히 풀려 나갔고, 일주일 후 드디어 제국으로의 여정의 날이 밝아왔다.

처음 병사들만 데리고 혼자 가겠다는 말과는 달리 제장들의 배려로 상당한 수의 기사들과 동행하게 되었다.

내 호위 기사단장인 빌과 엡실론, 마법사로는 5서클 흑마법사인 필리아와 저주사 이모랄, 물론 아무도 알지 못하고 있지만 그의 제자인 제스토가 동행하게 되었고, 내 영지의 견습 기사 삼십 명과 샐러맨더 나이츠 중 삼십 명이 여정에 참가하게 되었다.

또 장인인 레빈이 애로우 나이츠의 슈페리어 넘버 급 기사인 넘버 3 크리븐과 넘버 13 엘트로우스, 넘버 35 기스, 그리고 정식 기사 이십 명을 지원해 준 덕에 여정에 참가하는 진영은 든든하기 그지없었다.

이들 슈페리어 나이트 급 기사 중 크리븐은 소드 익스퍼트 최상급, 엘트로우스와 기스는 익스퍼트 상급인 것을 생각한다면 레빈이 데리고 온 슈페리어 급 나이트 중 반이 합류한 것이니 그가 상당히 신경을 써 준 것이다.

그중 넘버 13 엘트로우스는 오우거라 불릴 정도의 엄청난 덩치로 과거 다크 데블 나이츠 거구의 기사 레크라스는 상대도 되지 않을 정도의 녀석이었다.

거대한 덩치를 바로 유지할 수 없는지 허리를 숙이고 있는 녀석의 팔은 거의 땅에 끌릴 정도이고, 손만 해도 거의 내 상체 만한 크기였기에 두 손에 차고 있는 건틀렛으로 한 방 맞기라도 한다면 피떡을 면치 못할 정도였다.

워낙 거대한 덩치 덕에 맞는 플레이트 메일조차 없는지 갑옷은 상체를 보호하는 브레스트 플레일과 머리에 쓰고 있는 모자와 같은 스컬뿐이었다.

제대로 된 무기는 등에 메고 있는 족히 2미터는 넘을 듯한 철궁과 화살 외에는 검이나 방패 같은 것은 가지고 있는 것이 없었지만, 손에 끼고 있는 건틀렛이 거의 팔꿈치까지 닿아 있는 것을 보면 무투가일 확률이 높다는 생각이 들었다. 어쨌든 거대한 덩치 덕에 애로우 나이츠에서 가장 눈에 띄는 인물이었다.

넘버 3인 크리븐은 긴 은발에 호리호리한 몸매를 지니고 있는 자로

스피드를 중시하는지 가벼운 레더 아머를 걸치고 허리에는 레이피어를 차고 있었다. 그리고 넘버 35 기스는 건장한 덩치에 유일하게 풀 플레이트 아머를 입고 허리에 롱 소드를 차고 있는 자였다.

레빈이 신경을 써주었는지 이들 모두가 상당한 실력자였기에 난 이들에게 혈통 좋은 말을 선물로 주었다.

하지만 이중 엘트로우스는 엄청난 덩치 탓에 적합한 말이 없는지라 두 마리 말이 끄는 마차에 타고 가야 하는 것이 조금 미관상 안 좋긴 했다.

누가 보면 마물을 잡아서 마차에 싣고 가는 것으로 보기에 딱 좋았기 때문이다.

물론 내가 타고 있는 레크라스의 거마라면 그도 어느 정도 탈 수 있으리라는 생각이 들었지만, 그에게 이 명마를 양도할 생각은 없었고, 또한 이 말로도 녀석을 오랫동안 싣고 다니는 것은 힘들 것 같았기에 마차로 싣고 나르는 것이 가장 낫다는 생각이 들었다.

"영주님, 부디 몸조심하세요."

"하하하. 장인이 보내준 기사들과 제장들, 그리고 믿음직한 병사들이 있는데, 무슨 문제가 있겠소. 이번 여정은 조금 장기간이 될 것이기에 부인, 당신을 오랫동안 보지 못할 것이 안타깝기는 하나, 그대와 자식들이 기다리고 있으니 어떠한 일이 있더라도 반드시 돌아올 것이오."

"영주님."

"부인……."

나의 말에 살짝 가슴에 안기는 알리샤를 난 힘껏 안아주며 안심시켜주고 천천히 그녀의 얼굴을 들어 진한 입맞춤을 해준 다음 말에 올라

나를 기다리고 있는 기사들과 병사들을 보며 소리쳤다.

"출발!!"

그렇게 난 제국으로의 두 번째 여정을 시작했다.

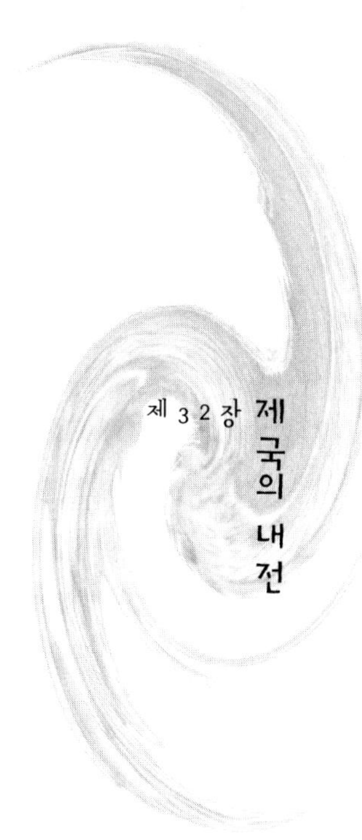

제 3 2 장 제국의 내전

레트론을 떠나 이곳 트리말론의 영지에 도착한 것은 거의 한 달이 넘어서였다.

솔직히 게리오스가 나에게 넘겨준 공국은 내 영지와 비교한다면 조금 나은 편에 속하기는 했지만 그 이면을 보면 그다지 좋다고는 볼 수 없었다.

"1열 발사!!"

후두둑!!

제국의 땅은 대부분이 산지로 이루어져 있는 만큼 모든 땅을 관리한다는 것은 거의 불가능에 가까운 일이었고, 공국 자체도 그리 다르지는 않았다.

땅이 엄청 넓긴 했지만 워낙 사방에 위험이 산재해 있어 사람들의 숫자는 극히 적을 수밖에 없었고, 그런 탓에 병사들의 숫자 역시 그리

많지 않았다.

아니, 따지고 보면 공국의 국민 대부분이 전사라 해도 과언이 아닐 만큼 이곳의 사람들은 위험에 노출되어 있었다.

내가 공국에 들어와 처음 행한 것은 앞으로 있을 내전에 대비한 군사 훈련이었다.

꾸에엑!!

"2열 발사!!"

다행이라면 다행일까? 공국의 병력은 게리오스가 심혈을 기울인 때문인지 정예병이었기에 군사 훈련은 순조롭게 흘러갔다.

내가 거느린 3천의 병사들 앞에 도사리고 있던 수백의 오크들은 팔백에 이르는 궁수들이 쏘는 화살에 제대로 반항도 하지 못한 채 비명을 지르며 쓰러져 갔고, 대지는 그들의 초록색 피로 얼룩지고 있었다.

선두 열의 궁수들 활로 순식간에 백수십 마리 오크들이 괴성을 지르며 나가떨어지자 그 뒤로 칠백 여의 기병이 돌격 대형을 취했다.

"기병 돌격!!"

"와아아!!"

이번 훈련의 교관 겸 지휘관으로 참여한 엡실론의 외침과 함께 기병대는 일제히 달려드는 오크들을 향해 돌격했고, 드디어 오크와 기사들 간의 전투가 시작됐다.

이번 여정에 나를 따라온 기사와 기병들은 역시 상당한 훈련을 받은 자들이었기에 달려들던 오크들은 돌격 대형에 무너지며 기병과 기사들의 공격에 순식간에 무너져 내렸다.

궁수대에 이은 기병들의 돌격으로 오크들은 그 수가 크게 줄자 더 이상 싸우는 것은 무리라고 생각했는지 괴성을 지르며 도주하기 시작했다.

"궁수대!! 일제히 발사!!"

하지만 한 마리의 오크도 놓아주지 않을 생각이었는지 엡실론은 대기하고 있던 궁수대를 향해 소리쳤고, 이미 대기하고 있던 궁수대가 일제히 활을 쏘아 도망치는 오크들을 쓰러뜨리기 시작했다.

본국과는 달리 알디하렌 제국은 수많은 야만족과 마물들로 인하여 매년 수천 명 이상이 죽어 나가는 곳이었기에 공국의 정예병은 마물들을 상대로 한 전투에 이골이 나 있다고 해도 과언이 아니었다.

"생각보다 훨씬 쓸 만한 것 같군."

처음 3만의 병력밖에 되지 않는다는 말에 조금 실망하긴 했지만, 병사 하나하나가 정예가 아닌 자가 없었고 오크들을 상대로 한 실전 군사 훈련에도 낙오자의 숫자가 전무한 것을 보며 난 감탄할 수밖에 없었다.

"대공께서 오시기 전부터 마물들과 야만족들을 상대로 한 실전 훈련을 해오고 있었습니다."

"호오……."

놀라는 나의 말에 미소를 지으며 답하는 이는 공국의 군사 훈련을 담당했던 기사로 지금은 황제가 된 위르테우스의 호위 기사단의 단장이기도 한 인물이었다.

그 역시 상낭한 실력의 기사였기 때문에 과연이란 생각을 하며 고개를 끄덕였고, 그렇게 해서 난 병사들의 실력을 알아보기 위한 훈련을 성공리에 마칠 수 있었다.

실전 훈련을 마친 난 병사들과 함께 공국 수도성에 도착했는데, 내가 성안으로 들어가자 기다리고 있었다는 듯 공국에 속한 귀족 한 사람이 달려왔다.

그는 공국의 국외 업무를 담당하고 있는 헤일스 남작이었는데, 나의 앞으로 와서는 예를 취하고 말했다.

"공왕 전하, 위르 령의 영주이신 기르스 후작이 공왕 전하를 만나뵙기 위해 당도해 있습니다."

"기르스 후작이?"

"예."

기르스 후작은 현 황제인 위르테우스가 자치령주 시절 거느렸던 측근 중 한 사람으로 이번 로만테우스에 대비하여 나와 귀족 토벌군의 한 축을 이룰 귀족이었다.

문관 귀족인 탓에 군의 통솔권은 나에게 넘어오게 되어 있었지만, 토벌군이 편성되면 그의 병력 역시 상당수가 포함될 것이 분명하기에 정중히 대할 사람이었다.

"알겠네. 바로 가도록 하지."

"예."

헤일스 남작을 따라 궁의 접객실에 도착하자 안에는 초로의 나이의 귀족 한 사람이 자리하고 있었다.

그는 내가 안으로 들어오자 자리에서 일어나서는 정중하게 예를 취했고, 나 역시 그가 황제의 측근이란 생각에 정중히 예로 답했다.

간단히 귀족의 예로 서로 인사를 나눈 후 자리에 앉은 난 미소를 지으며 말했다.

"그대가 찾아온 것을 보니 반란이 얼마 남지 않은 것 같소이다?"

"예. 아직 확실한 것은 알 수 없지만, 조만간 로만테우스가 거병할 것 같아 이렇게 찾아뵈었습니다."

　그의 말에 고개를 끄덕였다. 자치령주 중 가장 막강한 군력을 지니고 있는 로만테우스가 거병한다면 제국은 아마도 대륙 역사상 가장 큰 내전에 휩싸일 것이 분명하다.

　"그렇다면 다른 곳의 영주들에게도 연락이 닿아 있겠구려."

　"예. 공왕께서 보유하고 계신 병력과 그들의 병력을 합한다면 이번 토벌군은 대략 8만 정도의 군세가 될 것입니다."

　"8만이라……."

　8만이란 말에 난 조금 실망할 수밖에 없었다. 하긴 공국의 병력이 3만 정도밖에 되지 않는 곳이 위르 령이니 다른 곳의 상황이야 뻔한 일일 수도 있었다.

　"8만이라면 조금 적군요."

　"애석하게도 현 황제 폐하께서는 자치령주 시절 군사력보다는 신전 건축과 빈민 구제에 재정의 대부분을 할애하셨기에 타 자치령에 비해서 군사력은 크게 뒤처지고 있는 상태였습니다. 솔직히 이 정도의 병력을 모을 수 있었던 것도 전 황제 폐하의 명에 따라 미리 준비하고 있었기에 가능한 일이었지요."

　"그렇다면 할 수 없는 일이지요. 그럼 장비 수급율이나 전시 보급 물자의 상황은 어떻습니까?"

　"다행히 내정에는 큰 문제가 없었기에 완벽하게 준비할 수 있었습니다."

　"그렇다면 다행이군요. 사실 숫자가 많은 것보다는 완벽한 장비를 갖추고 있는 정예병이 전쟁에선 훨씬 더 큰 힘을 발휘할 수 있으니까요."

　전쟁에 관해서는 그리 능력이 없는 기르스 후작이었지만, 내정에는 뛰어난 능력을 보인 그였기에 난 내가 부족한 부분을 그가 채울 수 있다는 생각에 안도감이 들었다.

그런 능력조차 없는 자라면 토벌군에 방해만 될 것이 분명하기 때문이었다.

"로만테우스가 거병하면 위르 령 토벌군은 자치령 서남부에 위치한 시안스 평원으로 집결하기로 결정되었습니다."

그의 말에 고개를 끄덕인 난 그에게 미소를 지으며 답했다.

"기르스 후작께서 세세한 부분까지 신경 써주시니 제가 한 짐 던 듯하여 안심하였습니다."

"별말을 다 하십니다. 솔직히 전 위르 령 내에 뛰어난 군 지휘관이 없어 황제 폐하께서 명하신 일을 제대로 할 수 있을까 고민하고 있었는데, 공왕께서 오셔서 그 문제를 해결해 주시니 감사할 뿐입니다."

생각 외로 문관 출신인 기르스 후작과는 마음이 잘 맞는 것 같아 난 한시름 놓을 수 있었다. 솔직히 위르 령의 귀족들 입장에서 난 굴러온 돌이나 마찬가지였기에 이들이 나에게 반감을 가지지 않을까 우려했었기 때문이다.

기르스 후작이 돌아간 후 난 다시 한 번 만전을 기하기 위하여 군사들을 훈련시키는 데 열을 올렸고, 그러는 사이에 드디어 결전의 시간이 다가왔다.

제국 황제 위르테우스의 형이자 제국 북동쪽에 위치한 로만 령의 자치령주이기도 한 로만테우스가 제국 내 강경파 귀족을 등에 업고, 현 황제의 무능함을 비판하며 자치령 28만의 병력과 각 제국령에서 호응한 강경파 귀족 10만을 합쳐 총 38만의 병력을 이끌고 내전을 일으켰다.

로만테우스에 의해 벌어진 내란은 제국 건국 이후 최대의 내란이었고, 이로 인하여 제국은 건국 이래 최대의 혼란기를 맞을 수밖에 없었다.

황제 위르테우스는 내전을 일으킨 로만테우스의 토벌령을 내리며 중앙 근위 기사단을 포함한 황군 18만과 서부 도노 령의 자치령주 도노테우스가 이끄는 15만, 북서부 제국령의 기르스 후작과 트리말론 대공이 이끄는 8만의 병력 총 41만의 토벌군으로 하여금 반군을 토벌하게 했다.

하지만 로만 령의 자치령주 로만테우스가 반란을 획책하고 군사를 동원한 일주일 후 제국 남서 세이반 령의 자치령주 세이반테우스가 15만의 병력을 이끌고 도노 령을 침공했고, 제국 남동쪽 일루 령의 자치령주 일루테우스가 13만의 병력을 동원하여 이번 내전에서 중립을 표방하던 대류 동쪽 스만 령을 침공하였다.

이 때문에 황제의 반란군 토벌령을 받은 도노 령의 병사들은 북상하는 세이반테우스의 병력을 막기 위해 발이 묶여 버리고 말았다.

이 때문에 황군 18만은 황도를 향해 진격해 오는 로만테우스의 반군 28만의 병력과 맞서야 했다.

또 기르스 후작과 트리말론 대공의 토벌군은 강경파 귀족들을 중심으로 뭉친 귀족 반란군 10만에 의해 대류 북동 타레스 평원에서 발이 묶이고 말았으니 제국의 내란은 로만테우스가 이끄는 반군 쪽으로 기울어질 수밖에 없었다.

또 제국 내란과 함께 일루 령과 스만 령의 자치령끼리의 싸움은 일루테우스가 이끄는 13만의 병력과 스만테우스가 이끄는 11만의 병력이 충돌하게 되었기에 거대한 제국은 대류에서 그 유래를 찾아보기 힘들 정도의 거대한 내전의 소용돌이 속에 빠져들었다.

전 황제인 게리오스에게 트리말론 공국의 대공 자리를 받은 난 같은 자치령에 속한 기르스 후작과 함께 8만의 병력을 이끌고 강경파 귀족 연합군이 이끄는 10만의 병력과 타레스 평원에서 대치하게 되었다.

강경파 귀족 연합군을 이끌고 있는 수장은 로만테우스의 측근이라고 알려져 있는 테르슨 후작과 지크만 백작, 돌프만 백작이었다.

테르슨 후작은 과거 로만테우스의 기사단인 다크 데블 나이츠의 슈페리어 넘버 상위권에 들 정도의 뛰어난 기사 출신으로 소드 마스터 중급의 실력자였고, 지크만이나 돌프만 역시 무장 출신으로 상당한 수준이었다.

그 때문에 정면 대결은 힘들다고 판단한 아군으로선 병력을 돌려 적을 기습하는 전술을 택할 수밖에 없었다.

북동 타레스 평원은 북쪽으로 이타라스 산맥을, 남쪽으로는 스폴른 숲과 티스 호수를 끼고 있었기에 난 2만의 기병을 이끌고 스폴른 숲을 통과 티스 호수를 우회하여 적 진영의 후위를 기습 공격하게 되었다.

하지만 이러한 방법은 반군 수장인 테르슨 후작 역시 잘 알고 있었을 것이 분명했다.

"와아아아!!"

아니나 다를까, 스폴른 숲을 통과한 후 티스 호수를 우회하여 적의 후방을 2만의 기병을 이끌고 기습하기 전 돌프만 백작이 이끄는 2만의 반군 병력과 전투를 벌이게 되었다.

"돌격!! 원추형 진으로 적 진영을 뚫고 지나가라!!"

아군의 승리를 위해선 적의 후위를 공격하여 진영을 흐트려 놓아야 했기에 나로선 2만의 기병으로 원추형을 이루어 적진을 뚫고 나가려 했지만, 이미 예상하고 있었던 듯 적의 진영은 공고하기 그지없었다.

카가강!! 퍼걱!!

"공작 각하!! 아무래도 적 진영을 뚫고 본진을 공격하는 것은 어려울 듯합니다."

호위 기사단의 단장 빌은 내가 이끄는 2만의 병력과 반군 병력이 혼전을 벌이기 시작하자 내 곁을 지키며 소리 지르고 있었지만, 이대로 물러설 수는 없는 일이었다.

"버텨라!! 적어도 이 병력 외에 전 본진에서 원군이 오지 않는 한 절대 물러설 수 없다!! 끄아아!!"

퍼걱!!

"끄윽!!"

혼전 양상으로 돌아선 상황에서 아군의 본진이 적과의 전투에서 이기기 위해서는 적어도 병력 일부를 이곳으로 돌려야 하는 상황이었다.

적 병력은 10만에 이르는 것에 비해 아군은 8만에 지나지 않았고, 이 상황에서 적 병력 중 3만 이상을 이곳으로 끌어들이지 않으면 승리를 장담할 수 없는 상황이었다.

"젠장!! 엡실론이 잘해주어야 하는데!! 큭!!"

사실 내가 이끄는 2만의 병력이 적 후위를 기습하는 것은 미끼에 지나지 않았다.

엡실론이 이끄는 1만의 별동대는 산맥을 우회하여 적의 후위를 치기 위해 이동하고 있는 상황, 실제 적의 후위를 기습하여 본진을 어지럽힐 병력은 엡실론이 이끄는 별동대였다.

그 때문에 내가 할 일은 미끼가 되어 적 병력의 다수를 티스 호수 쪽으로 이끌어내어 반군 본진의 병력을 줄이는 것이었다.

일단 반군 본진 병력이 어느 정도 줄어든 후 산맥을 넘어 후위에서 엡실론이 기습 반군 진영을 흐트린 후 아군의 본진이 적 본진을 괴멸 시키는 전술이었다.

하지만 반군의 수장인 테르슨 후작은 미끼가 된 아군의 티스 호수 쪽 기습 병력은 같은 숫자인 2만의 병력만을 배치했을 뿐, 더 이상의 원군을 지원하지 않는 상황이었기에 나로선 어떻게든 반드시 티스 호 수 전투에서 승리를 해야만 했다.

그렇지 않으면 8만의 반군 병력은 그대로 적을 공격할 것이 분명했 고, 그 정도의 숫자라면 엡실론이 후위를 기습하더라도 아군의 승리는 장담하기 어려웠기 때문이다.

계속되는 전투로 인하여 이미 갑옷은 피투성이로 변해 버렸고, 사방 에는 아군과 적군의 시체가, 대지는 피로 적셔지고 있었다.

푸른빛의 티스 호수가 병사들의 피로 붉게 물들어가는 모습은 뭐라 고 말할 수 없을 정도로 끔찍하기 그지없었으니 피할 수 없는 전투였 다.

"엘트로우스!! 기병들과 함께 적진을 뚫고 돌프만을 죽여라!! 이 전 투에서 피해를 줄이기 위해선 그 방법밖에 없을 것 같다!!"

"예, 대공 전하!!"

어떻게든 이 전투에서 승리해야 하는 상황에서 난 돌프만의 목을 노 릴 수밖에 없었기에 애로우 나이츠의 엘트로우스에게 명령하여 적진을 뚫고 수장인 돌프만을 죽이라 명령했다.

"끄오오오!!"

나의 명령을 받은 엘트로우스는 귀청이 찢어질 듯한 괴성을 지르며 거구의 몸을 이끌고 그대로 적진을 향해 뚫고 들어갔고, 그의 모습에 나는 입을 다물 수가 없었다.

"저게 인간이냐… 오우거냐……."

"진짜… 오우거로군요."

내 말에 빌 역시 고개를 끄덕이며 수긍하는 모습을 취했다. 내 상체를 가릴 정도로 거대한 건틀렛을 낀 주먹을 휘두르며 적진을 향해 달려들자 그의 주먹에 당한 병사들은 수미터를 튕겨져 날아갈 정도였으니 반군의 병사들은 녀석에게 달려들 엄두조차 내지 못하고 있었다.

"녀석을 막아라!! 녀석을 막아!!"

엘트로우스가 미친 듯이 달려들자 소지휘관을 맡은 기사는 목청이 찢어져라 그를 막으라 소리쳤지만, 감히 그에게 달려드는 자의 모습은 보이지 않았다.

"젠장!!"

그러자 지휘관인 그가 기사 네 명을 이끌며 말을 타고 그를 향해 달려들었다. 가장 선두에 선 기사가 플레일을 휘두르며 달려들자 엘트로우스는 그것을 피할 생각조차 하지 않고 그대로 건틀렛을 낀 주먹을 휘둘렀고, 선두에서 달려들던 기사는 플레일과 함께 그대로 녀석의 주먹에 맞아 말 아래로 떨구어져 나가떨어졌다.

"죽어라!!"

선두에 선 기사가 한 방에 나가떨어지자 남은 세 명의 기사는 안장에 있던 하렝데스카를 집어서는 녀석을 향해 던졌고, 세 자루의 도끼가 엘트로우스를 향해 날아갔다.

"흥!!"

세 자루의 도끼가 날아오자 엘트로우스는 콧방귀를 뀌고는 건틀렛을 낀 손을 엇갈려 얼굴 쪽으로 들어 올려서는 방어 자세를 취하며 그대로 기사들을 향해 몸을 날렸다.

그러자 도끼는 건틀렛에 튕겨져 떨구어졌고, 엘트로우스는 그대로 기세를 살려 쇄도해 들어가서는 숄더 차지로 기사가 타고 있던 말과 충돌해 들어갔다.

히히힝!!

엄청난 거구의 기사인 엘트로우스와 충돌한 기사의 말은 고통스러운 울음소리를 내며 땅으로 쓰러졌고, 엘트로우스는 그 기세를 멈추지 않고 다른 두 기사의 말 앞다리를 잡아채서는 그대로 들어 올리니 그에게 덤비던 기사는 땅으로 나뒹그러지고 말았다.

"괴… 괴물이다!!"

순식간에 네 명의 기사가 쓰러지자 반군의 병사들은 놀라 뒷걸음질 치기에 바빴고, 엘트로우스는 잡고 있던 두 필의 말 다리를 들어 휘둘러 전진하며 병사들을 쓰러뜨리면서 돌프만에게로 향하는 걸음을 멈추지 않았다.

"크하하하!! 엄청나군!! 빌! 크리븐!! 나를 따르라!! 엘트로우스가 길을 뚫어만 준다면 내 손으로 돌프만의 목을 베고 싶구나!!"

그 말과 함께 난 말에 박차를 가하고는 그대로 엘트로우스가 뚫은 길로 달려나갔고, 내 뒤를 이어 빌과 크리븐이 뒤를 따라왔다.

"비켜라!! 끄압!! 찻!!"

우리들이 앞으로 나서자 반군의 병사들이 막아서기 위해 뛰어나왔고, 난 플레일을 휘둘러 반군의 병사들을 쓰러뜨리며 앞으로 전진했다.

그리고 잠시 후 엘트로우스와 그를 따르는 기병들이 돌프만을 호위하고 있는 기사들과 접전을 벌이고 있는 것을 보며 난 더욱 빠르게 녀석들을 향해 돌진해 들어간 후 강하게 말의 박차를 가했다.

히히힝!!

그러자 내가 타고 있던 레크라스의 거마는 허공을 가르듯 뛰어올랐고, 앞발로 적 기사 한 사람을 짓밟아 버리고는 땅으로 내려섰다.

"돌프만!!"

그러자 내 눈앞으로 두 기사의 보호를 받고 있는 돌프만의 모습이 보였고, 난 안장에 매여져 있는 하렝데스카를 뽑아 양손으로 녀석의 앞에 있는 기사들을 향해 집어 던졌다.

후두둑!! 퍽!!

"끄악!!"

날카로운 파공음을 내며 날아간 하렝데스카 두 자루 중 하나는 땅에 떨어졌지만, 나머지 한 자루는 호위 기사 한 사람의 가슴을 뚫고 들어갔다.

"이럇!!"

호위 기사 한 사람이 쓰러지는 것을 보며 다시 말을 박차를 가하고 달려나간 난 다시 플레일을 들어서는 그대로 나머지 호위 기사 한 사람과 충돌했다.

카가강!!

내가 맹렬한 기세로 달려들자 녀석은 검을 들어서는 나를 막아서려 했고, 내가 휘두른 플레일의 쇠사슬은 적의 검에 휘감겨 들어갔다.

"비커리!!"

플레일이 검에 휘감기자 난 고삐를 잡고 있던 손을 빼어 다시 하렝데스카를 잡아서는 녀석의 안면을 향해 집어 던졌고, 날카로운 파공음과 함께 날아간 하렝데스카는 적의 투구의 업퍼비퍼를 꿰뚫고 들어가 그대로 상대의 안면에 꽂혀 들어갔다.

"끄아악!!"

안면에 도끼가 박힌 기사가 고통스러운 비명을 지름과 동시에 얼굴을 가리며 말과 함께 뒤로 밀려나는 것을 보며 난 돌프만을 쓰러뜨리기 위해 검을 뽑으려 했는데, 그때 은빛의 기운이 얼굴을 향해 빠른 속도로 뻗어 나오는 것을 볼 수 있었다.

"헉!!"

카가강!!

크게 놀란 난 급히 고개를 숙여 은빛의 공격을 피했고, 그 순간 투구로 강한 타격음이 밀려오며 통증이 느껴졌다.

"큭……."

다행히 공격은 투구를 스쳐 비껴 나간 덕에 목숨을 부지할 수 있었지만, 섬뜩한 순간이 아닐 수 없었다.

"이 자식이!!"

그대로 검을 뽑은 난 병기가 날아온 곳을 향해 검을 휘둘렀고, 그 순간 날카로운 소리와 함께 손목으로 강한 타격이 느껴졌다.

카강!! 끼기기기!!

"돌프만!!"

내가 휘두른 검은 돌프만의 검에 막혔고, 난 녀석의 이름을 소리치며 손목에 힘을 가해 검을 밀어붙였다.

소문으로 들은 녀석의 검술 실력은 소드 익스퍼트 상급, 같은 등급의 상대라면 패배는 있을 수 없는 일이었다.

"크하하하!! 얼굴에 핏발 선 모습이 보기 좋구나!! 돌프만! 합!!"

카강!! 히히힝!!

검을 밀어붙이기 위해 용쓰고 있는 돌프만을 보며 난 도발하듯 크게

웃으며 소리치고는 발을 들어 그대로 녀석이 타고 있는 말의 안면을
후려쳤다.

레크라스의 거마가 워낙 큰 탓에 녀석의 말 머리가 아주 좋은 위치
에 있었기 때문이다.

녀석이 타고 있는 말의 안면을 가격하자 자연히 그의 균형이 흐트러
질 수밖에 없었고, 마주 대고 있던 검의 움직임이 흐트러지는 것이 보
이자 난 손목에 힘을 주어 그의 검을 튕겨냄과 동시에 고삐를 잡고 있
는 왼손으로 하렝데스카를 잡아서는 녀석을 향해 집어 던졌다.

"큭!!"

하렝데스카를 집어 던지자 녀석은 급히 고개를 숙여 간신히 공격을
피할 수 있었지만, 그것을 놓치지 않은 난 크게 검을 올려서는 그대로
녀석을 내려쳤다.

캉!!

"큭!! 이런, 빌어먹을!!"

하지만 검은 녀석의 플레이트 메일과 충돌하며 그리 큰 타격을 주지
못했고, 나의 공격을 제대로 막지 못하는 상황에 이르자 그는 말의 박
차를 가해 그대로 도주하기 시작했다.

"이런, 어디를 그렇게 급히 가십니까!!"

"헉!!"

카강!! 쿵!!

하지만 도주하는 그의 앞에는 크리븐이 미소를 지으며 대기하고 있
었다. 그는 그대로 들고 있던 메이스로 돌프만의 안면을 후려쳤다.

"큭!!"

메이스에 안면을 강타당한 돌프만은 그대로 피를 흘리며 땅으로 쓰

러졌고, 크리븐은 말에서 뛰어내려 녀석의 머리를 베어 들어 올리며 소
리쳤다.

"적장의 목을 베었다!!"

"와아아아!!"

크리븐이 마나를 돋우어 소리치자 아군은 크게 함성을 지르며 환호
하기 시작했다. 이에 비해 적군의 사기는 당연히 크게 떨어질 수밖에
없었고, 다음 순간 긴 나팔 소리가 들리는가 싶더니 이내 적군이 후퇴
하기 시작했다.

"훙! 빌! 전군에 명령하여 도주하는 적을 주살하라!!"

"예!"

아깝게도 크리븐에게 돌프만의 목을 뺏기긴 했지만, 제장의 공로는
곧 나의 것임을 아는지라 콧방귀를 뀌고는 빌에게 도주하는 적을 주살
하라 명했고, 다음 순간 북소리와 함께 아군이 함성을 지르며 도주하는
적을 쫓기 시작했다.

"본작을 같은 수의 병력으로 막으려 하다니 우습군."

반군 수장인 테르슨 후작이 티스 호수를 우회하여 공격해 오는 아군
을 최소한의 병력으로 막고, 아군의 본진을 다수의 병력으로 제압하려
하는 것은 당연한 전술일 것이다.

다수의 병력으로 소수의 적을 제압하는 것은 가장 올바른 전술일 것
이 분명하기 때문이다.

하지만 이미 우회하여 옆구리를 치려고 하는 아군의 종적을 파악하
고 있는 이상, 티스 호수에서 아군의 기병대를 막는 돌프만의 병력을
괴멸시키고 그대로 공격을 계속 감행한다 해도 아군 본진만을 노리며
공격해 들어오는 테르슨이라면 충분히 그 나름의 대책을 마련해 놓았

을 것은 분명한 일이었다.

하지만 이것 역시 나의 생각에 포함되어 있는 일, 적군을 흔들어 아군 쪽으로 최대한의 병력을 끌어내는 일은 변하지 않았다.

적어도 이미 아군에 의해 패퇴하고 있는 돌프만의 2만 병력까지 합쳐 3만 이상을 끌어내고, 산맥을 돌아 기습해 들어오는 엡실론의 1만 병력이 적의 본진을 뒤흔들어 놓는다면 아군에게는 충분히 승산이 있는 일이었다.

그 때문에 티스 호수를 우회하는 병력을 이끌고 있는 난 진군을 멈출 수 없었다.

"테르슨 후작에 의한 각개격파가 먼저냐, 아니면 아군의 두 별동대의 기습이 먼저냐 하는 것이 문제로군."

만약 테르슨이 진군의 속도를 가속하여 8만에 이르는 병력으로 별동대가 빠진 5만의 본진 병력을 공격하여 막대한 피해를 주는 것이 먼저라고 한다면 별동대의 존재는 가치가 떨어질 수밖에 없었다.

"적 본진의 모습이 보이고 있습니다!!"

패퇴하는 돌프만의 병력을 주살하는 아군의 앞으로 드디어 8만에 이르는 적 본진의 모습이 드러났다.

그리고 희미하기는 하지만 멀리서 5만에 이르는 아군 본진의 모습이 보이고 있었기에 드디어 두 진영의 승패를 가르는 전투의 본막이 오르고 있었다.

만약 작전대로 모든 일이 순조롭게 풀려간다면 테르슨은 본진만을 노리고 일단의 원군을 내 쪽으로 보내리라 생각했는데, 세상일은 마음대로 되는 법이 없다고 했을까? 테르슨은 전혀 예상 밖으로 병력을 운용했다.

“……!! 대공!! 적 본진이!!”

“젠장!!”

원군을 보내 패퇴하는 돌프만의 병력을 지원하며 아군을 막으리라 생각했던 테르슨은 어이없게도 본진 자체를 돌려 그대로 티스 호수를 우회하는 2만의 아군을 격퇴하기 위해 움직였고, 이에 나는 크게 당황할 수밖에 없었다.

“그런 방법이 있었는가! 미치겠군!!”

어쨌든 각개격파가 우선이라면 소수의 적을 먼저 제압하고 다수의 적은 압도적인 병력을 이용하여 제압하는 것도 하나의 전술일 수 있는 것이었다.

그 때문에 테르슨은 그저 병력을 분산시켜 흔들 생각인 내 쪽으로 본진 병력 전부를 이동시켰고, 나로선 테르슨의 선택에 이를 갈며 아군의 후퇴를 명할 수밖에 없었다.

“빌!! 후퇴 명령을 내려라!!”

“…알겠습니다.”

지금 적 본진이 내 쪽으로 진군해 들어온다면 산맥을 우회하여 기습해 올 엡실론은 별동대는 그야말로 닭 쫓던 개 지붕 쳐다보는 격이 될 수밖에 없었다.

또 이대로 계속 진군해 갔다가는 적 본진에 내가 이끄는 병력이 전멸하는 동안 아군 본진이 도착할 수 없음은 당연해 보였기에 어쩔 수 없이 아군의 후퇴를 명할 수밖에 없었다.

다행히 아군 2만의 병력은 신속한 기동을 위해 기병으로 이루어졌기에 적 본진에서 피할 수 있다고 생각했다. 그런데 그때 적 본진에서 약 3만가량의 기병이 빠져나와서는 후퇴하는 아군을 향해 빠른 속도로 진군해 들어왔다.

"미치겠군!!"

아무래도 테르슨은 내가 이끄는 병력을 확실하게 처리하기로 마음먹었다고밖에 생각할 수 없었다.

이미 돌프만 백작과의 접전으로 피로가 쌓인 아군 병력은 결코 테르슨 후작의 본진에서 빠르게 나오는 적 기병 군단을 따돌릴 방법이 없었다.

이대로 후퇴하다가는 아군은 테르슨에 의해 각개격파당할 것은 분명한 일이었다.

"으드득… 할 수 없군! 아군은 방추형을 취하여 추격해 오는 적 기병단을 뚫고 그대로 적 본진으로 밀고 나간다!!"

"대공!!"

"어차피 이대로 후퇴해도 적 기병대에 당하는 것은 피할 수 없을 것이니 원래의 목적을 살려 본진을 꿰뚫고 아군 본진으로 향하는 것이 나을 것이다."

"그렇다면!!"

"피해는 엄청날 것이 분명하지만 엡실론의 별동대를 살리기 위해선 현재로선 이 방법이 최선이다!"

"알겠습니다!!"

나의 명령에 대답한 빌은 후퇴하는 아군 시위관에게 명령을 내렸고, 잠시 후 나팔 소리와 북소리가 연이어 들리며 후퇴하던 아군 기병단은 기수를 돌려 방추형을 취하고 뒤쫓아오던 적을 향해 돌격해 들어갔다.

"와아아!!"

함성을 지르며 아군은 그대로 적을 향해 돌격해 들어갔다.

귀청을 찢을 듯한 말발굽 소리와 병사들의 함성은 사람들의 정신을 흔들어놓았고, 나로 하여금 마치 취기에 빠진 것처럼 만들고 있었다.

다가오는 적을 보고 있는 눈은 크게 흔들리고 있었지만, 메이스와 고삐를 잡고 있는 두 손엔 더욱 강한 힘이 들어갔다.

두구구!! 쿠구궁!!

그리고 다음 순간 두 세력의 기병은 빠른 속도로 충돌해 들어갔고, 드디어 기병 간의 마상전이 본격적으로 시작됐다.

마주치며 스쳐 지나가듯이 나아가는 적군을 향해 중병기를 휘두르는 두 병력 간엔 피를 흘리며 땅으로 나가떨어지는 자들이 속출했고, 땅으로 떨구어진 병사들은 뒤따라오는 기병의 말발굽에 채이며 사방으로 피를 뿌리고 있었다.

"끄아아아!!"

나 역시 다른 자들과 다를 바가 없었기에 괴성을 지르며 달려오는 적 기병을 상대로 오른손에 들고 있던 메이스에 힘을 주었고, 다음 녀석의 모습이 눈앞으로 다가오는 순간 메이스를 강하게 휘두르며 적 기병을 스쳐 지나갔다.

카가강!!

그리고 강한 타격감이 손목에 느껴지며 메이스가 손에서 미끄러져 나갔지만, 다행히 병기를 놓치지 않았고 뒤쪽으로 내 공격에 당한 기병이 나가떨어지며 비명을 지르는 소리가 들려왔다.

하지만 한 녀석을 쓰러뜨렸다는 기쁨을 느끼기도 전에 또 다른 녀석이 나를 향해 밀려왔다.

"젠장!!"

제대로 몸을 돌리지 못하는 상황에서 달려드는 녀석을 보며 난 당황스러울 수밖에 없었으나 다행히 뒤따라오던 빌이 앞으로 튀어나와서는 녀석을 들고 있던 플레일로 쓰러뜨리자 크게 안도할 수 있었다.

"대공!"

"기병단의 기세를 멈추지 말고 본진을 향해 돌격해 들어가라!!"

맹렬하게 돌격해 들어가는 아군이 뒤쫓아오던 적 기병단을 뚫었을 때는 이미 삼 분의 일 병력을 잃은 상황이었다.

하지만 살아남기 위해서는 멈출 수 없었다.

오직 돌격만이 죽음이라는 늪에서 벗어날 수 있는 유일한 선택이기에 아군의 기병은 기세를 멈추지 않고 본진을 향해 돌격해 들어갔다.

"돌격!! 돌격!!"

목청이 찢어져라 외치며 달려나가는 기사에 나 역시 투기를 느끼며 이를 악물고 말을 몰아갔고, 드디어 5만에 이르는 적 본진이 눈앞으로 다가왔다.

살아남을 수 있을까, 없을까는 운에 달린 일. 만일 이곳에서 죽는다면 나의 천운 역시 이것이 한계일 것이다.

쿠구궁!!

그 순간 아군은 적 본진과 충돌했고, 두 번째 삶과 죽음의 기로의 순간이 다가왔다.

"와아아아!!"

카강!! 캉!!

"사람 살려!!"

사방에서 들려오는 병장기 소리, 연이어 들리는 병사들의 비명 소리에 귀가 멍멍해질 지경이었으나 난 멈추지 않고 말을 몰아 달려나갔다.

내 생애 이렇게 치열한 싸움을 겪은 적이 있을까 하는 생각이 머리속을 잠식하고 있었고, 잠시 생각할 사이도 없이 휘두르는 메이스로 누군지 모르는 피와 살이 범벅이 되어 나의 몸을 적시고 있었다.

온몸을 잠식해 가는 피로는 점점 병기를 잡고 있는 손의 힘을 앗아가고 있었지만, 쉴 새 없이 달려드는 적을 상대해야 했기에 멈추지 않고 싸워야만 했다.

얼마나 많은 수의 적병이 자신의 손에 들린 병기에 먹이가 되어 붉은 피를 쏟으며 땅에 몸을 맡겨야 했을까? 물론 이 혼전 속에서 살아남아야 가능한 일이었다.

"대공! 제가 길을 뚫겠습니다!! 우오오오!!"

그때 내 뒤로 굵은 남자의 외침이 들려오는가 싶더니 거대한 몸집의 남자가 피투성이의 모습으로 주먹을 휘두르며 나의 앞을 뛰쳐나가는 것을 볼 수 있었다.

"엘트로우스!!"

내 앞의 길을 뚫기 위해 달려나온 자는 바로 애로우 나이츠의 거구 기사 엘트로우스였다.

별다른 무기도 가지지 않고 오직 두 손에 낀 건틀렛으로 적을 쓰러뜨리는 거구의 기사 엘트로우스의 모습은 나로 하여금 놀라움과 함께 안도감을 들게 했고, 그가 나서는 것을 보며 난 빌, 크리븐과 함께 녀석을 도와 본진을 뚫고 나갔다.

온몸이 피투성이가 되어 붉게 물들어 있는 엘트로우스의 몸에 한 자루의 검과 두 자루의 창이 박혀서는 흔들거리고 있는 모습이 보였지만, 보통 사람이라면 움직이지도 못할 상황에서도 그는 광전사처럼 적을 건틀렛을 끼고 있는 두 손으로 쓰러뜨리며 걸음을 멈추지 않았다.

"엘트로우스……."

부상을 입은 몸으로 나를 살리기 위해 싸우고 있는 녀석을 보며 온 몸에 힘이 솟는 듯한 느낌이 들었다.

"전 병사들은 엘트로우스를 선두로 간악한 반적들을 공격하라!!"

"와아아!!"

엘트로우스의 고군분투하는 모습은 나를 비롯하여 적 기마단을 방추형으로 뚫고 필사적으로 돌격해 들어가는 아군의 사기를 끌어올리기에 충분했다.

나만 해도 피로가 가득한 몸이었지만, 그의 분투에 온몸에 다시 힘이 솟는 듯한 느낌이 들 정도였으니 말이다.

그런 마음을 담고 마나를 돋우어 큰 소리로 소리치자, 아군의 병사들 역시 큰 함성을 지르며 더욱 맹렬하게 적진을 꿰뚫고 앞으로 나갔다.

숫자적으로 본다면 남아 있는 돌프만의 병력은 모두 합해 거의 9만대. 남아 있는 1만 정도의 아군은 거의 구 배 이상의 차이가 나는 전투였지만, 투기로 뭉쳐진 아군의 기세는 압도적인 군세를 이루고 있는 테르슨 후작이 이끄는 귀족 반군이 따를 수 있는 것이 아니었다.

배수진의 결의로 필사적으로 싸우고 있는 아군과 압도적인 군세에 취해 있는 적군의 기세가 어떻게 똑같을 수 있겠는가?

엘트로우스는 거구의 몸을 이끌고 수만의 적이 버티고 있는 포위망을 성난 황소와 같은 모습으로 뚫고 지나가고 있었고, 그의 곁으로 빌과 크리븐 이들 세 사람이 이끄는 삼각의 진 사이에 적을 베고 있는 나와 나의 1만의 기병단은 마치 바다를 가르는 듯한 모습으로 3만의 적 기병단을 꿰뚫고 지나갔다.

그리고 잠시 후 치열한 전투의 끝으로 우린 두껍게 진을 이루고 있는 기병단의 진을 뚫을 수 있었다.

"적 본진을 향해 돌격을 멈추지 마라!!"

기병단의 진세를 뚫고 나간 난 다시 큰 소리로 소리쳐 아군의 사기를 돋우어주며 5만에 이르는 적 본진을 향해 돌격을 멈추지 않게 했다.

"와아아아!!"

3만의 적 기병단을 꿰뚫고 나온 아군 기병단의 숫자는 이제 1만을 넘지 않은 수, 거의 반 이상의 아군이 돌프만과 적 기병단을 뚫고 나가며 희생된 것이다.

좌우를 돌아보자 아군의 기병 중 어느 한 사람 온몸을 붉은 피로 적시지 않은 자가 없었고, 부상을 입지 않은 자 또한 없었지만, 그 눈에 절망을 띤 자는 없었다.

필사의 돌격으로 인하여 이미 공포에 찌든 심약한 자들은 3만의 적 기병단과의 전투로 체에 걸러져 현재 아군은 오로지 살의만이 남아 있는 병사들뿐이었다.

아니, 그 치열한 전투에서 살아남고 또다시 돌격을 감행하는 자들은 심약한 자였다 하더라도 변할 수밖에 없을 것이다.

"와아아아아!!"

"보병은 대 기병진으로!!"

두둥!! 두둥!! 둥!!

붉게 피로 물들여진 1만에 가까운 아군의 기병들이 맹렬한 기세로 달려들자 테르슨의 본진의 병력 중 창병들은 명령에 따라 창을 30도 정도 앞으로 내밀며 대 기병진을 취하기 시작했다.

하나 대 기병진을 앞에 두고도 아군 기병 중 말의 속도를 줄이는 이들은 없었고, 대지를 진천시키는 말발굽 소리가 진동하며 드디어 적 본진과 아군의 기병대는 천지를 뒤흔들 듯한 기세로 충돌했다.

쿠구궁!!

"끄악!! 사람 살려!!"

"악!!"

또다시 시작된 전투는 아비규환을 방불케 할 정도로 치열했다. 본진의 선두에서 취하고 있던 대 기병진으로 인하여 순식간에 일백 이상의 기병이 땅으로 떨구어져 목숨을 잃었으나 동료의 죽음이 아군의 기세를 꺾지는 못했다.

"죽여라!!"

"으아아!!"

동료의 시신을 짓밟는 한이 있어도 돌격해 들어가 적을 죽여야 한다는 정신밖에 남아 있지 않은 이들은 달려오는 기세를 죽이지 않고 그대로 본진의 보병들을 향해 밀고 들어갔다.

"끄오오오!!"

엘트로우스를 선두로 하고 있는 우리들 역시 대 기병진을 취하고 있는 보병들을 쓰러뜨리며 진을 이루고 있는 적 본진을 뚫고 나가기 시작했다.

"죽여라!! 어떻게든 본진을 꿰뚫고 나가라!!"

나 역시 피투성이가 된 몸으로 앞을 막아서는 보병들을 메이스로 후려치며 말을 넘추지 않고 계속 소리를 지르며 아군을 독려해 갔다.

과연 이 전투를 끝으로 기병들은 얼마나 살아남을 수 있을까? 어쩌면 수십을 넘을 수도, 어쩌면 모두 전멸하여 이곳에서 뼈를 묻을 수도 있을 것이다.

하나 그러한 절망 끝까지 이르는 나의 생각은 오히려 투기를 불러왔고, 어떻게든 살아남아 아멘으로 돌아가야 한다는 생각에 메이스를 휘두르는 손을 멈추지 않았다.

하지만 5만이나 되는 적 본진을 가르며 앞으로 나아가는 것은 처음부터 무리였을까? 아군 기병의 속도는 점차 떨어져만 갔고, 달려드는 또 다른 놈의 머리를 후려치며 돌아본 주위의 모습에는 이제 아군의 모습은 그리 많아 보이지 않았다.

적 본진을 뚫고 들어온 것이 십 분을 넘지 않았건만 이제 만 명에 가까웠던 아군 기병은 2천 이하로 줄어 있었다.

"크윽……."

이대로 나 역시 죽고 마는 것일까? 하지만 이렇게 맹목적인 돌격에 후회는 하지 않는다. 어차피 적 본진이 우리를 향해 방향을 선회했을 때부터 각오하던 일이 아니었던가?

그 때문에 난 이를 악물며 손에 힘을 주고 다시 적을 쓰러뜨리며 앞으로 나아가는 것을 멈추지 않았다.

"돌격해라!! 그리고 살아남아라!!"

다시 이를 악물며 소리친 난 레크라스의 거마의 박차를 가하고 그대로 엘트로우스를 뒤로하며 앞으로 질주해 나갔다.

"끄아악!!"

보통 기사들이 타고 있는 말에 거의 두 배나 가까운 거구의 말이 앞으로 튀어나오자 적병은 기가 질려서는 뒤로 물러서기 시작했고, 아군의 병사들에게 밀려 제대로 피하지 못한 자들은 거마의 발에 짓밟혀 피떡이 되어야 했다.

"적의 지휘관이다!! 녀석의 목을 베어라!!"

그때 적진에서 누군가의 목소리가 터져 나왔고, 그것이 나를 지칭하고 있는 것을 안 난 놈을 노려보았다.

황금색의 화려한 플레이트 메일을 입고 있는 것을 보니, 그 역시 반군의 상장 중 한 사람인 것을 안 난 크게 대소를 터뜨리며 소리쳤다.

"크하하하!! 반군의 겁쟁이들아!! 본작은 대공 트리말론이다!! 어디 나의 목을 벨 수 있으면 덤벼라!! 이 피로 뭉쳐진 메이스가 또다시 너희들의 피를 머금을 뿐이니 말이다!! 크하하하!!"

전혀 나 같지 않은 말투로 소리친 나의 기세에 적 상장의 얼굴엔 기가 질린 표정이 역력했다.

"적장의 목을 베어라!!"

"와아아!!"

하나 이러한 나의 기세도 적을 물러서게는 하지 못했고, 이내 내 쪽으로 이십여 명의 적 기사들이 거칠게 말을 몰며 달려오고 있는 것을 볼 수 있었다.

"흥!!"

그런 기사들을 보며 난 콧방귀를 뀌고는 말의 기세를 멈추지 않고 달려나갔고, 잠시 후 한 명의 기사가 눈앞으로 달려나와 플레일을 휘둘렀다.

"끄아아아!!"

카가강!!

"같잖은 하급 기사가 본작을 쓰러뜨릴 수 있을 것이라 생각하느냐!! 끄아!!"

쿠궁!

"끄억!!"

녀석이 휘두르는 플레일은 마치 환상과도 같이 느리게만 움직이고

있는 듯한 모습에 난 오른손에 들고 있는 메이스를 휘둘러 플레일을
튕겨낸 후 큰 소리로 녀석을 향해 소리친 후 그대로 투구를 후려갈겼
고, 녀석은 피를 흘리며 비명과 함께 말에서 떨어졌다.

하나 이것이 끝은 아니었다. 또다시 다른 기사가 나를 향해 공격해
들어왔지만, 난 환상과도 같은 기분 속에서 적 병기를 피하며 기사들을
쓰러뜨려 나갔고, 잠시간의 전투였지만 순식간에 여섯 명의 기사가 나
의 메이스의 제물이 되어 뼈를 묻어야 했다.

"헉헉!!"

여섯 명의 기사를 쓰러뜨리자 나 역시 상당한 피로감이 밀려왔다.
하지만 살기 위해서는 싸워야 했고, 또다시 한 명의 기사가 밀고 들어
왔기에 온몸에 통증이 밀려오는 와중에도 병기를 휘둘러 적을 쓰러뜨
렸다.

슈우욱!!

캉!!

"끄윽!!"

그때 날카로운 파공음과 함께 내 왼쪽으로 무엇인가가 빠른 속도로
날아오고 있다는 것이 느껴졌고, 잠시 후 그것은 플레이트 메일을 꿰뚫
고는 나의 어깨에 박혀들어 갔다.

고개를 돌려보자 그것은 한 발의 화살이었다.

슈슈슉!! 슈슉!!

하지만 그것은 시작이었을까? 잠시 후 파공음이 연이어 들리며 수십
개의 화살이 나를 향해 날아왔다.

혼전 중에 아군의 피해를 감수하고도 활을 쏘아 나를 죽이려 하는
것이다.

끝인가… 나로선 도저히 저 화살을 피할 여력이 없었기에 죽음을 예감할 수밖에 없었는데, 그때 거대한 물체가 갑작스럽게 나의 앞을 막아서는가 싶더니 이내 나를 향해 날아오던 수십 발의 화살을 막아주었다.

튀디디딩!! 팅!!

"엘트로우스!!"

놀랍게도 나를 향해 날아오던 수십 발의 화살을 막아준 자는 거구의 기사 엘트로우스였다. 그는 내가 놀란 목소리로 자신의 이름을 부르자 엑스 자로 방어하던 손을 유지하며 천천히 고개를 돌려서는 미소를 지으며 말했다.

"대공께선 아직 돌아가시기에는 이르지 않습니까."

"엘트로우스 경……."

뭐랄까, 오우거와 같이 흉악한 인상을 지닌 거구의 기사 엘트로우스는 보는 사람으로 하여금 소름을 끼치게 하기에 충분한 얼굴이었지만, 지금 나의 눈에 보이는 그의 미소는 여신의 미소보다 더 숭고하고 값지게 보였다.

하나 그것도 잠시 천천히 그의 입에서 피가 흘러내리는가 싶더니 이내 그의 거구는 천천히 앞으로 쓰러져 갔다.

"엘트로우스 경!!"

이미 그동안의 싸움으로 온몸에 많은 상처를 입었던 엘트로우스는 나를 보호하기 위해 날아오던 화살을 그대로 허용하였기에 더 이상 버티지 못하고 쓰러지고 만 것이다.

거구의 기사 엘트로우스가 쓰러지자 적병들은 병기를 들며 쓰러진 그를 찌르려 하는 것이 보였고, 그 순간 난 엄청난 노기가 터져 나올 수밖에 없었다.

"끄아아아!!"

더 이상 참지 못한 난 레크라스의 거마에서 뛰어내려 엘트로우스의 곁으로 몸을 날렸고, 그를 향해 병기를 휘두르는 적병을 보며 허리에 차고 있던 검을 뽑아 휘둘렀다.

"끄아악!!"

"내 팔!! 아아아!!"

마나의 힘이 서려 있는 내 검으로 인하여 순식간에 병사 대여섯의 몸이 잘리며 땅으로 쓰러졌고, 나는 엘트로우스의 곁에 서서 주위에 있는 적병들을 보며 소리쳤다.

"엘트로우스에게 손을 대는 자는 내 검이 용서치 않을 것이다!!"

난 투기를 끌어올리며 엘트로우스에게 어느 누구도 다가오지 못하게 소리쳤고, 잠시 후 십여 명의 기사들이 일제히 말에서 내려서는 엘트로우스의 곁에 서서 다가오는 적 병사들을 베어 넘기기 시작했다.

"빌!! 크리븐!!"

"늦었습니다! 대공!!"

"엘트로우스는 저희의 동료입니다. 대공 혼자서 지키게 할 수는 없는 일이 아니겠습니까?"

기사들과 함께 엘트로우스의 곁에 선 두 사람은 각자 나에게 한마디씩 내뱉고는 다가오는 적병들을 베어 넘기고 있었으니 이들과 기사들이 나의 곁에 모이자 또다시 온몸에 힘이 솟구치는 듯했다.

"빌!! 크리븐!! 이곳에서 살아남는다면 엘트로우스와 함께 거나하게 취해보자!!"

"예! 대공!!"

나의 말에 힘있는 목소리로 대답하는 그들이었으니 또다시 다가오는 적병의 목에 검을 박아 넣으며 미소를 지을 수 있었다.

하지만 우리들이 살아남을 확률은 거의 전무할 수밖에 없었다. 남은 기사들의 숫자는 나를 포함하여 이십 명도 되지 않는 숫자. 이것으로 어찌 수만의 적을 상대로 살아남을 수 있겠는가?

그러나 두려움보다 이들과 저승의 끝에 가서라도 한잔의 술을 나누고 싶다는 호기가 나를 감싸고 있었다.

무가 혈통의 피가 나에게도 남아 있던 것일까? 후후… 우습군… 아멘 제일의 무가 이드리샤 가문의 가주이나 검보다는 얄팍한 간계로 영지를 이끌어 나가던 내가 이런 모습을 보인다는 것에 절로 웃음이 나왔다.

지금 이 모습이 진정한 가주의 모습인데… 하필 인생의 마지막에서 드러나다니… 아무래도 신은 장난을 너무 좋아하는 듯했다.

[끼아아아악!!]

절망에 빠져 있는 우리들은 이제 한 사람, 한 사람씩 적의 창과 검에 죽임을 당하고 있었는데, 그때 멀리서 고막을 찢을 듯한 귀곡성이 들려왔다.

그리고 멀리서 사람들의 비명 소리가 들려와 고개를 돌렸는데 그 순간 난 크게 놀랐다.

"저, 저건… 뭐야?"

멀리 적병 사이로 보이는 것은 놀랍게도 수백에 이르는 반투명한 무엇인가가 적진을 헤치며 앞으로 나아가고 모습이었기 때문이다.

마치 유령과도 같은 그들은 놀랍게도 아군의 기병과도 같은 모습을 하고 있었기에 나로선 영문을 알 수가 없었다.

그때 갑자기 오른손에 끼고 있던 건틀렛에 피의 글자가 써지는 것을 볼 수 있었는데, 그것이 데리언 학파의 저주사 이모랄의 제자인 제스토가 대화하는 방법임을 아는 난 건틀렛에 써지고 있는 글을 읽어보았다.

공작 각하의 사망한 기병들에게 망혼의 저주를 걸었습니다.

"망혼의 저주?"

사람이 죽으면 그 원혼에 따라 하루에서 사십구일까지 죽기 이전에 자신이 행하던 일을 무한히 반복하게 되는데, 이러한 망혼들을 산 사람들에게 보이게 하는 것이 바로 망혼의 저주입니다.

"으음…… 그렇다면……."

망혼은 말 그대로 망혼. 적에게 해를 줄 수는 없지만 일단 공작 각하께서 포위망을 빠져나가시는 것은 어렵지 않을 것입니다. 적병이 망혼에 공포를 느끼는 사이 이곳을 빠져나가십시오.

제스토의 말에 고개를 끄덕인 난 빌과 크리븐을 보며 소리쳤다.
"빌!! 크리븐!!"
"예! 대공 전하!!"
"엘트로우스를 양 옆으로 부축하라! 망혼이 설치는 사이에 포위망을 빠져나가자!!"
"예! 전하!!"
두 사람은 망혼이라는 말을 이해하지 못하는 표정을 지었지만, 일단 이곳을 빠져나가는 것이 급선무임을 잘 알기에 쓰러져 있는 거구의 엘 트로우스를 양 옆으로 들어서는 그대로 앞으로 달려나가기 시작했다.

"나의 병사들이여!! 제국의 반군을 꿰뚫고 지나가라!!"

그들이 움직이는 것을 보며 난 검을 들어 크게 소리쳤고, 그 순간 망 혼들 역시 사방으로 불규칙하게 움직이는 것을 멈추고는 방향을 바꾸 어 적진을 일직선으로 질주해 나가기 시작했다.

저들이 죽기 전의 일을 계속 반복하게 된다면 혹시나 나의 명령을 들을 수 있지 않을까 생각하며 마나를 돋우어 소리친 것인데, 나의 짐 작이 틀리지 않았던 것이다.

[꾸오오오오!!]

"끄아아!! 괴… 괴물이다!!"

"언데드!!"

확실히 대륙에 언데드라는 것이 있었다. 이는 죽은 자들이 살아 움 직이는 것을 말하는 것으로 은제 무기나 마법적 무기, 성수를 적신 무 기들을 사용하면 없앨 수 있다.

하나 언데드라는 마물은 일반적인 마물보다는 일반 병사들에게 상 당히 공포감을 주었으니 이는 이들의 존재가 가지는 정신을 붕괴시키 는 일종의 부가적 에너지 때문이었다.

드래곤 피어와 비교할 수 있는 언데드만의 특유의 음한 정신적 에너 지로 인하어 인간은 보통의 마물보다 인데드에게 더욱 두려움을 느끼 게 되는 것인데, 실제의 공격력은 없지만 이들 망혼의 모습은 병사들에 게 두려움을 주게 되는 것이다.

수백의 망혼 기병들이 일제히 질주해 나가자 자연히 이들에게 공포 를 느끼는 병사들이 흩어지는 것은 당연했고, 그 틈을 탄 나와 남은 병사들은 갈라지는 적병의 사이를 질주해 나갔다.

물론 아군 역시 이러한 망혼의 모습에 두려움을 느끼는 자가 있었으나 이들이 망혼이기에 앞서 한때 자신들의 동료임을 알고 있는 이들에게 적병보다 이들에 두려움이 옅은 것은 당연한 일이었다.

"놈들을 막아라!! 언데드는 우리들을 해하지 못한다!!"

그때 망혼들이 직접적인 공격력을 가지지 못함을 안 적진의 기사가 큰 소리로 소리치며 그들의 병사들을 독려하고 있었기에 이제 망혼들이 녀석들을 농락할 수 있는 시간이 얼마 남지 않았다는 생각이 들었다.

하지만 망혼에 두려움을 느끼고 있는 적병들이 쉽사리 그것을 떨쳐내지 못함은 당연했고, 수십의 병사들을 베며 필사의 질주를 행하는 우리에게 드디어 적진의 끝이 보이고 있었다.

"이제 얼마 남지 않았다!! 병사들이여! 돌격하라!!"

적진의 벽이 얼마 남지 않았다는 생각에 난 더욱더 크게 고함을 지르며 아군을 독려해 갔고, 살아 있는 병사들과 망혼의 병사들 역시 더욱더 질주를 가속해 나갔다.

[끄아아!!]

[아!!]

우리와 함께 적진을 꿰뚫고 지나가던 망혼의 병사들은 적 진형을 뚫자 크게 기뻐하는 모습을 보였고, 이들의 얼굴에서 환한 미소가 흐르는가 싶더니 이내 푸른빛에 휩싸여 작은 빛으로 흩어지고는 하늘 위로 올라가기 시작했다.

죽기 전 내가 내렸던 마지막 명령을 완수하여 망혼들이 승천하기 시작한 것이다.

하지만 이들이 승천하는 것을 기뻐하기는 어려운 일이었다.

이들이 사라진다면 또다시 우리들은 적병에게 공격을 당해야 했기 때문인데, 내 앞을 막아서는 병사들을 베며 적진을 빠져나가기 위해 안간힘을 쓰던 난 이들과는 다른 일로 인하여 기쁨을 맛볼 수 있었다.

"와아아아아!!"

마지막으로 나의 앞을 막아서던 병사의 목을 베어 쓰러뜨림과 동시에 드러난 평원에서 큰 함성을 지르며 적을 향해 달려오는 일단의 병사들의 모습을 볼 수 있었고, 이들이 아군의 본진과 엡실론이 이끌고 있던 별동대라는 것을 확인할 수 있었기 때문이다.

"아군이다!!"

"와아아!!"

아군의 병사들이 드디어 이곳에 당도했음을 보며 나와 남은 병사들은 크게 함성을 지르며 기뻐했고, 잠시 후 맹렬한 기세로 돌격해 들어오는 아군의 본진과 별동대는 우리들과 망혼의 질주로 인하여 크게 진형이 흐트러진 적 진영을 공격해 들어갔다.

제대로 된 진형을 이루고 있는 적을 치는 것은 그만큼의 피해를 감수해야 하는 것이지만, 진형이 흐트러진 적을 치는 것은 자연히 돌격해 들어오는 병사들이 유리했다.

적을 향해 돌격해 들어온 아군의 병사들이 적을 압도함은 당연했고, 단숨에 승기는 아군에 압도적으로 유리하게 돌아갔다.

"공작 각하!!"

아군의 병사들이 적을 유린하는 것을 보며 안도의 한숨을 내쉬고 있을 때 누군가가 나를 부르는 소리가 들렸고, 그가 엡실론임을 안 난 손을 들어 보이며 말했다.

"아! 엡실론 경!! 난 괜찮네. 그것보다 엘트로우스 경의 상처가 심한 듯하니 빨리 병사들을 시켜 사제들에게 치유받을 수 있게 조치해 주게."

"알겠습니다."

나의 말에 엡실론은 고개를 끄덕이고는 병사들에게 지시하여 거구의 엘트로우스를 이송케 했고, 난 그가 이송되어 가고 있는 것을 보며 빌과 크리븐에게 말했다.

"이제 엘트로우스의 일도 끝냈으니 끝을 봐야겠지?"

"그렇습니다, 대공 전하!"

"좋아!! 가자~!"

"예!!"

이제 전황은 아군에 압도적으로 유리하게 진행되고 있었기에 안도감과 함께 피로가 밀려왔지만, 끝을 보아야 한다는 생각에 빌과 크리븐을 보며 말했고, 길게 숨을 몰아쉰 난 두 손으로 검을 움켜잡고는 적을 향해 달려나갔다.

"끄아아아!!"

이렇게 해서 북동 타레스 평원 전투, 제국 황제의 명을 받은 토벌군 8만과 테르슨 후작이 이끄는 10만의 귀족 반군의 전투는 숫자의 차이가 있음에도 토벌군의 승리로 끝났다.

토벌군은 이타라스 산맥과 티스 호수를 우회하는 두 개의 별동대를 이용하여 적의 후위를 치러 했으나, 이를 간파한 테르슨 후작은 티스 호수 쪽의 별동대를 본진 자체를 움직여 각개격파를 시도했다.

하지만 2만의 별동대 병력은 필사적으로 적 본진을 가르며 질주해 나갔고, 이로 인하여 진형이 혼란해지는 틈을 타 아군이 본진과 이타라스 산맥을 돌아가던 별동대가 혼란에 빠진 적 본진을 공격하여 대승을 거둔 것이 이번 타레스 전투였다.

이 전투로 인하여 아군은 별동대에 속한 기병 2만의 대부분이 전사하는 극심한 피해를 입었으나 이번 대승의 실질적인 공로자는 바로 그 전사한 기병들임을 어느 누구도 부정하지 못했다.

별동대에 속한 기병 2만의 피해를 제외한다면 본진의 피해는 1만을 넘지 않은 것이 바로 그 반증일 것이다.

이에 반해 테르슨 후작이 이끌던 귀족 반군은 10만의 병력 중 4만 5천이 전사, 또 그 정도의 병사들이 아군에 포로로 잡혔고, 반군의 지도자인 테르슨 후작을 비롯하여 돌프만 백작은 이 전투에서 전사, 오직 지크만 백작만이 기병 1만으로 도주할 수 있었다.

하지만 일황자를 돕던 귀족 반군은 사실상 괴멸당했다고 해도 과언이 아니었으니 제국 내란의 축 중 하나였던 귀족은 타레스 평원에서 사라진 것이다.

제 3 3 장 황도로의 진군

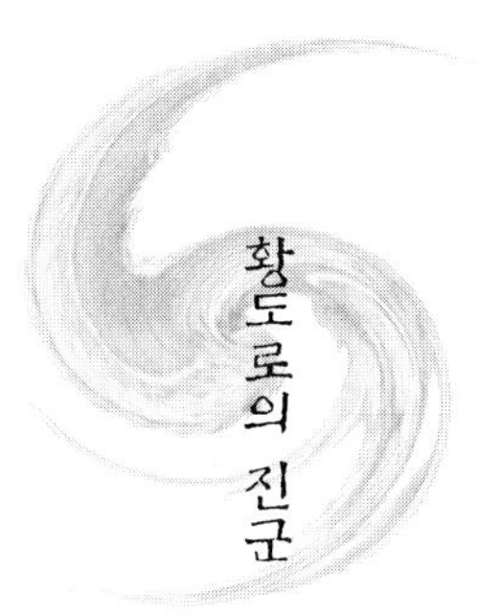

타레스 평원 전투가 시작되기 전 테르슨이 머무르고 있었던 북동의 요충지 로우트론 성에서는 이번 전투의 승리를 축하하는 파티가 열렸고, 이 중심에 가장 많은 칭송을 받은 이가 나임은 당연한 일이었다.

"이번 타레스 평원 전투는 대공의 공입니다."

"하하하. 이 승리가 어찌 본작의 공이라 할 수 있겠소이까. 모든 것은 제국 황제 폐하께서 영민하신 따름이지요."

"하하하하!!"

타레스 평원의 선투가 토벌군의 승리로 끝이 나자 그동안 숨을 죽이고 있던 하급 귀족들은 로우트론 성에 모여 나를 축하해 주었고, 이번 토벌군에서 나와 함께 한 축을 담당했던 기르스 후작 역시 축하의 말을 해주었다.

하지만 귀족 반군에 승리했다고 하여 내전이 끝나는 것이 아님을 잘

아는 나로선 로만테우스 군과 황군의 싸움이 어찌 흘러가는지 궁금할
수밖에 없었다.

"기르스 후작, 이번 전투는 승리하였으나 아직 기뻐할 때는 아니라
생각됩니다. 아직 일황자는 물론 그와 때를 같이하여 제국을 어지럽히
는 반적 일루테우스와 세이반테우스가 남아 있지 않습니까."

"휴, 그렇습니다. 하나 아무래도 그쪽은 이곳과는 달리 사정이 좋지
않은 듯합니다."

나의 말에 기르스 후작은 길게 한숨을 쉬며 말했다.

"그렇다면?"

"로만테우스의 반군은 모두 세 곳으로 나누어져 로만테우스가 이끄
는 10만의 병력은 티론 전투에서 황군 9만을 상대로 대승을 거두었다
고 합니다."

"그런 일이……!"

"다행히 로만테우스가 있는 쪽을 제외하고는 그의 휘하인 엘르슨 백
작은 덴티만 성에서, 피르만 자작은 오시만 평원에서 공방전을 벌이며
머물러 있지만, 로만테우스의 10만 병력은 황도로의 진군을 멈추지 않
고 있으니 조만간 황도로 진입하여 공성전을 벌일 것이라 생각됩니다."

"휴, 쉽지 않군요. 황도의 병력은 어느 정도나 된다고 합니까?"

"일단 반군 토벌군으로 빠져나간 병력을 제외한다면 근위 기사단과
황도 수비 병력의 숫자는 약 7만, 수성은 가능한 병력이기는 하나, 아
무래도 상대가 상대인만큼 불안하기 그지없습니다."

기르스 후작의 말에 나 역시 고개를 끄덕였다. 로만테우스가 있는
자치령의 군대는 제국 제일의 강병이라 불릴 정도로 뛰어나니, 황군이
그들을 상대로 황도를 지켜낼 수 있을지는 알 수 없었기 때문이다.

“세이반테우스와 일루테우스 쪽은 어떻습니까?”

“일단 세이반의 반군들은 도노테우스 자치령주가 효과적으로 막고 있다고 합니다. 하나 스만 령의 상황이 그리 좋지 않아 전서구에 적혀 있는 것에 따르면 거의 반 이상의 땅이 일루테우스에 의해 점령됐다고 합니다.”

이황자였던 일루테우스가 삼황자인 스만테우스의 자치령을 공격했을 때부터 어느 정도 예상하고 있었던 일이었다.

황제의 좌를 노리며 힘을 비축하고 있었던 일루테우스를 어찌 자신의 땅만 지키려고 했던 스만테우스가 막을 수 있겠는가?

이대로 가만히 둔다면 아마 두세 달 이내에 일루테우스에게 완전히 점령당할 것이 분명한 일이었다.

하나 이대로 일루테우스가 스만 령을 점령하는 것을 그대로 보아 넘길 수는 없는 일이었다. 어찌 되었든 삼황자 나와 손을 잡은 자였기 때문이다.

“엡실론 경!!”

“예, 대공 전하.”

이대로 보고 있을 수 없다 생각한 난 기르스 후작과의 이야기를 끝낸 후 엡실론을 불렀고, 그에게 하나의 서신을 써준 후 건네주며 말했다.

“전서구를 통해 이 편지를 필로드 성에 있는 아서 경에게 전하게!”

“알겠습니다.”

내가 아서에게 전한 편지의 내용은 바로 레트론 성에 있는 삼황자가 보내주었던 샐러맨더 나이츠와 함께 청록의 숲의 병력이 연합하여 일루 령을 공격하라는 내용이 쓰여 있었다.

북부 연합의 병사들은 셔면과 알디하렌의 관계를 생각해서라도 움직일 수 없다고는 하지만, 샐러만더 나이츠는 삼황자의 군대였고 청록의 숲은 수백 년간 제국에서 자유를 쟁취하기 위해 싸웠던 반군이니 그들이 이 내란에 참여하는 것은 결코 문제가 될 게 없다고 생각했기 때문이다.

청록의 숲의 병력이 어느 정도나 되는지 알 수 없지만, 레트론에 있는 샐러맨더 나이츠 4만 5천의 병력과 합친다면 충분히 일루 령을 흔들 수 있으리라 생각했다. 그렇다면 일루테우스 역시 스만 령을 침공하던 병력 중 일부를 자신의 자치령으로 돌릴 것이다.

타레스 전투의 승리 파티 겸 정벌군의 휴식은 이틀 정도로 잡고 있었다. 아무리 잘 훈련된 정병이라 할지라도 휴식을 취하지 않으면 오합지졸에도 패할 수 있음을 잘 아는 나로선 시간이 촉박함에도 어쩔 수 없는 일이라 생각했다.

일단 앞으로의 여정에 대해서 정벌군의 제장들이 모여 회의를 여는 것으로 이 시간을 적절히 사용해야 한다고 생각한 난 다음날 파티가 끝난 후 기르스 후작을 필두로 한 정벌군에 참여한 귀족들과 작전 회의를 열었다.

"여러 귀족 분들과 제장들도 잘 알다시피 전황은 황군에 그리 좋지 않게 흘러가고 있소이다. 엡실론, 현 전황을 설명하도록."

나의 말에 엡실론은 전략 지도를 펼쳐 지금까지 흘러가고 있는 전황에 대해 설명하기 시작했고, 그에게서 모든 이야기를 들은 귀족들은 하나같이 표정이 좋지 못했다.

이렇게 가다가는 로만테우스가 이끄는 반군이 반란을 성공할 수도 있기 때문이다.

나는 그런 귀족들을 돌아보며 침착한 표정으로 말했다.

"이 때문에 현 아군의 행로는 상당히 중요하다 할 수 있소."

"대공 전하께서는 어찌하실 생각이십니까?"

기르스 후작은 일단 토벌군의 수장인 나에게 의견을 물어보았고, 난 고개를 끄덕이며 내가 생각한 바를 이들에게 이야기해 주었다.

"본작은 두 가지 경우를 생각하고 있소. 하나는 로만테우스에 의해 공격당하는 황도로 향하는 것과 그의 거점이라 할 수 있는 로만 령을 공격하는 것이오."

"음……."

내가 황도로 향하리라 생각했던 귀족들은 로만 령을 공격한다는 말이 나오자 웅성거리기 시작했고, 난 헛기침을 하며 이들의 시선을 나에게 모은 후 계속 말을 이었다.

"흠흠. 그대들도 알다시피 지금의 위세로 본다면 황도는 얼마 있지 않아 반군 수장인 로만테우스가 이끄는 10만의 반군 병력에 의해 포위당할 것이오. 황도를 지키는 병력은 약 7만, 하나 수성전이라 해도 제국 제일의 강병이라는 로만테우스의 반군 병력을 감당할 수 있을지는 미지수라 할 수 있소이다."

"그렇다면 더 더욱 황도로 향해야 하는 것이 아니겠습니까?"

나의 말에 귀족 중 한 사람이 황도로 향해야 됨을 말했고, 난 고개를 끄덕이며 그의 말에 긍정을 표시했다.

"그대의 말이 옳소. 확실히 황도를 지켜낸다면 반군에게서 제국을 지켜낼 수 있음은 당연한 일이오. 하나 그것은 철저히 수비를 위주로 한 전략, 그렇다고 한다면 자연히 전략이나 전술 면의 선택은 좁아질 수밖에 없소이다."

“음……..”

나의 말에 어느 정도 전술이나 전략에 대해 아는 이들은 고개를 끄덕이며 수긍을 표시했다. 하나 그저 귀족의 작위만을 누리고 살아왔던 얼간이들은 내 말뜻을 전혀 이해하지 못하는 표정이 역력했으니, 할 수 없다고 생각한 난 한숨을 내쉬곤 부가 설명을 했다.

“확실히 현재의 병력을 황도로 향하게 하면 로만테우스의 10만 병력을 아군과 황군이 연계하여 쉽게 지켜낼 수 있을 것이오. 하나 상대의 거점이 그대로 남아 있고, 아직 두 방면에서 로만테우스의 병력이 남아 있는 만큼 로만테우스가 후방으로 물러서서 다시 기회를 노리고 나누어진 두 개의 병력 중 하나가 황군을 상대로 승리하여 이들과 황도의 로만테우스와 힘을 합치게 되면 또다시 상황은 똑같아질 뿐이오. 또 적의 거점이 남아 있는 상황이라면 황도를 중심으로 한 전투에서 그들이 패한다고 해도 남아 있는 병력을 돌려 거점 방어에 치중할 것이고, 반군과의 전투로 인하여 여력이 얼마나 남아 있을지 모르는 상황에서 만약 황도의 전투에서 크게 피해를 입는다면 로만테우스를 그대로 지켜보는 수밖에 없게 되는 것이오.”

“아!!”

나의 설명을 들은 후에야 멍청한 귀족들은 알겠다는 듯이 고개를 끄덕였고, 난 한숨을 쉬며 계속 말했다.

“그 때문에 이런 생각을 한 것이오. 황도의 황군이 로만테우스를 상대로 제대로 황도를 지켜낼 수 있다는 것을 가정하고 우리들은 로만 령을 공격하여 그곳을 점령, 일단 적의 거점을 장악한 후 그대로 황도로 진격하여 세 곳으로 나누어져 있는 로만테우스의 반군 중 하나를 섬멸하여 적의 힘을 줄이고, 그 여세를 몰아 그대로 로만테우스의 본진을 황도의 황군과 연계 작전을 통해 섬멸하는 것이오. 일단 제일 먼저 로만 령을 점거하기 때문에 그들에겐 더 이상 도망칠 곳은 없을 것이니, 반군을 완벽하게 섬멸할 수 있으나 이 방법에도 약간의 문제가 있소.”

“그 문제라 함은 무엇입니까?”

“일단 황도가 가장 문제일 것이오. 로만테우스가 만일 우리가 로만 령을 점거하는 사이에 황도를 점령하게 된다면 상황은 끝이 나기 때문이오. 또 아직 황군과 대치하고 있는 두 개의 병력 중 어느 한 곳이라도 황군을 상대로 승리하여 로만테우스와 합류하게 된다면 수적으로도 크게 열세인 황도는 버티지 못하고 함락될 것이 분명하다는 것이오.”

“그런…….”

나의 말에 귀족들은 어수선해지기 시작했다. 첫 번째 선택은 비교적 안전하게 나아가는 수이나 로만테우스를 완전히 섬멸할 수 있다는 확률이 없고, 두 번째는 확실하게 반군을 없앨 수 있지만, 그만큼 위험이 따르기 때문이다.

“만약 우리에게 여력의 병력이 더 있다고 한다면 녀석의 나누어진 두 개의 병력 중 하나에 보내고 나머지는 로만 령을 공격하여 적의 거점을 점령하는 방법을 취하겠으나 현재의 아군의 병력을 나눈다면 이도저도 아니게 될 수 있기에 두 가지 방법 중 하나를 선택해야 하는 것이오.”

나 역시도 함부로 결정하지 못하고 회의에서 귀족들과의 협의를 통해 결성하게 할 만큼 이 결성은 쉬운 것이 아니었다.

그때 기르스 후작이 심각한 표정을 하며 생각에 잠기다가 나를 보며 말했다.

“저희로서는 어느 것 하나 쉽게 정할 수 없는 것이군요. 대공께서는 어찌 생각하고 계십니까?”

일단 토벌군의 수장인 나의 의견을 듣자는 생각으로 물어본 기르스 후작의 말에 고개를 끄덕인 후 나의 생각을 말해 주었다.

"본작은 솔직히 두 번째 방법을 택하고 싶소."

"그것은 위험하지 않습니까."

나의 대답에 귀족 중 한 사람이 고개를 저으며 말했고, 난 그에게 나의 생각을 계속 말해 주었다.

"물론이오. 그대의 말대로 두 번째 방법은 거의 도박이라고 할 수 있는 수준이오. 하나 만약 첫 번째 방법을 선택하다 로만테우스를 로만 령으로 놓치게 된다고 한다면 제국은 또다시 내전을 피할 수 없을 것이오. 또 오황자 세이반테우스와 이황자 일루테우스가 남아 있으니 그들이 만약 여력이 없어 로만을 그대로 놓아주었다는 것을 알면 그들에 의한 또 다른 내전이 벌어질 확률이 높소이다."

"아! 그렇다고 하는 것은 로만을 확실히 처벌함으로써 그들에게 황제 폐하의 힘이 약하지 않음을 보여주자는 것이로군요."

"그렇소. 많은 피해를 입었다 할지라도 황제 폐하께서 반적 로만테우스의 반군을 괴멸시켰다는 것을 안다면 그들로선 함부로 경거망동을 하지 못할 것이오."

나의 말에 귀족들 중 여러 사람이 고개를 끄덕였으나 아직까지 수긍하지 못한 귀족들도 꽤 많이 있었다.

"그렇다고 한다면 차라리 도노 령으로 향하는 것이 어떻습니까? 현재 도노 령은 세이반테우스와 공방전을 벌이고 있으니 저희 쪽이 합류한다면 도노테우스 자치령주의 승리는 확실할 것입니다. 그 연후에 자치령주와 함께 황도로 간다면 훨씬 더 유리하지 않습니까?"

확실히 그의 말은 틀리지 않았다. 하나 한 가지 간과한 것이 있었으니 그것은 바로 제국이 너무 넓다는 것이다.

"확실히 그대의 말은 틀리지 않소이다. 하나 제국은 넓소. 이곳에서 도노 령으로 향해 자치령주와 함께 세이반테우스의 반군을 섬멸한 후 황도로 향하게 되면 많은 시간을 지체할 것이니, 만일 길을 달리하는 두 반군 중 하나가 로만테우스와 합류하면 모든 것은 수포로 돌아갈 것이 분명하오."

"그렇다면 차라리 황도로 갑시다. 반군을 상대로 반드시 큰 피해를 입는다 할 수도 없지 않습니까? 황도의 황군과 함께 로만테우스의 반군을 섬멸하고 그곳에서 로만테우스의 목을 벨 수만 있다면 내전은 사실상 끝나는 것이지 않습니까!"

"오오오!!"

한 귀족의 말에 다른 귀족 역시 그의 의견을 옳다 생각하며 고개를 끄덕이고 있었다. 하나 제국 제일의 강병인 로만테우스의 10만 대군을 현재 이곳의 병력과 황도의 병력으로 섬멸하고 수장인 로만테우스의 목을 벤다는 것은 아군을 너무나 높게 평가하고 있는 것이다.

적은 내전을 목적으로 수년을 훈련해 온 정병인데, 적어도 섬멸될 위기에 처했다고 하더라도 수장인 로만테우스를 안전하게 피신시킬 수 있을 것이다. 그렇다면 접전을 벌이고 있는 두 병력을 후퇴시켜 로만 령에 잠복할 것이고 또다시 지루한 전쟁이 계속될 수 있을 것이다.

하나 내가 생각하고 있는 것도 하나의 가정에 불과했다. 그의 말대로 황도로 가 녀석의 반군을 섬멸하고 로만테우스의 목을 벨지도 모르는 일이다.

로만 령으로 가자는 나의 말보다 황도로 가 황군과 함께 로만테우스를 상대로 싸우자는 쪽이 점점 우세해지고 있는 것을 보며 아무래도 황도로 갈 수밖에 없다는 생각이 들었다.

일단 내가 토벌군의 수장이라 할지라도 귀족들의 의견을 무시할 수 없고, 또한 내가 생각하는 방법은 상당한 위험이 있기 때문에 이들은 안전한 방법을 선택하려 하는 것이다.

또 직접 황도로 가 황제를 구하기라도 한다면 황제를 직접 접하여 싸우니 자신들의 입지도 상당히 높아질 것이기 때문이다.

귀족들의 의견이 황도로 향하는 것으로 좁혀지자 난 할 수 없다는 생각에 길게 한숨을 쉬고는 말했다.

"여러 귀족 분들의 생각이 그러하다면 황도로 향하도록 합시다."

"대공, 옳으신 판단이십니다."

"황도로 가 황제 폐하를 구하고 반적 로만테우스의 목을 뱁시다!!"

"오오오!!"

황도로 향하는 것으로 의견이 결정되자 귀족들은 서로 간에 웅성거리며 마치 이 전투에서 이기기라도 한 양 소리치고 기뻐하니, 그들의 모습에 조소가 절로 나왔다.

물론 내 의견이 채택되지 않은 것에 조금 불만이 있었던 탓도 있지만 저런 위인들을 데리고 과연 로만테우스의 목을 벨 수 있을까 하는 의구심도 들었기 때문이다.

회의를 끝내고 밖으로 나오자 기르스 후작이 다가와서는 미소를 지으며 말했다.

"고생하셨습니다, 대공."

"고생이라고 할 것까지 있겠소. 그저 여러 귀족들의 의견을 하나로 모은 것에 불과하니 말이오."

"그것이 어디입니까. 제각기 다른 생각으로 모인 귀족들을 하나로 모으는 일은 무엇보다 힘들고 중요한 일이었습니다."

"그렇게 생각해 주시니 고맙소이다, 기르스 후작. 그대와 같은 항해사가 있으니 본작이 그나마 숨을 돌릴 수 있는 것이 아니겠소이까?"

"별말씀을 다 하십니다. 허허허."

나의 말에 기르스 후작은 너털웃음을 지으며 겸손한 모습을 취하고 있었다. 문관 출신이면서도 게리오스와 현 황제 위르테우스에게 상당한 신임을 얻고 이번 토벌군의 한 축을 담당하는 그를 보며 난 감탄했다.

그는 이번 회의에서 내 의견이 다른 귀족들에게 막혀 이루어지지 않아 조금 기분이 좋지 않을 것을 생각하여 다가와 나의 기분을 돋우어 주고 있었다.

기르스 후작과 가볍게 술을 한 잔 나누며 시간을 보낸 난 방으로 돌아와 휴식을 취했다.

침대에 누운 난 현재 아군을 생각해 보았다.

"귀족 반군을 섬멸하고 남은 아군의 병력은 5만에 약간 못 미치는 정도에 귀족 반군의 포로를 설득하여 아군에 합류시키면 그래도 7만 정도는 되겠지. 거기에다 쓸데없는 귀족 녀석들이 끌고 온 병사가 약 1만 정도인 것을 생각하면 현재 아군의 병력은 8만 전후일 것이 분명할 터, 황도에 있을 병력이 7만 정도이니 총 15만 정도 되겠지. 음… 황도로 가는 것보다 나누어진 병력 중 하나를 선택하여 황군과 함께 격파하여 그곳에서 합류한 병력으로 로만테우스의 후위를 급습하고 도주로에 약간의 병력을 남겨 복병계를 사용한다면 반군을 섬멸할 수도 있겠군."

하지만 문제는 귀족들이 나의 의견을 따라줄까 하는 것이다. 당장이라도 황도로 가고자 하는 녀석들이 방향을 선회하여 그들을 상대하려 할 리가 만무했기 때문이다.

"에이, 빌어먹을 놈들! 기껏 1만 정도 데리고 와서 무슨 말이 그렇게 많은지. 젠장!! 아예 무시하고 남아 있는 병력만 가지고 움직일까?"

하나 귀족들을 무시하고 내 마음대로 나간다면 잘될 일은 없을 것이다. 아니, 기르스 후작의 병력이 대부분인 상황에서 그를 무시하고 마음대로 움직일 수 없기 때문이다.

나와는 달리 그는 귀족들의 의견을 골고루 듣고 의견을 따르는 성격이기에 마음대로 내가 방향을 선회하고자 한다면 반대할 것이 분명했다.

"미치겠군. 기르스 후작의 성격이 말이야."

실제 작전에서 나에게 모든 지휘권을 넘길 만큼 욕심이 없는 자이지만, 그것이 오히려 현재에는 문제가 되는 것이다.

그가 조금이라도 야심이 있고, 욕심이 있는 자라면 그것을 이용하여 설득할 수도 있겠지만, 그는 전혀 반대의 인물이기에 잘 돌아가는 나의 머리로도 설득하는 것이 쉽지 않았다.

도대체 무엇을 제시하여 그의 귀를 솔깃하게 할 수 있단 말인가. 지금같이 어느 한쪽을 선택하기 어려운 상황이라면 그는 귀족들의 의견이 통합될 것을 따를 게 당연한 일이었다.

"젠장!! 뭐 어때! 될 대로 되라지! 내 나라도 아니고 정 일이 어렵게 되면 북부 자치령에 주력해서 로만테우스를 막아야지."

더 이상 생각하다기는 머리가 깨질 것 같다는 생각에 난 고개를 젓고는 그냥 포기하기로 했다. 솔직히 내가 뭐 때문에 골치 아프게 머리를 굴려야 하는가? 대공 자리야 있어도 그만, 없어도 그만이 아니었던가?

북동의 요충지 로우트론 성에서 휴식을 취한 귀족 토벌군은 제국의 황도로 향했다.

협의를 통해 로만테우스 자치령으로 향하는 것이 아닌 황도로 향하기로 결정이 됐기 때문에 자연히 귀족 토벌군은 방향을 선회하여 북서쪽 티르스 산맥의 대로로 진군하게 되었다.

로만테우스의 귀족 반군은 거의 괴멸시켰다고 할 수 있었기에 티르스 산맥으로 이어지는 여정은 처음에는 그리 큰 문제가 없었다.

하지만 여정 일주일째, 귀족 토벌군 어느 누구도 예상치 못한 일이 생기고 말았다.

바로 북부 초여름의 우기가 그것이었는데, 문제는 우기가 평년과 비교하여 거의 한 달 이상 앞당겨 왔다는 것이다. 그로 인하여 행군은 자연히 지체될 수밖에 없었다.

물론 갑작스럽게 내릴 비에 대비한 준비도 있었지만, 현재 아군이 이동하고 있는 곳은 그런 준비로 해결되는 곳이 아니었다.

아군이 이동하고 있는 곳이 바로 티르스 산맥의 중간이었기 때문이다.

우기에 산길을 택하는 것은 피해야 하는 일 중의 하나였고, 현재 그것을 피하지 못하는 상황에서 일교차가 심한 산맥에서 비로 인하여 제대로 쉬지도 못하는 것은 둘째 치고 밤에는 살을 에이는 듯한 추위와 싸워야 했다.

그래도 그나마 나았던 것은 티르스 산맥에서 황도로 향하는 대로가 잘 닦여져 있는 탓에 군대의 행군에는 그리 큰 부담이 생기지 않았다는 것이다.

하지만 황도로 향한 지 십 일째 되는 날, 티르스 산맥의 톨핀 계곡에 도착한 아군은 눈앞에 보이는 장면을 경악스러운 눈으로 쳐다볼 수밖에 없었다.

"흠……."

"대공……."

나와 기르스는 도무지 눈앞의 광경에 뭐라 할 말을 찾지 못했다.

어느 나라나 다 그러하겠지만 도시와 도시 간의 대로는 몰라도 도시와 수도 간의 대로는 국가 제일 국책 사업으로 추진될 것이다.

이는 국가의 재정인 국세 수입을 원활하게 하기 위해선 당연한 일이었다.

제국 역시 그러한 것을 잘 알고 있기 때문에 이전에 말했듯이 건국 시기부터 제일 먼저 시작한 것이 넓은 국토의 각 도시에서 수도로 이어지는 대로 건설 사업이었다.

하지만 제국 북부는 험준한 산맥이 자리 잡고 있기 때문에 대로 건설은 자연히 힘들 수밖에 없어 제국은 북부에 한해서는 단 두 개의 대로만을 황도로 이어두고 있었다.

그리고 그것이 근간이 되어 현 황제인 사황자의 자치령과 황태자였던 로만테우스의 자치령이 나누어졌다. 비교적 거리가 짧다고 할 수 있는 자치령 내의 도시 간의 대로 건설은 빠르게 추진하면서 황도로 이어지는 건설은 최남단의 도시 한곳에만 설치하여 대로 사업으로 소모되는 예산을 최대한 절약하려 한 것이다.

사황자의 자치령에서 황도로 이어지는 대로는 황도 북서쪽 티르스 산맥으로, 로만테우스의 자치령은 황도 북동쪽 네르겐 산맥으로 대로가 이어지고 있었다.

이러한 대로 사업 중 사황자 령 티르스 산맥에 위치한 톨핀 계곡에서 제국은 지금까지와는 비교도 할 수 없을 정도의 대규모 공사를 감행했는데, 그것은 계곡을 가로지르는 석교 공사였다.

사황자 령과 황도를 최단 거리로 잇기 위해선 반드시 톨핀 계곡을 가로질러 건너와야 했지만, 이전까지 톨핀 계곡에는 위험한 흔들 다리만이 존재하여 사람이야 어떻게 건널 수 있을지 몰라도 마차가 이곳을 통과하는 것은 어려운 일이었다.

자연히 사황자의 령에서 나온 마차는 톨핀 계곡을 따라 내려가 티브로슨 삼각 지역에서 황도로 우회하는 길을 택해야 했고, 그런 이유로 황도까지는 상당한 시간을 소비해야 했다.

이것을 안 제국에서는 대로 사업을 행하며 이 톨핀 계곡을 가로지르는 다리를 만드는 사업을 시작했고, 당시 황제인 비온테우스는 이 다리를 천 년이 지나도 무너지지 않을 견고한 다리로 만들라 명하였다.

이것이 바로 제국사에서 열 손가락에 꼽힐 정도의 대공사라 일컬어지는 톨핀 대석교 공사의 시작이었다.

톨핀 대석교는 폭 십오 미터, 전장 백육십 미터에 이르는 거대한 석교로 이 석교를 만들기 위한 공사 기간만 19년, 이 시간 동안 석교 건설에 제국 마법사 1천여 명은 물론 인부의 숫자만 수십만이 동원되었다.

하지만 이 정도의 숫자를 동원했음에도 불구하고 톨핀 대석교의 건설은 수월하지 않았다. 처음 이 공사를 맡은 데어스 백작은 제국의 대로 토목 사업을 성공적으로 이끌었던 이였다. 그는 황제의 명을 받아 톨핀 대석교의 건설을 담당했으나 간헐적으로 부는 톨핀 계곡의 강한 계곡풍으로 인하여 실패했고, 이어진 계속된 작업에도 거의 백오십 미터 이상이나 되는 계곡의 폭을 잇는 석교를 만들다 보니 하중을 견디지 못한 석교는 버티지 못하고 무너져 내렸다.

문화적으로 전 라피나르 제국에 크게 미치지 못한 제국이었기에 토목 사업의 노하우가 부족했던 것이다.

엄청난 무게의 하중을 견디기 위해 백여 미터가 넘는 계곡의 밑바닥에서부터 하중을 받칠 기둥을 만들려 했지만, 그것마저 북부의 우기로 불어난 계곡 물로 인하여 거의 완성 단계에서 석교가 무너져 톨핀 대석교는 십여 년 동안 총 열네 차례의 실패를 거듭했을 뿐 완성될 기미는 보이지 않았다.

이렇게 톨핀 대석교의 건설 작업이 느려지고 있는 가운데, 다른 부분의 대로 사업은 완성 단계에 들어섰기에 석교를 다른 곳에 건설할 수도 없는 일인지라 자신 혼자만의 힘으로는 어렵다 생각한 데어스 백작은 당시 제국 궁정 마법사인 8서클 마스터의 마법사 도리프슨에게 도움을 요청하고 수백 명의 마법사와 연계하여 톨핀 대석교 작업에 들어갔다.

하지만 애석하게도 마법사의 도움을 받았음에도 불구하고 톨핀 대석교는 또다시 무너지고 말았고, 그 때문에 이 톨핀 대석교의 작업은 거의 불가능한 것이라 생각했다.

그때 당시 비온테우스 황제의 장남이자 차후 3대 황제가 된 시몬테우스가 그들에게 하나의 해법을 제시했다. 그것은 바로 장인의 종족이라고 할 수 있는 드워프의 도움을 받는 방법이었다.

시몬테우스는 자신의 땅이 있었던 현 도노테우스의 자치령에 있는 드레인 산맥을 드워프들에게 영구적으로 양도하겠다는 약속을 하여 그들을 끌어들였다.

그리하여 톨핀 대석교의 건설에는 북방의 드워프 일족 오백여 명이 다시 참여하게 되었으니 비온테우스 황제가 천 년을 견딜 수 있는 다리를 만들라는 명이 있은 지 19년 만에 드디어 톨핀 대석교가 완성될 수 있었다.

이 톨핀 대석교에는 마법은 물론 드워프들의 기술인 하중을 받치는 무지개 공법, 와이어 고정법, 간헐적으로 부는 계곡풍을 견디기 위한 석교의 풍혈공법 등 제국에서 단 한 번도 쓰이지 않았던 드워프만의 공법 십수 개가 동원되었고, 드워프들의 정교한 조각으로 화려하게 장식되었기에 황제 비온테우스는 톨핀 대석교의 완공식에서 '이것은 곧 제국의 의지와 같다' 라는 말을 했다고 한다.

제국의 의지라는 것은 당시 주변 국가에 비해서 문화적으로 크게 뒤지는 제국이지만, 다른 인간들이 경원시 하는 이종족의 도움이 얻는 한이 있어도 제국을 발전시켜야 한다는 타 종족의 문화적 포용 정책을 칭하는 말이었다.

어쨌든 현황이라 역사에 남은 비온테우스가 이 톨핀 대석교를 제국의 의지와 같다 말한 것 때문에 이 석교는 제국의 보물 중 하나로 대우받았다.

하지만 그런 제국의 거대한 역사가 현재 내 눈앞에 그 화려했던 과거의 모습을 모두 잃고 있었으니, 제국의 의지가 담겨져 있다는 다리는 흉하게 끊어져 있었기 때문이다.

아마도 톨핀 대석교를 무너뜨린 이는 로만테우스가 분명할 것인지라 난 길게 한숨을 쉴 뿐이었다.

"휴… 하나의 탑을 완성시키기 위해선 수많은 장인의 피와 땀이 필요하지만, 그것을 무너뜨리는 것은 무지한 한 명의 야만족이면 족하다… 라는 것인가?"

처참하게 끊어져 있는 톨핀 대석교를 보며 제국의 속담 중 하나를 중얼거릴 뿐이었다. 하긴 이 다리가 역사적으로 중요하다 할지라도 내가 로만테우스의 입장이었어도 과감하게 끊는 것을 선택했을 것이다.

"기르스 후작님, 귀족들을 소집해야겠습니다."

"……."

“기르스 후작!!”

“아! 알겠소이다.”

충실한 제국의 신하인 기르스는 현황 비온테우스의 얼이 담겨 있는 톨핀 대석교가 붕괴된 것을 보며 정신을 차리지 못하고 있는 듯했다.

어쨌든 상황이 이렇게 되었으니 난 귀족들을 소집하여 빨리 대책을 강구해야 했고, 이십 분이 지난 후 임시로 쳐진 막사에서 멍한 표정과 노한 표정의 귀족들이 모두 모일 수 있었다.

“엡실론 경, 전략 지도를.”

“예.”

엡실론에게 전략 지도를 펴게 한 난 현재 우리가 있는 톨핀 대석교의 부분을 손으로 가리키고는 귀족들을 보며 말했다.

“흠흠! 모두 자신들의 눈으로 확인했으니 잘 아시겠지만, 톨핀 대석교는 무너졌소이다.”

“…아!!”

“로만테우스!! 감히 놈이 현황께서 이룩하신 업적을……. 으드득!”

톨핀 대석교가 무너졌다는 말에 도무지 믿을 수 없다는 듯 멍한 귀족이 있는가 하면 이를 갈고 로만테우스를 욕하고 있는 귀족들이 시끄럽게 떠들고 있었기에 전략 지도가 놓여져 있는 탁자를 강하게 손으로 치며 소리쳤다.

탕!! 탕!!

“지금 이렇게 소란을 피우고 멍하니 정신을 뺄 때이오!! 지금 이 순간에도 황제 폐하께서는 반적 로만테우스의 반군에 의해 고생하고 계실 것은 생각지도 않는단 말이오!!”

내가 황제 폐하를 언급하며 호통을 치자 귀족들은 그제야 정신을 차

렸고, 그들을 날카로운 눈으로 돌아본 후 헛기침을 하고는 계속 말을
이었다.

"어쨌든 로만테우스에 의해서 톨핀 대석교는 무너졌소이다. 아마도
그가 노리는 것은 귀족 반군을 괴멸시키고 사기가 올라 있는 토벌군을
지체시키기 위함이 분명할 것이오. 다리가 무너져 있는 상황에서 어쩔
수 없이 우리들은 과거의 방법대로 티브로슨 삼각 지역으로 우회하는
길을 택해야 할 것이오. 많은 세월이 지나기는 했지만 이곳을 통해 황
도로 가는 길은 어느 정도 남아 있을 테니 말이오."

"음……."

나의 말에 좌중에 있던 귀족들은 고개를 끄덕였다.

"하지만 일이 결코 쉬운 것이 아니오. 매년 제국 북부를 찾아오는
우기가 예상보다 한 달 일찍 온 탓에 아군의 상황은 좋지 않고, 티브로
슨 삼각 지역의 길은 오래되었기에 아마 우기로 인해 길의 상태는 더
욱 안 좋아졌을 게 분명하니 황도에 도착하였다 해도 병사들의 피로는
클 것이오. 시간 역시 십 일 이상 지체될 것이 분명하다는 것이오."

내가 하는 말을 듣고 그제야 사태의 심각성을 안 귀족들의 표정은
심하게 일그러지고 있었다. 확실히 로만테우스가 제국 역사의 상징인
톨핀 대석교를 무너뜨린 작전은 후세에 큰 욕은 들을망정, 반란군의 수
장으로서 과감하고 효과적인 작전이라고 할 수 있을 것이다.

"대공, 그렇다면 어찌하면 좋겠습니까?"

귀족 하나가 난감한 표정으로 물었지만, 내가 무슨 천재도 아니고
지금 와서 무슨 방법이 있겠는가? 그저 고개를 저을 수밖에…….

"어쨌든 이미 물은 엎질러진 것이니 우리는 티브로슨 삼각 지역을
통해 황도로 향해야 하오. 그러니 각 귀족 분들께서는 물자를 아끼지

말고 병사들에게 배포하여 그들의 사기가 떨어지지 않도록 최대한 배려하시오. 또 병사 1천 정도를 앞으로 보내어 세월이 지나 엉망이 되었을 티브로슨 삼각 지역의 길을 보수하며 아군의 병사들이 무리없이 지나갈 수 있는 길을 만들어야 할 것이오.”

“알겠습니다.”

톨핀 대석교가 무너졌다고 멍하니 있을 수는 없는 일인지라 난 각 귀족들에게 명령하여 티브로슨 삼각 지역으로 우회하는 길을 통해 제국으로 향했다.

하지만 예상했던 대로 이 길은 그리 평탄스럽지 않았다. 잘 닦여진 대로와는 달리 오랜 시간 방치되었고, 우기마저 겹친 탓에 길은 질퍽질퍽하여 한 걸음 내딛기도 힘들 정도였다.

또 쉬지 않고 내리는 비는 점차 병사들의 힘과 체온을 빼앗고 있어 행군은 점점 지연되어 갔고, 지쳐 쓰러지는 병사들도 속출하고 있었다.

그러나 암담함은 그것으로 끝이 아니었다. 황도로 진군하는 우리에게 황도 쪽에서 보낸 전서구가 도착하였는데 전서구에 적혀 있는 전황 보고를 읽은 난 미간을 찌푸리고 말았다.

“이런…….”

“대공, 무슨 일입니까?”

“휴… 아무래도 일이 심각한 듯하오. 그나마 반군의 진로를 막아서고 있었던 덴티만 성이 함락되었다고 합니다.”

“그런!”

“황도를 공격하고 있던 로만테우스가 병력의 일부를 돌려 덴티만 성을 기습한 모양입니다. 아마도 다리를 끊어 우리들을 지체시킨 것은 바로 이것을 위함일 것이오.”

“아, 어찌 그런 일이⋯⋯.”

“이제 덴티만 성을 함락시킨 이상 엘르슨 백작이 이끄는 반군이 황도를 공격하고 있는 로만테우스의 병력과 합치는 것은 시간문제, 그렇게 되면 거의 17만에 이르는 병력이 황도를 공격하게 되니 아마도 황도의 병력으로는 버티기 힘들 것입니다.”

상황은 크게 좋지 않게 흘러가고 있었다. 우리들이 황도에 도착하기까지 대략 예상되는 시간은 15일, 엘르슨 백작이 황도의 로만테우스와 합류하게 될 시간을 5일 정도로 잡는다면 우리가 도착해야 할 때까지 황도에선 10일 이상을 17만의 대군을 상대로 버텨야 한다는 것이다.

과연 황도가 그 정도의 시간을 버텨 줄 수 있을지 알 수 없는 상황이었기에 난감함은 깊어졌다. 난 한참을 고민하다 과감한 결정을 내리기로 했다.

“이렇게 되면 어쩔 수 없소이다. 별동대를 선발하여 먼저 황도로 보내야겠습니다.”

“별동대라 하시면⋯⋯.”

“적어도 3만 정도는 되어야 하겠지요. 무거운 갑옷을 벗고 최소한의 식량만을 개별 지급한 후 최대한 빠른 속도로 황도로 가야겠습니다. 물론 이 정도의 숫자가 로만테우스를 얼마나 괴롭힐 수 있을지는 모르겠지만, 게릴라전을 펼쳐 녀석을 괴롭힐 수는 있을 것입니다.”

“휴⋯ 대공 전하만 믿겠습니다.”

기르스 역시 다른 방법이 없다 생각했는지 내 의견에 동의를 표했고, 난 엡실론에게 명령하여 따로 황도로 향하게 될 별동대를 선발하기 시작했다.

나 역시 짐을 준비하여 별동대와 함께 황도로 먼저 갈 생각이었는데,

그때 이번에 같이 동행해 온 저주사 이모랄이 조용히 나의 곁으로 다가와서는 말했다.

"공작 각하, 별동대를 뽑아 황도로 가실 생각이십니까?"

"그렇소. 이모랄 당신도 동행해 주겠소?"

"그리하도록 하겠습니다. 하나 그러기 전에 한 가지 말씀드릴 것이 있습니다."

"그래, 말해 보게."

이모랄의 말에 고개를 끄덕이며 허락했고, 그는 자신의 생각을 말했다.

"공작 각하께서 별동대를 지휘하신다면 톨핀 대석교 쪽으로 가도록 하십시오."

"톨핀 대석교? 그 다리는 이미 무너지지 않았는가?"

그의 말에 난 다시 되물을 수밖에 없었다. 이미 톨핀 대석교가 무너진 것은 그도 알고 있을 텐데 다시 그곳으로 가자니 말이 되는가?

"확실히 다리가 끊어지기는 했지만, 톨핀 대석교 이전에 계곡을 가로지르는 다리가 없었던 것은 아니지 않습니까."

"그건……. 아! 그렇다면!"

확실히 톨핀 대석교 이전에 다리가 있기는 했다. 마차나 말은 지나지 못했지만 사람이라면 위험스럽긴 해도 건널 수 있는 흔들다리가 있었다.

물론 그 다리는 톨핀 대석교가 건설되면서 사라지기는 했지만, 이미 개인 식량을 지급받아 보급이나 병기를 실은 마차가 없으니 그리 큰 문제는 되지 않을 것이다.

"확실히 마법의 힘으로 반대 편으로 건너가 밧줄을 이용하여 임시

다리를 만든다면 어떻게 될 것도 같군."

"톨핀 대석교가 있었던 곳으로 건너가 움직이게 된다면 일단 황도에
는 최단시간에 도착할 수 있는 데다가, 우기로 인하여 질퍽해진 길보다
는 잘 닦여진 대로로 진군할 수 있으니 일석이조가 아니겠습니까?"

"확실히 그대의 말이 옳소. 그렇다고 한다면 기병은 움직일 수 없으
니 보병 위주로 선발해야겠군."

"약간의 시간을 더 보탠다면 1천 정도의 기마 역시 어떻게 될 것 같
습니다."

"음… 그렇다면 이모랄, 그대가 생각하고 있는 바가 있을 것 같으니
톨핀 대석교로 향하도록 합시다."

이모랄의 의견을 따르기로 한 난 엡실론에게 다시 명령을 내려 보병
위주로 별동대를 편성하게 지시했다.

톨핀 대석교 쪽을 향해 움직이는 별동대는 나와 엡실론, 이모랄과
필리아, 그리고 애로우 나이츠의 크리븐, 엘트로우스, 기스가 참여하게
되었다.

엘트로우스는 이전의 전투에서 나를 보호하기 위해 큰 부상을 입었
었지만 과연 인간 오우거라고나 할까? 사제의 치료를 받았다고는 해도
지금은 멀쩡하게 돌아다니고 있었기에 그의 인간 같지도 않은 모습에
절로 탄성이 나올 정도였다.

별동대가 편성되자 병력은 최대한 빠른 속도로 다시 톨핀 대석교 쪽
으로 이동했고, 그곳에 도착한 것은 거의 하루가 지난 후였다.

하지만 계곡에 도착하면서부터 병사들은 더욱 빨리 움직여야만 했다.

병사들을 독려하며 기존에 가져왔던 밧줄은 다시 세 가닥으로 꼬아

바람에 흔들림없이 견고히 만들게 하였다.

그래도 다행이라면 석교 전체가 부서진 것이 아니라 중간 부분 칠십여 미터가 부서진 탓에 백오십여 미터에 이르는 톨핀 계곡 전체를 잇는 것보단 수월하다는 것이다.

3만여에 이르는 별동대가 빠른 속도로 계곡을 건너기 위해서는 그러한 밧줄이 십여 개가 더 있어야 했다.

"이모랄, 부탁하네!"

"맡겨주십시오."

밧줄이 모두 완성되자 이제부터 마법사인 이모랄과 필리아의 도움이 필요했다.

이모랄이 데리언 학파의 저주사의 자리에 있지만, 그렇다고 저주만을 익힌 것은 아니었다. 이미 6서클 정도의 원소 마법을 마스터하고 있었기에 텔레포트 마법이 가능했기 때문이다.

일단 오십여 명의 병사들과 십여 기의 말을 텔레포트를 이용하여 계곡 반대 편으로 이동시킨 그는 다시 돌아와 플라이 마법을 이용하여 밧줄을 반대 편으로 운반해 갔다.

그리고 반대 편에 있던 병사들은 이모랄이 운반해 온 밧줄을 아직 부서지지 않은 석교의 한편에 단단히 고정시켜 놓은 후 또 다른 기둥을 세워 밧줄 다리를 세세하게 만들어가기 시작했다.

시간이 없었기 때문에 밑바닥을 나무판자로 대지 못하고 네 개의 밧줄을 다른 밧줄로 일일이 묶어 바닥을 만들었다.

그리 정교하게 만들지는 못했지만, 생각 외로 밧줄로 만든 다리는 튼튼하게 만들어졌기에 완성되는 것을 보며 십여 명의 병사들을 시켜 오르게 하여 문제가 없다는 것을 확인한 난 엡실론에게 명령해 병사들을 이동시키기 시작했다.

그렇게 병사들이 계속 다리를 건너고 있는 한편에 또다시 다른 쪽으로 밧줄 다리를 만들어갔고, 거의 하루가 지났을 때는 총 세 개의 다리를 완성할 수 있었다.

이 세 개의 다리 중 하나는 말을 운반할 수 있게 하기 위해 똑같이 네 개의 밧줄을 사각형으로 고정시킨 후 두꺼운 나무판자에 부드럽게 밧줄에 미끌어질 수 있는 홈을 파고 상부 역시 판자 양쪽 끝부분에 밧줄을 묶어 최대한 흔들림이 적게 만들어갔다.

그렇게 하자 어느 정도 짐을 옮길 수 있을 정도의 운반 도구가 만들어졌기에 병사들을 두 개의 다리로 이동시키는 한편 그것을 통해 1천여 필의 말을 계곡 반대 편으로 운반시켰다.

"각 백인장들은 조를 이루어 최대한 빠르게 계곡을 건너게 하라!!"

상장들이 여기저기를 돌아다니며 3만의 병사들을 독려하고 있었지만 불안정한 다리 탓에 이동은 더디기만 했다.

아무리 튼튼하게 만들어졌다고 하더라도 이전의 톨핀 대석교와 같은 안정감을 줄 수는 없는 데다가, 간헐적으로 불어닥치는 계곡풍은 병사들을 공포에 떨게 하기에 충분했기 때문이다.

"끄아악!!"

그 때문에 최대한 주의를 기울이라 명했음에도 불구하고 공포에 떤 병사들 때문에 앞이 연이어 막히는가 하면, 개중에는 발을 헛디디고 그대로 계곡 밑으로 추락하는 놈들도 있었기 때문에 시간은 계속 지체될 수밖에 없었다.

"밧줄에 불이 붙었다!!"

"와아아!!"

우지끈— 쿵!!

히힝!!

"끄아아!!"

거기에다 말을 운반하기 위해 만든 임시 운반 도구는 계속 빠른 속도로 움직인 탓에 운반 판의 상부에 고정시켜 두었던 미끄럼판에 불이 붙으면서 순식간에 무너졌고, 그 때문에 네 명의 병사와 두 필의 말이 계곡 아래로 떨어지고 말았다.

동료가 떨어지는 것을 보며 병사들은 더욱 공포에 젖을 수밖에 없었는데, 나로선 왜 미끄럼판에 불이 붙었는지 이해할 수가 없었다.

"미끄럼판에 왜 불이……?"

"이런! 마찰열을 생각하지 않았군요."

"마찰열?"

"예. 용병들이 야영할 때 마른 나무판에 마른 나뭇가지를 빠르게 움직이게 하여 불을 만들기도 하는데, 이것이 바로 마찰열을 이용한 것입니다. 운반 판을 빠르게 움직인 탓에 방금 말씀드린 것과 같이 미끄럼판에 마찰열이 발생해 불이 붙은 것이지요."

"음……."

"일단 미끄럼판에 물을 뿌려 마찰열을 없애도록 하겠습니다."

도대체 마찰열이라는 것이 설명을 들어도 무엇인지 알 도리가 없는 나로선 이모랄에게 모든 것을 맡길 수밖에 없었다.

3만여의 병사들이 세 개의 다리를 통해 계곡을 건너가는 것은 생각보다 오랜 시간이 걸리고 지루한 작업이었지만, 시간을 줄이기 위해선 어쩔 수 없는 일이었다.

그렇게 거의 나흘 밤을 새운 후에야 아군의 별동대는 겨우 톨핀 계곡을 넘을 수 있었다.

계곡을 건너는 동안 거의 백여 명에 가까운 병사들과 이십여 필의 말이 계곡풍과 부주의, 그리고 밧줄이 끊어지는 사건들로 계곡 아래로 떨어졌지만, 이 정도 피해는 별동대가 티브로슨 삼각 지역으로 우회하는 행군으로 갔을 때 생겼을 낙오자에 비해서는 적은 수이기에 이모랄의 공이 크다고 할 수 있었다.

또 나흘 낮밤을 쉬지 않고 계속 다리를 건넜지만 병사 개인으로 봤을 때는 그저 십 분도 안 되는 시간을 공포에 떨며 밧줄을 탔을 뿐이지, 그 이외의 시간은 계곡 양쪽에 머물며 충분한 시간 동안 휴식을 취할 수 있었기 때문인지 위험스러운 밧줄 다리를 살아서 건넜다는 생각 때문인지 의외로 사기가 꽤 높아 있었다.

거의 죽다 살아난 상황에서 무엇이 무섭겠느냐 하는 말들이 일순간 아군들 사이에서 크게 번져 나가며 생긴 의외의 효과였으니 별동대를 이끄는 나로서는 헛웃음밖에 나오지 않았다.

물론 나야 밧줄을 타는 것이 조금 불안하여 이모랄에게 부탁해 텔레포트를 이용하여 계곡을 건넜다고는 하지만, 지휘관이 병사들보다 목숨이 소중한 것은 당연한 일이 아니겠는가? 후후후.

별동대 모두가 계곡을 건너는 것을 확인한 난 제장들을 소집해 황도에 도착했을 때의 계획을 세워 나갔다.

"톨핀 계곡을 무사히 넘었으니 앞으로 나흘 안에 황도에 도착할 수 있을 것이오. 하나 문제는 황도에 도착했을 때부터라 할 수 있소."

막사에 모인 제장들을 돌아보며 차분한 목소리로 말한 난 앞에 놓여진 전략 지도를 가리키며 말했다.

"로만테우스가 톨핀 대석교를 끊었기 때문에 아마도 대로 쪽에는 병력 배치를 하지 않았을 것이오. 그렇다면 4, 5만 정도의 병력을 티브로 슨 삼각 지역으로 이어진 황도 서쪽 길에 배치했을 것이니, 별동대는 두 가지 선택을 할 수 있을 것이오."

"두 가지 선택이라 하심은?"

"첫 번째는 서쪽 길에 배치되어 있을 병력을 무시하고 황도 쪽으로 가 적의 병참을 불태우는 것이오. 적의 숫자에 비해 별동대의 숫자는 적은 상황이니 기습전을 펼쳐 적을 괴롭히고, 우리 역시 녀석이 했던 것같이 아군의 본진이 도착할 때까지 시간을 끌게 하는 것이네."

나의 말에 제장들이 고개를 끄덕이자 이어 두 번째 생각을 말해 주었다.

"두 번째는 서쪽 길에 배치되어 있는 적 병력을 아군의 별동대로 기습하여 괴멸시키는 것이오. 이렇게 하면 앞으로 올 아군의 본진은 무리없이 황도로 도착할 수 있을 뿐 아니라, 이곳 병력이 괴멸했다는 것을 알게 되면 이미 귀족 토벌군이 황도에 도착했다고 생각한 로만테우스에게 혼란을 주며 황도를 방어하고 있는 아군의 사기를 높일 수 있소. 그 연후에 우린 계속 기습과 함정을 파며 적을 흔들어 본진이 도착할 때까지 시간을 버는 것이오."

첫 번째 선택의 경우에는 별동대를 이용하여 적의 병참을 파괴할 수 있기 때문에 보급 면에서 문제를 야기시킬 수 있었고, 두 번째는 본진을 안전하게 황도로 들어올 수 있게 길을 만들어주며 동시에 적진에 혼란을 줄 수 있다는 장점이 있었다.

물론 이 두 가지 방법에도 몇 가지 문제점은 존재했다. 첫 번째는 적의 병참을 기습하여 불태우는 문제에서도 십수만에 이르는 로만테우스가 병참을 한곳에 집중시키지 않았을 수도 있고, 현재의 병력으로 적

병참 기지를 효과적으로 공략하지 못할 수도 있었다. 두 번째는 서쪽 길에 있을 병력의 숫자를 알 수 없을 뿐 아니라 로만테우스는 병력을 돌리지 않고 황도 함락에만 모든 여력을 쏟을 가능성도 있기 때문에 그 존재조차 알 수 없다는 것이다.

모든 것은 일단 황도에 도착해야 확실히 알 수 있는 것이다.

"엡실론 경, 자네의 생각은 어떤가?"

"음… 제 생각에는 병참 기지를 공격하는 것보다는 일단 서쪽 길에 있을 적 병력을 괴멸시키는 것이 좋을 듯합니다. 아군과 반군의 병력 차가 큰 상황이니, 일단 그곳의 반적들을 괴멸시킨다면 황도에서 빠져나간 병력이 없는 것을 아는 로만테우스는 원군의 존재에 대해서 혼란에 빠질 것이 분명할 것입니다."

엡실론의 말에 다른 제장들 역시 고개를 끄덕이자, 나 역시 그들의 의견을 따르기로 결심하고는 말했다.

"그렇다면 엡실론 경의 의견에 따라 티브로슨 삼각 지역으로 이어지는 서쪽 길의 반군 병력을 기습하여 섬멸시키는 것으로 결정하도록 하겠소. 하나 이것이 확실하게 결정된 것은 아님을 제장들은 숙지하기 바라오. 상황에 따라 유동적으로 움직일 수 있게 주의를 놓지 말도록 하시오."

"알겠습니다."

나의 말에 제장들은 힘찬 목소리로 대답했고, 드디어 본격적으로 3만의 별동대는 황도로 진군하기 시작했다.

별동대의 총대장은 내가 맡고, 부대장과 기병대장은 엡실론, 참모는 이모랄과 필리아, 그리고 애로우 나이츠의 세 슈페리어 급 기사가 각자 1만씩 보병장을 맡아 움직였다.

로만테우스가 톨핀 대석교를 끊었다고는 하지만, 그렇다고 대로 쪽
길에 아무런 병력을 배치하지 않을 리 없다고 생각한 난, 점차 황도가
가까워짐에 따라 척후병을 보내 미리 대로의 앞을 살피게 했다.

그리고 계곡을 넘은 지 삼 일이 지났을 때 우린 척후병의 보고로 역
시나 내 생각 대로 반군 병력이 대로에 진영을 이루고 있음을 확인할
수 있었다.

"그래, 반군의 숫자는?"

"대략 5천여 기 정도였습니다."

"5천여 기라… 음……."

3만의 별동대를 생각한다면 5천여 기야 그리 큰 문제는 되지 않았
다. 하지만 황도 서쪽에 있을지 모르는 병력을 기습하기 위해선 우리
의 종적을 적에게 들키지 않아야 했고, 그 때문에 이들 5천여 기의 반
군을 확실하게 전멸시켜 후방에 연락을 취하지 못하게 해야 했다.

"엡실론, 전략 지도를."

"예."

엡실론에게 전략 지도를 펼치게 한 후 척후병의 보고에 따라 반군이
배치되어 있는 위치를 지적한 후 작전을 지시했다.

"아군의 숫자가 압도적으로 많은 상황이나 이번 작전에서 가장 중요
한 요점은 5천여 기 반군 중 어느 한 사람도 본진에 연락을 취하지 못
하게 해야 한다는 것이오. 기스!"

"예, 공작 각하."

"그대는 3천 5백의 병력과 함께 커스턴 숲으로 은밀히 들어가 3천의
병력은 적의 후방에서 복병계를 준비하여 후퇴하는 적을 치고, 5백의
병력은 그 와중에서도 빠져나가는 적병을 잡아 단 한 사람도 황도에

있는 본진으로 가지 못하게 하여야 하오."

"알겠습니다."

"크리븐!"

"예."

"그대 역시 5천의 병력으로 커스턴 숲으로 이동하여 신호가 들리면 적진 오른쪽을 공격하도록 하시오. 엘트로우스 역시 5천의 병력으로 은밀히 움직여 적진의 왼쪽을 공격하도록 하시오."

"알겠습니다."

"그리고 나머지 병력은 본작과 함께 적의 정면을 쳐 삼면에서 동시에 협공하여 적을 일시에 괴멸시킬 것이오."

세 방향에서 적을 공격하여 큰 피해를 준 후 후방으로 도주하는 적을 기스가 복병계로 처리하는 것이 이번 작전의 요지였다.

일단 적이 아군의 존재를 알지 못하고 있는 상황이니 만큼 이 작전이 성공할 확률은 높았기에 그리 문제 될 것은 없었다. 작전 계획이 수립되자 아군이 병력을 작전대로 각자 맡은 곳으로 빠르게 움직이기 시작했다.

"일단 5천 정도의 병력으로 반군에 접근하겠다. 일단 작전이 시행되기 전에 녀석들이 압도적인 병력에 눌려 도주해서는 안 되니 말이야."

"알겠습니다."

기사 한 사람에게 5천을 제외한 나머지 병력을 맡긴 반군이 있는 곳으로 병사들과 함께 진군해 갔고, 얼마 지나지 않아 드디어 적 병력을 확인할 수 있었다.

"음······."

대략 3천 정도의 기병과 2천 정도의 보병, 같은 수의 병력으로 붙는다면 기병이 압도적으로 많은 적군에 아군이 밀릴 것은 자명한 일이었다.

기병의 수가 많이 포함되어 있는 것은 일단 톨핀 대석교를 적군이 건넜을 때 접전하기보다는 효과적으로 적을 묶으며 로만테우스의 본진에 연락하여 우리들을 대로 쪽에서 막기 위함일 것이다.

둥!! 둥!! 둥!!

아군의 모습이 보이자 적진에서는 적을 알리는 북소리가 들리기 시작했고, 멀리서 병사들이 황급히 움직이는 것을 볼 수 있었다.

아마도 자신들이 무너뜨린 톨핀 대석교 쪽에서 병사들이 오리라고는 생각하지 못한 듯했다.

"녀석들! 이곳에 진을 치고 있었으면서 정찰병도 보내지 않고 있었던 건가? 참나!"

분주한 놈들의 모습을 보며 난 한심하다는 생각이 들었다. 아무리 지들이 다리를 끊었더라도 전장에서 언제 상황이 바뀔지 모르는데, 저렇게 넋 놓고 있다니 놈들의 대장이 누구인지 정말 궁금하지 않을 수 없었다.

"크하하하하!! 머저리 위르테우스의 허수아비 놈들이 무슨 수로 톨핀 계곡을 넘었는지 모르겠구나! 크하하하!!"

그때 적진에서 거대한 몸집의 한 기사가 보기에도 위태로운 모습으로 말을 타고 양손에 배틀 엑스를 들고는 대소를 터뜨리며 나왔다.

녀석은 우리들이 톨핀 대석교를 넘어왔다는 것이 의외라는 모습이 역력했는데, 난 그런 그의 말보다는 녀석의 얼굴을 보고 조금 놀랄 수밖에 없었다.

"어라……? 레크라스?"

어이없게도 나의 앞을 막아서고 있는 반군 병력의 수장은 과거 삼황자를 구해주었을 때 만났던 다크 데블 나이츠의 슈페리어 넘버 7이었던 레크라스였다.

그때 나에게 호되게 당한 후 넘버 1에게 혼나고 물러난 녀석을 오늘 다시 만나게 되니 가히 악연이라고밖에는 생각되지 않았다.

현재 내가 타고 있는 말은 바로 녀석이 타고 있던 말. 그때 난 알디하렌산의 말이라 생각하며 흐지부지 넘겼지만, 후에 조사해 보니 알디하렌에서도 이 정도의 말은 흔하지 않다고 했다.

북방 최고의 명마들의 종자를 그대로 타고난 놈으로 만 마리 중 한 마리만 나와도 기적이라고 할 수 있을 정도의 말이 현재 내가 타고 있는 말이었던 것이다.

그런 이유 때문인지 녀석은 아직까지도 제대로 된 말을 구하지 못했는지 그저 다른 기사가 타고 있는 말과 비슷한 덩치의 말을 타고 있었다.

하지만 솔직히 그것을 보자니 말이 불쌍하다는 생각이 드는 것은 어쩔 수 없었다. 물론 녀석이 타고 있던 말도 덩치가 크긴 하지만 그거야 보통의 말과 비교했을 때 좀 더 컸을 뿐 내가 타고 있는 거마와는 비교할 수 없는 놈이었다.

레크라스의 거구는 척 보아도 백 킬로그램은 훌쩍 뛰어넘을 듯이 보였고, 풀 플레이트 메일은 족히 사오십 킬로그램은 나갈 듯한 데다가 두 손에 들고 있는 배틀 엑스만 해도 합쳐 삼사십 킬로그램은 될 듯했다.

거기에다 말은 마갑까지 입고 있었으니 족히 이백여 킬로그램이 넘는 짐을 등에 짊어지고 있는 것이다.

그 때문인지 말은 잠시간 움직였을 뿐임에도 불구하고 거친 숨을 내뱉는 것이 보였으니 웃음이 나올 수밖에 없었다.

"크하하하하!!"

더 이상 참지 못한 내가 웃음을 터뜨리자 주위에 있던 기사들은 갑
작스러운 나의 모습에 이상하다는 생각을 했는지 멍하니 쳐다보았고,
난 아무것도 아니라는 듯이 손을 내젓고는 말을 몰아 홀로 적진을 향
해 다가갔다.

갑자기 내가 앞으로 나오자 레크라스는 영문을 알지 못하는 듯했는
데, 점점 다가오는 나의 모습에 그의 표정이 일그러지기 시작했다.

후후후! 나를 알아보지 못했을 수는 있어도 자신이 타고 다니던 거
마까지 알아보지 못하진 않았을 것이니. 또다시 웃음을 터뜨린 난 녀
석을 보며 큰 소리로 말했다.

"하하하! 오랜만이오, 레크라스 남작!"

"으드득… 역시 네놈은……!!"

손을 흔들며 반갑게 말하고 있는 나를 보며 녀석은 이를 갈며 소리
쳤다.

"크크크. 오랜만에 만나니 자네도 반가운 듯하군. 아! 이건 자네의
말이었지? 아무튼 고맙네! 자네가 준 말이 전장에서 상당히 도움이 되
더군. 크크크……."

"이 개자식아!!"

큭큭거리며 약을 슬슬 올려주자 녀석은 더 이상 참지 못하고 박차를
가하며 나를 향해 말을 몰고는 뛰어 나오려고 했으나 잠시 후 난 더 큰
웃음을 터뜨리고 말았다.

히히힝!!

얼마나 흥분했는지 박차를 가하는 녀석의 발 힘은 엄청났는데, 가뜩
이나 무거운 짐으로 헉헉거리고 있는 말의 복부를 두꺼운 발로 힘차게
박찼으니 어찌 멀쩡할 수 있겠는가?

박차를 가하자 고통스러운 울음소리를 터뜨린 말은 그대로 땅에 주저앉고 말았고 그 위에 타고 있던 레크라스는 말이 주저앉으며 쓰러지자 그대로 앞으로 뒹굴고 말았다.

"크하하하!! 레크라스 남작! 오랜만에 만났다고 이토록 나를 즐겁게 해주니 고맙기 그지없군. 크하하하!!"

앞으로 자빠지듯이 넘어진 녀석을 보며 내가 대소를 터뜨리며 더욱 조롱하자 쓰러져 있던 녀석의 몸이 부들부들 떨리고 있는 모습이 역력히 보이고 있었다.

가진 것은 힘밖에 없고, 할 줄 아는 것은 돌격밖에 없는 놈이었으니 정찰대를 배치하지 않은 것도 이해할 수 있는 일이었는데, 잠시간 얼굴을 땅에 박고는 부들부들 떨던 놈이 벌떡 일어났다.

"끄오오오오!!"

그리고는 오우거와 같은 괴성을 터뜨리고는 미친 황소처럼 나를 향해 달려오기 시작했는데, 그의 서슬 퍼런 모습에 난 섬뜩할 수밖에 없었다.

"이거… 너무 놀렸나?"

살짝 약 올린다는 것이 아무래도 단단히 흔들어놓은 것 같았다. 난 거마의 기수를 돌려서는 그대로 말을 몰았고, 녀석은 연신 괴성을 지르며 뒤를 쫓아오기 시작했다.

아무래도 흥분 때문인지 나 외에는 아무것도 보이지 않는 듯 보였고, 그런 녀석을 보며 거마의 속력을 천천히 늦추면서 녀석이 어느 정도까지 다가오기를 기다렸다.

그리고 녀석이 거의 십여 미터 정도에 이르렀을 때 난 안장에 있는 하렝데스카를 잡아 녀석을 향해 집어 던졌다.

“선물이다!!”

내 손을 벗어난 하렝데스카는 빠르게 회전하며 녀석의 가슴을 향해 뻗어 나갔고, 다음 순간 날카로운 소리와 함께 푸른 불꽃이 튕겨져 나왔다.

“호오!!”

흥분에 정신이 없던 녀석이었지만, 날아오는 하렝데스카를 발견하고는 오른손에 쥔 도끼의 면으로 그것을 튕겨낸 것이다.

정신없고 흥분만 잘하는 놈이지만, 역시 다크 데블 나이츠의 슈페리어 넘버 기사라는 생각이 들었다.

“꾸오오오!!”

그런데 하렝데스카를 튕겨낸 놈은 다시 괴성을 지르곤 그대로 땅을 박차고는 공중으로 뛰어올랐고, 그 모습에 난 가슴이 철렁할 수밖에 없었다.

“젠장!!”

도저히 인간의 도약력이라고는 믿어지지 않을 정도로 높이 뛰어오른 놈은 마치 하늘을 날아오르는 것과 같았고, 어느 사이엔가 녀석의 신형은 나의 머리 위까지 다가왔다.

“끄아아!!”

도저히 피하지 못할 순간이었기에 비명을 내지르고 말았는데, 그때 나의 몸이 앞으로 크게 기울어지는 것을 느꼈다.

“뭐야?”

히히힝!!

카강!! 쾅!!

“끄윽!!”

그리고 다음 순간 난 그대로 앞으로 떨구어지며 고통스러운 신음을
지를 수밖에 없었는데, 그때 뒤에서도 같은 신음이 들려오자 고개를 돌
려보니 삼사 미터 떨어진 곳에서 레크라스가 가슴을 부여잡고 고통스
러워하는 모습을 볼 수 있었다.

"응?"

그리고 그의 가슴 쪽에는 두 개의 말발굽 자국이 뚜렷하게 찍혀 있
었다. 그제야 난 내가 떨어지고 녀석이 고통스러워하는 이유를 알 수
있었다.

괴성을 지르며 내 쪽으로 몸을 날렸던 레크라스는 그대로 도끼를 휘
둘러 나를 두 동강 내려 했으나 그때 내가 타고 있던 거마가 녀석을 확
인하고는 발길질을 해버린 것이다.

"크크크, 아무래도 내 말 역시 너를 지지리도 싫어했었던 모양이구
나. 하하하하!!"

"끄윽… 네 이놈……!"

웃음을 터뜨리는 나의 말에 녀석은 이를 갈며 서서히 몸을 일으키기
시작했고, 나 역시 고통스럽지만 급히 몸을 일으켰다.

"끄악!"

하지만 말에서 떨어질 때 어깨를 크게 다쳤는지 강한 고통이 밀려오
며 그대로 무릎을 꿇고 말았다.

아무래도 전에 맞았던 회살 때문에 입었던 상처기 터진 데다가 떨이
진 충격으로 뼈까지 다친 모양이었다.

"젠장!!"

이대로 있다가는 녀석의 도끼에 당할 판이었는지라 고통을 참으며
일어서려 했지만, 몸은 말을 듣지 않았고, 잠시 후 내 주변으로 그늘이

생기며 레크라스의 발이 보이기 시작했다.

"크크크… 죽어라!!"

"젠장!!"

괴소를 터뜨리며 다가온 레크라스는 그대로 오른손의 도끼를 휘둘렀고, 난 이대로 죽는다는 생각에 눈을 감고 말았다.

채재쟁!!

하지만 고통의 순간이 아닌 날카로운 병장기의 마찰음이 터져 나오자 난 눈을 떴고, 나를 치려던 레크라스의 도끼가 하나의 검에 막혀 있는 것을 확인할 수 있었다.

"공작 각하! 뒤로 물러서십시오! 이놈은 제가 맡겠습니다!"

"엡실론!!"

역시나 엡실론은 위기의 순간 나를 구하기 위해 달려왔던 것이다. 거구의 레크라스에 비해 작은 엡실론의 덩치는 마치 어른과 어린아이의 싸움과도 같았지만, 그는 소드 마스터 상급의 실력자이니 레크라스 같은 자에게 당할 리가 없었다.

거대한 거구에서 뿜어져 나오는 괴력으로 두 개의 배틀 엑스를 휘두르며 강격을 휘두르는 레크라스와는 달리 엡실론은 빠른 발놀림과 함께 날카로운 검격으로 상대를 압박하고 있었다.

하지만 엡실론은 그러한 것은 둘째 치고라도 소드 마스터 상급의 실력자, 검에서 뿜어져 나오는 검기는 소드 익스퍼트 최상급의 레크라스가 막을 수 있는 것이 아니었다.

물론 그 역시 마나를 병기에 씌울 수 있기야 하지만 어찌 그것이 소드 마스터와 같을 수 있겠는가? 계속되는 검격으로 인하여 녀석의 도끼는 서서히 이가 빠지고 있었고, 몇 번의 검격이 더해지자 균열마저 생기고 있었다.

"빌어먹을!! 우아아아!!"

손에 들고 있던 도끼에 금이 가며 부서지려 하자 레크라스는 더욱더 괴성을 지르며 강공을 펼쳤고, 잠시 후 날카로운 소리와 함께 사방으로 파편이 날리며 그가 들고 있던 도끼 중 하나가 산산이 부서져 나갔다.

카가강!!

"헉!!"

도끼가 부서져 날아온 파편이 멀찍이 떨어져 있던 내 앞까지 날아온 덕에 크게 놀랄 수밖에 없었으니 가까이 있던 사람이 어떻겠는가?

다행히 엡실론은 스치는 상처 외에는 없었기 때문에 안도의 한숨을 내쉴 수 있었는데, 그에 반해 거구의 기사 레크라스는 면적이 넓었던 탓인지 파편으로 인한 상처가 여러 군데 보이고 있었다.

하지만 그럼에도 불구하고 녀석은 결코 물러설 생각을 하지 않았다. 오른손에 부서진 도끼를 그대로 엡실론에게 던지더니 이내 건틀렛을 낀 손을 들어서는 엡실론의 안면을 향해 강하게 휘둘렀다.

거구의 레크라스 주먹이라면 보통 사람은 한 방에 피떡으로 만들어 버릴 정도의 위력을 가지고 있을 것임은 분명한 일이었다.

하나 녀석의 공격에 엡실론은 검을 들고 있지 않은 왼손을 들어서는 그의 강맹한 주먹을 막았고, 건틀렛과 건틀렛이 충돌하며 날카로운 소리가 울려 퍼졌다.

"으드득……."

"겨우 이 정도였는가? 이 정도의 실력으로 감히 공작 각하를 해하려 하다니!!"

자신의 주먹이 작게만 보이는 엡실론의 주먹에 의해 막히자 녀석은 이를 갈았고, 엡실론은 감히 나를 공격했다는 정당한 이유를 앞세우며 몸을 회전하는가 싶더니 이내 숄더 어택으로 녀석의 가슴을 강하게 내려쳤다.

"끄으윽!!"

쾅!!

엡실론의 숄더 어택에 당한 레크라스는 신음을 지르며 뒤로 나가떨어졌다. 과연 소드 마스터라는 생각이 들었다.

검사는 단계가 오를 때마다 근력은 물론 검속, 검의 예리함까지 상승하게 된다. 이것이 바로 마나의 힘으로 검사가 지니고 있는 마나는 근육에 작용하며 보통 사람은 가능하지 않은 괴력을 내게 하는 것이다.

그 때문에 덩치로만 비교한다면 어른과 어린아이로 비견됨에도 불구하고 힘 자체만으로 평가한다면 소드 마스터 상급의 엡실론에게 레크라스가 상대되지 않음은 당연한 일이었다.

물론 같은 등급의 검사라고 한다면 덩치가 큰 인물이 한 수 위이겠지만, 지금 그런 것을 따질 때인가?

"전군 공격!!"

"와아아아~!!"

엡실론의 숄더 어택에 당해 레크라스가 쓰러지는 것을 보며 난 마나를 사용하여 큰 소리로 소리쳤고, 그와 함께 5천 명의 아군이 일제히 함성을 지르며 적진을 향해 공격해 들어갔다.

큰 함성과 함께 아군이 밀려들어 오자 적군은 혼란스러웠고 상장인 레크라스가 엡실론에게 당해 쓰러졌기 때문에 사기가 크게 떨어졌음은 당연한 일이었다.

잠시 후 5천의 아군은 적군과 충돌했고, 나 역시 거마에 올라 엡실론을 보며 말했다.

"병사들을 시켜 레크라스를 포박하라 하게."

"예, 공작 각하!"

"그럼 나도 가볼까!!"

레크라스를 포박하여 포로로 잡아놓으란 명령을 내린 난 말을 타고 적진을 향해 달려가려 했지만, 애석하게도 또다시 어깨에 강한 통증이 밀려왔기에 나로선 말을 멈출 수밖에 없었다.

"끄으윽… 레크라스에 정신 팔려서 부상 입었던 것을 잊어버렸군. 젠장!!"

아군이 압도적으로 유리한 전투에 참여할 수 없다는 것은 좀 애석한 일이기는 했지만 내 몸은 적군 수백, 아니, 수천과도 바꿀 수 없는 비싼 몸이 아니던가? 할 수 없이 싸움을 포기하고 호위 기사단과 함께 뒤에 남아 있는 아군의 진영으로 물러날 수밖에 없었다.

정면에서 맞붙은 아군은 처음에는 강하게 밀어붙이고 있었으나 같은 숫자에서 기병을 많이 포함하고 있는 적군은 어느 사이에 전열을 가다듬고 아군을 밀어붙이기 시작했다.

일반 보병에 비해 기병은 개인 능력이 뛰어난 병사들로 선출되기 때문에 같은 수라면 보병으로 이루어진 아군이 밀리는 것은 당연한 일이었다.

히니 아군은 이것이 전부가 아니었기에 난 옆에 있던 기사를 보며 말했다.

"적군의 좌우로 매복해 있던 병사들에게 공격을 명하라!!"

"예!"

나의 명령에 대답한 기사는 그대로 깃발병에게 명령을 내렸고, 다음 순간 북소리와 함께 수십 개의 깃발이 좌우로 흔들리기 시작했다.

"와아아!!"

그러자 좌우에서 숨어 있던 병사들이 일제히 함성을 지르며 뛰어나오기 시작했고, 적군은 갑작스럽게 나타난 적군에 크게 당황하기 시작했다.

"이 싸움에 패배는 있을 수 없다! 목적은 오직 적의 전멸이다!!"

압도적으로 유리한 고지를 잡고 있는 아군에게 패배란 있을 수 없는 일이었다. 난 병사들에게 적을 전멸시키라 명하곤 그대로 뒤에 있던 본진 병력에 공격을 명했고, 또다시 북소리가 들리며 남아 있던 8천의 병력까지 적을 향해 돌격해 들어갔다.

이미 상장의 패배로 사기가 떨어진 적군은 전방은 물론 좌우도 압도적인 병력으로 합공을 당하자 우왕좌왕하기 시작했고, 필사적으로 저항을 하고 있었으나 얼마 시간이 지나지 않아 그 반수 이상이 죽임을 당하고 말았다.

"후퇴하라!! 후퇴하라!!"

겨우 정신을 차린 기사 한 명이 연신 후퇴를 소리치기 시작했고, 적 병사들은 필사적으로 비어 있는 후방 쪽으로 도주를 하기 시작했다.

"호오… 드디어 여우 사냥의 시작이로군."

그런 놈들을 보며 난 미소를 지으며 중얼거렸다. 과연 후방에서 매복하고 있는 3천의 아군이 도주하는 녀석들을 한 놈도 놓치지 않고 잡아줄 수 있을까 하는 생각이 들었지만, 그래도 최상의 병사들을 모아 별동대로 이끌고 왔기 때문에 설마 그런 실수는 하지 않으리라 생각했다.

그때 뒤쪽으로 누군가가 다가온 기분이 들어 돌아보니, 저주사 이모랄이 검게 변해 죽어 있는 비둘기 한 마리를 잡고 있는 것을 볼 수 있었다.

"이모랄 경, 무슨 일인가?"

"적의 전서구를 잡았습니다."

"전서구!! 그렇다면!!"

"다행히 저의 마법으로 로만테우스에게 가는 것을 잡았으니 아군의 종적이 밝혀지지는 않을 것입니다."

"휴, 그렇다면 안심이오, 이모랄 경. 자네 덕에 한시름 놓는군."

"별말씀을 다 하십니다."

이모랄의 겸양의 말에 만족한 미소를 지은 난 그에게서 검게 변해 버린 비둘기를 잡아서는 발목에 묶여 있는 편지를 꺼내 들었다.

휴, 도대체 무슨 마법을 써야 이렇게 검게 변해 죽는지 마치 까마귀같이 변해 버린 비둘기를 보며 절로 고개가 저어질 뿐이었다.

"음······."

다리 쪽에 묶여 있는 통에서 꺼낸 편지에는 현재 아군이 톨핀 대석교를 넘어 대로 쪽으로 진군해 오고 있다는 것이 적혀 있기에 다시 한번 이모랄에게 감사할 뿐이었다.

만약 이 편지가 로만테우스에게 넘어갔다면 전황은 내가 의도하는 대로 흘려가지 않았을 것이 분명했기 때문이다.

두 시간 반에 이르는 여우 사냥은 다행히 완벽하게 끝을 맺을 수 있었다.

전방과 좌우에서 합공을 당한 적군은 필사의 도주를 감행했고, 이미 이전의 싸움에서 반수 이상이 죽임을 당했다. 그리고 뒤를 쫓고 있는 아군에 많은 피해를 당한 이들은 겨우 오백 정도만이 후방으로 탈출할 수 있었으나 이들 역시도 후방에서 잠복하며 기다리고 있던 아군에 의해 가로막히고 만 것이다.

레크라스가 이끌고 있던 병력 5천 중 4천에 이르는 병사가 전사했고, 나머지 1천의 병사들은 부상을 당하거나 포로로 잡혀 싸움은 마무리될 수 있었다.

"포로로 잡은 적의 병사들은 어떻게 하면 되겠습니까?"

기스가 돌아오며 포로로 잡은 병사들의 처우를 묻자 난 잠시 생각에 잠겼다가 그를 보며 말했다.

"모두 목을 베도록 하게."

"예? 그건……."

"현재 이곳에 있는 아군은 개인 식량과 무기만을 배급받은 상태다. 물론 적의 물자를 어느 정도 손에 넣었다고는 하지만 그것 역시 개인 지급 분량 이상은 쓸모없는 상황인데 포로는 어떻겠는가?"

"그렇군요."

"본작 역시 포로를 죽이는 것이 마음에 들지는 않지만, 아군의 원활한 작전 수행을 위해선 포로의 처리는 불가피한 일이다. 적의 상장인 레크라스 남작을 제외한 모든 포로들을 없애도록 하게."

"알겠습니다."

"아! 그리고 적병의 옷 중 1천 정도를 준비해 두게. 그리고 천인장 정도의 기사 한 사람의 시체는 남겨놓도록 하게."

나의 말에 기스는 고개를 끄덕이고는 물러갔는데, 그것을 보고 있던 엡실론은 궁금한 게 있는 듯 나에게 다가와서는 물었다.

"천인장 정도의 기사는 왜?"

"다음 작전을 위해서이네."

"그렇군요. 그건 그렇고 왜 레크라스 남작은 살려두시는 것입니까?"

“그것도 별것 아니네. 레크라스 정도의 인물이라면 일반 병사와는 달리 어딘가에 쓸모가 있지 않을까 하는 생각이네.”

“아!”

레크라스와 같은 상장의 가치는 일반 병사와는 비교되지 않았기에 일단 포로로 잡아놓고 있는다면 다음에 쓸 때가 있으리라는 생각이 들었다.

물론 정신을 차린 레크라스가 발광을 할 것은 알고 있는 일이지만, 그것 역시 이모랄이 밧줄에 저주를 걸어 그의 힘을 십 분의 일 이하로 줄여놓은 상태이기에 큰 문제는 생기지 않을 것이다.

나의 명령에 의해 남아 있던 1천의 적 병사는 죽임을 당했다. 사방에서 이들의 살려달라는 소리와 비명 소리가 터져 나오고 있었지만 작전을 위해선 어쩔 수 없는 선택이었다. 쓸 수 있다면 회유하고 싶기도 했지만 애석하게도 우리에겐 그럴 시간이 없었다.

“공작 각하! 아서 경에게서 전서구가 도착했습니다.”

“가져오게.”

현 전투에서 가장 중요한 것은 역시나 각 군단끼리의 연락 체계라고 할 수 있을 것이다. 특히 알디하렌처럼 광대한 국가에선 이러한 연락 체계는 곧 군의 승리와도 연결되기 때문에 난 군단끼리의 연락 체계에 상당한 신경을 쓰고 있었다.

과거의 전서구는 그저 훈련받은 비둘기기 한 지역을 왔다 갔다 하는 것에 지나지 않았다. 그 때문에 군단이 움직인다면 전서구의 가치는 떨어지고 말지만, 근세에 들어와서는 마법의 힘으로 움직이는 상황에서도 전서구를 받을 수 있게 되었다.

뭐라나? 마인드 컨트롤이라는 정신을 조종하는 마법을 통해 이제 전서구는 상대가 움직이는 상황에서도 목적지를 찾을 수 있게 된 것이다.

물론 이 때문에 전서구는 양쪽을 일직선으로 날아가 최단시간에 서신을 전달해 줄 수 있게 됐지만, 전서구의 방향과 전술상의 위치를 감안한다면 이것을 통해 적의 위치까지 알아낼 수 있는 단점이 있었다.

즉 전서구가 날아가는 방향을 통해 전략 지도에서 적이 있는 위치를 대략 추측할 수 있게 되었다는 것이다.

엡실론이 가져온 전서구를 받아 든 난 발에 묶여 있는 통에서 서신을 꺼내어 읽어보았는데, 내용을 모두 읽어본 난 조금 의아한 생각이 들었다.

"무슨 내용입니까?"

내 표정을 본 엡실론은 편지의 내용이 무엇인지 물었고, 난 머리를 긁적이며 그에게 말했다.

"레트론에 있던 삼황자의 기사단과 아서 경의 연합군이 일루테우스의 자치령을 공격했다고 하는군. 그런데 이상한 것이 있어……."

"이상한 것이라면?"

"전략 지도를 펼쳐 보게."

나의 말에 엡실론은 전략 지도를 펼쳤고, 일루 령의 서쪽 부분을 가리키며 엡실론에게 말했다.

"현재 아서 경은 일루 령의 토리핀 성을 함락한 상태라고 하는군."

"토리핀 성이라면! 굉장하군요. 언제 이렇게까지……."

토리핀 성은 일루 령에서 동쪽으로 상당한 지점에 위치한 곳이다. 짧은 시간에 일루 령의 서쪽 지역 다수를 거의 점령했다고 하는 것은 상당한 전과임에는 틀림이 없었다.

하지만 문제는 그 진격 속도가 너무 빠르다는 것이다. 아무리 아서가 소드 오버러의 능력자라 하더라도 그것은 그 개인의 능력이지 군대 전체가 그 정도의 수준은 아니라는 것이다.

일루테우스 역시 로만테우스와 마찬가지로 오랜 시간 전쟁 준비를 해 온 인물, 그렇다고 한다면 이런 쾌속 질주는 이해할 수 없는 일이었다.

"거기에다 일루테우스는 스만 령에 집중할 뿐 자신의 영지에 적이 들어왔음에도 병력을 돌릴 생각은 하지 않는다고 하는군."

"그런 일이… 근거지가 점령당하는데… 어찌……?"

엡실론 역시 일루테우스의 행로가 이상한 듯 고개를 갸우뚱거리기 시작했고, 난 스만테우스 령을 가리키며 계속 말을 이었다.

"일루테우스는 현재 스만 령의 서쪽 부분을 잠식해 들어가고 있네. 이상한 것은 스만테우스가 있는 곳은 스만 령의 동북쪽, 진실로 일루테우스가 스만 령을 도모하고 있다면 이런 진격로는 이해할 수 없음이야."

"그렇군요. 가장 짧은 시간에 스만 령을 도모하기 위해서는 반드시 스만테우스의 목이 필요할 테니까 말입니다."

"그래. 음… 일루테우스 그가 무슨 생각을 하고 있는지 모르겠군."

일루테우스의 행로는 나로선 좀처럼 이해할 수 없는 부분이 많았다. 왜 진격로는 서쪽으로 하고 있는 것인지, 그리고 아서가 자신의 땅을 공격하고 있음에도 불구하고 어째서 병력을 돌려 자신의 땅을 지키지 않는지 생각하면 할수록 궁금증은 더해만 가고 있었다.

"에이! 녀석이 개지랄을 하든 말든 내 알 바는 아니지만, 잘못하면 뒷덜미를 잡힐 수도 있겠군. 안 되겠어. 아무래도 아서 경을 북상시켜야 할 것 같아."

"예? 아서 경을 북상시킨다면……?"

"이번 내전에서 승리한다면 현재의 아서 경의 행로는 그저 내전을 틈타 반군 수장으로서 반란을 획책한 것밖에 되지 않을 것이네. 물론 내가 황제를 만나 잘 말한다면야 어찌 되긴 하겠지만, 고생한 만큼의 상을 받지는 못할 것이네.”

“음… 확실히 청록의 숲은 제국에 반기를 들고 있는 이들이니 그럴 수 있겠군요.”

“아서 경의 최종 목적인 제국 내의 자치령 건설을 위해선 삼황자에겐 미안하지만 아서 경의 군대를 북상시켜 로만테우스와 전투를 치르도록 해야 하네. 그리고 난 반군을 설득하여 제국을 안정시킨 공로자가 되어야 하고 말이야.”

나의 말에 엡실론은 조금 이해가 가는 듯 고개를 끄덕였다.

“하나… 후에 삼황자에게는…….”

“일루테우스가 고개를 돌리지 않는다면 현재 그의 령에 있는 샐러맨더 나이츠 4만 5천의 병력으로도 충분히 일루 령을 효과적으로 점령할 수 있을 것일세. 이미 전 주력이 스만 령으로 빠져나가 있는 상태이니 말이야.”

“그렇군요.”

“문제는 그 정도의 병력으로는 스만 령을 공격하는 일루테우스의 발을 멈추기는 어려울 테지만, 아무래도 그가 스만 령을 도모하려 하는 것만이 목적은 아닌 것 같아. 그래서 아서에게 황도 쪽으로 움직이라 한 것일세.”

물론 확실하지는 않다. 그리고 나의 이 판단 때문에 어쩌면 삼황자를 적으로 돌려야 할지도 모르는 일이었다.

그러나 이것은 삼황자가 내전에서 어느 쪽의 편도 들지 않은 중립에 섰을 때부터 각오해야 하는 일이었다. 제국 황군이 이기든, 로만테우스가 이기든 삼황자는 그저 내전에서 중립을 지킨 방관자에 지나지 않기 때문이다.

대로를 막고 있던 레크라스의 5천 병력을 전멸시킨 아군은 다시 진군을 시작했고, 이번에는 황도의 서쪽 대로를 막고 있을 적병을 향해 움직였다.

사흘의 시간이 지난 후 우리는 황도 서쪽 대로에 진영을 이루고 있는 적들을 발견할 수 있었다.

"그렇다면?"

"이미 마도사 이모랄 경이 천인장급 기사 한 명의 얼굴 가죽에 마법을 걸고 있으니, 그것을 사용하여 미리 병사들에게 준비하라 명한 천벌의 적 병사 옷을 입고 서쪽 대로에 있을 적에게 보낼 생각이지."

"음… 적을 함정으로 끌어들여 상대한다면 적군의 숫자가 많다고 하더라도 승리할 수 있겠군요."

"그래, 적은 나를 모르지만 난 적을 알고 있으니 아군에게 놈들이 끌려 다닐 수밖에 없을 걸세."

"이드리샤 가문의 건국 시조이신 알텐 폰 나이다르 이드리샤 경의 말씀이시군요."

엡실론의 말에 고개를 끄덕인 난 잠시 생각에 잠겼다.

현재 척후병에 보고되어 있는 적 병력은 대략 5만 정도. 반규 귀족군을 괴멸시킨 아군에게 상당한 우려를 표하고 있는 것이 확실했다.

그렇지 않다면 황도를 점령해야 하는 이 시점에서 5만이나 되는 병력을 이곳으로 돌릴 수 없을 것이었다.

거기에다 검은 갑옷을 입고 있는 기사 2천 정도를 확인할 수 있었기 때문에 그들이 제국 최정예 기사단의 하나이자 로만테우스의 친위 기사단이라 할 수 있는 다크 데블 나이츠일 것이 분명했다.

우리를 상대하기 위하여 자신의 친위 기사단 반을 서쪽 대로로 향하게 할 정도라면 로만테우스가 상당히 신중한 사람이라는 것을 말해 주고 있었다.

"다크 데블 나이츠의 반이 왔다면 슈페리어 급 기사 중 백 이상의 숫자가 이들과 함께 왔을 것이네. 그리고 네 명의 소드 마스터 중 적어도 한 명 이상이 저들을 맡고 있을 터이니 이번 작전은 쉽지 않을 것이 분명하네."

슈페리어 급 기사라면 일당백 이상의 실력자들이니 두려운 상대였다.

다크 데블 나이츠는 대륙 십대 기사단의 하나로 아멘에서 이들과 대적할 수 있는 기사단은 제1기사단 피닉스 나이츠와 내 가문의 기사단인 제2기사단 크로우 나이츠밖에 없는지라 현재 제대로 된 기사단이 없는 내가 두려움을 느끼는 것은 당연한 일이었다.

"저 역시 그렇게 생각합니다. 상대가 그들이라면 함정에 빠뜨렸다 하더라도 방심할 수 있는 상대가 아니니까요."

"그 때문에 작전이 중요한 것이네. 수적으로도 뒤지는 만큼 적의 병력을 반으로 나누든지 아니면 다수라 할지라도 다크 데블 나이츠를 남겨놓아야 한다는 것이지. 그런 만큼 이번에 이모랄이 만든 가면은 내가 쓰고 갈 생각이네."

"공작 각하!! 그것은 안 될 말씀이십니다! 자칫 잘못하면……."

"엡실론, 이 일은 중요한 것이네. 내 기사와 병사 중 적을 속일 정도의 머리와 상황 판단력을 지닌 사람이 있을 것이라 생각하나?"

그 말에 엡실론은 더 이상 말을 하지 못했다. 확실히 그가 생각해도 현재 아군 중에 적군으로 진입하여 상대를 속일 만한 자는 없었기 때문이다.

물론 일반 병사들 중에서도 찾아보면야 한두 명은 있을지 모르지만, 기사는 기사만의 특유한 기품이 있기 때문에 그 기품은 일반 병사가 흉내 낼 수 있는 것이 아니었다.

엡실론이 나설 수도 있겠지만, 그의 성격상 사람을 속이는 행위는 익숙하지 못했고 또한 그들을 함정으로 이끌어냈을 때 병력을 제대로 운용할 수 있는 사람은 나와 그밖에 없기 때문에 어쩔 수 없이 내가 나서야 하는 것이다.

"크리븐과 기스가 있지 않습니까?"

"크리븐이나 기스는 용병 출신, 현재 그들은 기사의 자리에 있을진 몰라도 기사의 기품까지는 익히지 못했다. 아직 그들은 자신이 기사라 느끼지 못하는 자들인데 어찌 그들에게 일을 맡길 수 있겠는가?"

"……."

내가 직접 일을 나서지 못하게 뭔가 말을 하려고 하는 그였지만, 생각나는 게 없는지 얼굴에는 난처함이 가득했다. 그런 그의 모습에 난 나의 충실한 가신으로서 믿음감이 생겼다.

"엡실론 경."

"예, 공작 각하."

"난 그대의 주군이다. 설마 경은 주군조차 믿지 못하는 기사인가?"

"그건……."

"본작을 믿어보게."

그에게 나를 믿어보라는 말을 하며 미소를 지어 보이자 잠시간 침묵을 하던 그는 이내 길게 한숨을 쉬며 말했다.

"휴… 제가 어찌 공작 각하의 결심을 꺾을 수 있겠습니까. 공작 각하와 함께 갈 병사 중에 크리븐과 기스를 포함시키겠습니다."

"자네가 그것으로 안심한다면 그리하도록 하겠네."

"알겠습니다."

작전을 결정 지은 난 이모랄에게 갔고, 그는 이미 모든 것이 준비되었는지 사람의 얼굴 가죽 하나를 나에게 건네주었다.

"음……."

그저 소문으로만 듣던 가면 무도회에서 남녀가 서로 가면을 쓰고 춤을 춘다는 것은 들어보았지만, 사람의 얼굴 가죽을 이용하여 다른 사람으로 변장을 한다는 이야기는 들어본 적이 없었다.

물론 이모랄이 가능하다고 해서 작전을 보다 완벽하게 하기 위하여 이 방법을 선택하기는 했지만, 죽은 자의 얼굴 가죽을 쓴다는 것이 어찌 마음에 들 수 있겠는가?

"음… 아무래도 조금 꺼림칙하군. 듣자하니 마법 중에는 사람의 모습을 변형시키는 마법도 있다고 하는데, 혹시 그것으로는 안 되겠는가?"

내가 직접 쓰고 가야 할 판이기에 혹시나 해서 물어보았는데, 그는 고개를 저으며 말했다.

"확실히 원소 마법 중 5서클 마법에 일루션이, 9서클 마법에 폴리모프라는 마법이 있기는 합니다. 하지만 5서클 일루션은 자칫 로만테우스 군의 마법사에게 들킬 염려가 있고, 9서클 폴리모프 마법은 저의 힘으로는 아직 불가능한 마법입니다."

"그런가? 휴… 그렇다면 할 수 없지. 어떻게 써야 하는 것인가?"

마법으로 불가능하다는 말에 어쩔 수 없다는 생각이 든 난 가면 쓰는 방법을 물어보았다. 일단 다른 사람의 얼굴로 변장을 하는 것이기에 그냥 가면과 뭔가 다르지 않을까 해서 물어본 것이다.

"별것 아닙니다. 가면을 쓰는 방법은 일반 가면 쓰는 것과 동일합니다. 그 연후에 거울을 보고 이 가루를 얼굴에 바르시면 됩니다."

"그 가루는 무엇인가?"

"죽은 자의 몸이 푸르스름하게 변하는 것같이 이 얼굴 가죽 역시 마찬가지입니다. 그것을 쓰시고 움직인다면 다른 자의 눈에는 마치 언데드같이 보일 수 있기 때문에 이 가루를 발라 가면에 혈색을 느끼게 하는 것입니다."

"그런가? 알겠네."

그의 말에 고개를 끄덕인 난 건네주는 가루까지 받아 들고는 계속 말을 이었다.

"이번 작전은 내가 직접 가면을 쓰고 나설 생각이네. 자네는 엡실론의 지시를 받아 병사들과 함께 함정을 준비해 주게나. 자세한 것은 그가 말해 줄 것일세."

"알겠습니다."

이모랄과 헤어진 난 미리 지시하여 사로잡았던 이 얼굴 가죽의 주인인 기사에게서 고문으로 얻어낸 자료를 숙지하며 천 명의 병사와 함께 적 병력이 있는 서쪽 대로로 향했다.

서쪽 대로에서 아군을 상대하기 위해 대기하고 있는 병력이 보이자 크리븐이 나의 곁으로 와서는 말했다.

"공작 각하, 대충 시작할 때가 된 것 같습니다."

"그렇지? 자! 그럼 준비해서 출발하자고."

"예."

　나의 명령에 크리븐은 병사들에게 명령을 내리기 시작했다. 현재 병사들은 전투에서 심각한 피해를 입고 패주한 것으로 보이기 위해 몰골이 말이 아니었다.

　이미 이곳으로 오기 전에 상처를 내기 위해 서로 간에 치고 박고 난리 친 것은 물론이요, 개중에는 검상까지 입어 흐느적거리는 놈들도 있었기 때문이다.

　멀쩡한 놈 병신 만드는 건 잠깐이라고 병사들의 모습을 보니 그저 한숨이 나왔지만 어쩌랴, 적을 확실하게 속이기 위해선 이 정도는 어쩔 수 없는 일이었다.

　"출발!!"

　나의 명령과 함께 병사들은 서쪽 대로에서 진을 이루고 있는 병력을 향해 힘든 모습으로 걸음을 옮기기 시작했고, 나 역시 말 위에서 힘겨운 표정으로 그들을 향해 갔다.

　정체를 알 수 없는 천여 명의 병사가 자신들 쪽으로 다가오자 당연히 적진은 북소리와 나팔 소리로 시끄러워졌다. 하지만 아군이 로만테우스의 깃발을 들고 있는 것 때문에 섣불리 나서지 않고 약 오백 정도의 기병들이 진영을 빠져나와 우리 쪽으로 다가왔다.

　"멈추시오!! 본인은 로만 령의 기사 미테랑이오! 그대들은 누구인가!"

　선두에 선 기사는 힘겹게 다가오는 우리들을 향해 소리쳤고, 난 간신히 힘을 주어 외치는 듯한 모습으로 소리쳤다.

　"우리들은 톨핀 대석교 쪽 대로를 지키고 있던 레크라스 남작님 휘하의 병사들이오!!"

　"레크라스 남작님!!"

　우리들이 레크라스와 함께 톨핀 대석교에 있었던 병사들이라는 것을 알고는 그는 황급히 말을 몰아 우리 쪽으로 뛰어왔고, 난 더 이상 버티지 못하겠다는 표정을 지으며 말에서 떨어졌다.

"이런!!"

내가 말에서 떨어지자 그는 황급히 말에서 내려서는 날 부축했고, 난 이전에 상처 입었던 어깨를 붙잡고 힘겨운 듯 기침을 내뱉었다.

"쿨럭!! 쿨럭!!"

"괜찮은가!!"

"쿨럭… 토… 톨핀 대석교 쪽으로… 적군이……."

"어떻게……!!"

나의 말에 그는 말도 안 된다는 표정으로 소리쳤다. 확실히 백오십 미터 정도 넓이의 계곡인 톨핀 계곡을 넘어왔다는 것은 말이 안 되는 일이긴 했다.

"모르겠습니다. 족히 1만에 가까운 적들이… 쿨럭… 갑자기 밀려와서는 아군을 포위… 레크라스 남작님께서는 예상치도 못한 적들에게 그만… 크흐흐흑!"

거짓 눈물을 흘리는 것이 이렇게 힘들 줄이야. 어쨌든 내가 눈물을 흘리며 말하자 그의 이내 고개를 저으며 말했다.

"그만 진정하게… 레크라스 남작님의 복수는 우리가 할 것이네."

"크흐흐흑……."

"뭐 하는 것인가!! 빨리 부상병들을 부축히여 진영으로 옮겨라!!"

위로의 말을 한 그는 병사들에게 소리쳤고, 기병들은 우리 쪽으로 달려와서는 부상병들을 옮기며 진영 쪽으로 움직여 갔다.

나 역시 이들과 함께 녀석들의 진영에 도착할 수 있었고 천인장급 기사인 덕에 신관의 치료까지 받을 수 있었다.

별동대에 사제가 없었기에 레크라스와 싸우다 낙마하여 생긴 상처를 제대로 치유할 수 없었는데, 이참에 제대로 된 치료를 받을 수 있는 것이 다행이라고 할까?

어깨의 상처에 신성력을 불어넣어 주던 사제는 대충 치료가 된 듯하자 기도를 멈추고는 미소를 지으며 말했다.

"삼 일 정도만 치료를 받으면 완치될 수 있을 것입니다."

"고맙소."

"별말씀을 다 하십니다. 이것이 저희 군종 사제들의 일이 아닙니까."

고맙다는 나의 말에 미소를 지으며 답하는 사제를 보자니 조금 미안한 생각도 들었지만 어찌하랴, 대를 위해서는 희생이 되어야 하는 것을…….

대충 내가 치료를 받자 처음 나에게 말을 걸었던 기사가 다가와서는 말했다.

"상처가 심하지 않아 다행이로군."

"휴… 어찌 저만 이렇게 살아남았는데… 다행일 수 있겠습니까."

"무슨 말을 그렇게 하는가. 자네들이 아니었다면 톨핀 대석교 쪽으로 적이 나타났음을 알지 못했을 것이 아닌가."

"……."

그의 말에 난 말을 잇지 못하는 척 고개를 숙였고 그는 그런 내 어깨를 두드려 주며 말했다.

"움직일 수 있겠는가?"

"예. 휴식을 취하니 몸이 많이 나아진 것 같습니다."

"일단 톨핀 대석교 쪽 상황을 보고해야 하는데, 자네가 이곳으로 온 사람들 중 가장 지위가 높은 듯하니 아리고스 백작님께 같이 가도록 하세."

"알겠습니다."

예센 폰 그리만 아리고스 백작. 로만테우스가 자랑하는 다크 데블 나이츠의 슈페리어 넘버 2의 실력자로 현재 소드 마스터 최상급의 인물이었다.

썬더 나이트라는 이름으로 빠른 검놀림이 장기라고 알려져 있는 기사로 그가 이곳 병력을 맡고 있다는 것을 안 나로선 조금 놀랄 수밖에 없었다.

다크 데블 나이츠의 지옥의 폭풍이라 불리는 단장 에르가 백작이 로만테우스의 오른팔이라면, 썬더 나이트 아리고스 백작은 그의 왼팔이라고 할 수 있는 자였기 때문이다.

힘겨운 표정으로 자리에서 일어난 난 그와 함께 아리고스가 있는 곳으로 걸음을 옮겼다.

지휘관의 막사가 있는 곳에 도착한 난 나를 안내한 기사와 함께 안으로 들어가자 그곳에는 레크라스 정도의 거구는 아니었지만, 상당한 몸집의 기사가 서류를 검토하고 있었다. 그리고 그의 주위로 검은 갑옷을 입은 여덟 명의 기사가 시립해 있었다.

난 그중 서류를 검토하는 기사가 아리고스 백작임을 알 수 있었다.

"레크라스 남작 휘하의 기사 소렌트입니다."

그의 앞에 신 난 내 일굴 가죽 주인의 이름을 밝히며 기사의 예를 표했고 그는 천천히 고개를 들어서는 나를 보며 말했다.

"본작은 정통 황제 폐하의 명을 받고 이곳을 맡고 있는 아리고스 백작이다. 그대가 톨핀 대석교 쪽에 있었다고?"

"예, 그렇습니다."

"그곳에서 있었던 일을 자세히 말해 보게."

"예."

아리고스의 말에 난 톨핀 대석교 쪽에 있었던 일을 이야기해 주었다.

물론 약간의 거짓이 포함되어 있음은 당연한 일이었다. 레크라스는 톨핀 대석교 쪽으로 적군이 오지 않을 것이라 생각하고 방심하고 있었는데, 갑자기 적군 5천이 자신들 앞에 나타났다.

적군을 확인한 레크라스는 적군의 수가 비등함을 보고 충분히 승산이 있다 생각하고 적을 상대하려 했으나, 적은 복병계를 사용하여 아군을 끌어들인 후 삼면에서 공격해 들어왔고, 함정에 빠진 아군은 급히 후퇴를 했지만 추적해 오는 적에게 막대한 피해를 입고 레크라스는 전사, 겨우 천여 명만이 적에게서 간신히 도주할 수 있었다는 이야기였다.

모든 것을 다 들은 아리고스는 잠시 생각에 잠기는 듯하더니 나를 보며 말했다.

"적의 숫자는 대략 어느 정도쯤 되었는가?"

"족히 1만을 넘는 숫자였습니다."

"음… 1만이라……."

내가 말한 숫자에 잠시 생각에 잠겼던 그는 옆에 있던 날카로운 눈매의 기사를 보며 말했다.

"아무래도 적은 별동대를 뽑아 어떤 수인지는 모르겠지만 톨핀 계곡을 넘은 것 같군."

"그렇습니다. 소렌트 기사의 말을 듣는다면 적은 1만에서 2만 사이로 추정되니 아마도 게릴라 전술을 통해 아군을 흔들어놓을 생각인 것 같습니다."

"많아야 2만 정도의 병력으로 본진을 상대할 생각은 아니겠지. 그렇다면 어떤 방법이 좋겠는가?"

"적이 별동대라면 본진은 서쪽 대로를 택했을 것입니다. 일단 최정예인 저희 기사단을 주축으로 하여 빠른 속도로 적의 별동대를 섬멸하는 것이 좋을 듯합니다."

"나의 생각도 그대와 다르지 않네. 피로스, 그대가 이곳 병력을 맡도록 하게. 난 기사단 2천, 병사 1만과 함께 적 별동대를 섬멸하도록 하겠네."

"예, 맡겨만 주십시오."

타레스 폰 도렌 피로스 자작, 다크 데블 나이츠의 슈페리어 넘버 5의 실력자로 소드 마스터 중급의 검사로 알려져 있는 자였다.

주위의 모습을 보니 그가 이곳에서 두 번째 서열을 지니고 있음을 알 수 있었다. 난 이번 기회에 성가신 소드 마스터 한 명을 제거할 수 있겠구나 하는 생각에 미소 지었다.

"기사 소렌트."

"예, 백작 각하."

"물러가 휴식을 취하도록 하게. 그대가 적에게 패주하여 돌아왔다 하나 적 별동대의 존재를 밝힌 공 또한 작지 않으니 아마도 패주에 대한 벌은 없을 걸세."

"감사합니다."

그의 말에 감사하다는 말을 한 난 다시 예를 표한 후 안내해 준 기사와 함께 막사에서 나올 수 있었다.

다시 머무르고 있던 막사에 도착한 난 잠시 숨을 돌렸다.

가장 문제라 할 수 있는 다크 데블 나이츠가 아리고스 백작과 함께 톨핀 대석교 쪽으로 향하게 된다면 현재 이곳엔 피로스 자작과 함께 약 4만여 명 정도가 남을 것이다.

아군의 별동대 숫자가 3만 정도에 불과하지만, 이곳으로 잠입해 들어온 천여 명의 병사들과 함께 적진을 소란스럽게 한 후 엡실론을 필두로 한 아군의 별동대가 적을 기습한다면 충분히 승산이 있었다.

"후후후… 내일이 기대되는군."

다음날 예정되었던 대로 아리고스 백작은 기사단 2천과 병력 1만을 이끌고 톨핀 대석교 쪽으로 이동했다.

나 역시 현재 로만테우스의 기사로 변장하고 있는 상황에서 떠나가는 그들을 지켜보고 있었다.

작전 시작은 앞으로 다섯 시간 정도 후 진영을 빠져나간 아리고스의 병력이 이곳 진영에서 일어날 일을 눈치 채지 못하는 거리에 있을 때였다.

그들이 떠나는 것을 확인하며 난 크리븐과 기스가 있는 곳으로 걸음을 옮겼다.

1천여 명의 병사들은 레크라스 휘하의 병력으로 되어 있기에 아직 병력 배치가 이루어지지 않았기에 진영 서쪽에 모여 있었다.

뭐, 그 탓에 진영으로 잠입한 아군의 움직임이 훨씬 수월해질 것은 당연한 일이었다.

"어이! 소렌트!!"

"응?"

두 사람을 만나러 가는 도중 누군가가 내 얼굴 가죽 주인의 이름을 부르는 것을 들은 난 고개를 돌렸고 그곳에서 한 기사가 반갑게 손을 흔들며 다가오는 것을 볼 수 있었다.

'젠장……'

될 수 있으면 이 얼굴 주인을 아는 자를 만나지 않기를 바랐지만 이미 일은 벌어졌기에 어쩔 수 없이 손을 들며 반가운 듯 미소를 지었다.

"아! 오랜만이군."

"하하하하. 이 사람, 레크라스 남작 휘하에 있더니 사람이 변했나 보네. 날 보고 손도 다 흔들어주고 말이야."

'이런……'

그의 말에 난 등줄기에 식은땀이 흐를 수밖에 없었다. 이 얼굴의 주인이 어떤 성격인지 알지 못하는 상황에서 섣불리 움직였다는 생각이 들었기 때문이다.

"뭐… 그분 밑에서 산전수전 다 겪다 보니 성격이 조금 변했나 보군."

"뭐? 그분? 하하하하! 언제나 앞만 보는 멧돼지라고 불렀던 네놈이 그분이라니, 거참!"

하지만 녀석은 야속하게도 또 말을 잡고 늘어자 이젠 한숨이 지나쳐 녀석을 죽이고 싶은 생각마저 들었다. 하지만 어찌하랴, 일의 완벽한 진행을 위해선 어떻게든 녀석을 잘 속여 넘어가야 했다.

"이 사람, 설사 내가 전에 그렇게 불렀다 하더라도 전장에서 가장 기사답게 돌아가신 분이네. 행여나 그런 말은 입에 담지도 말게나."

"이런… 뭐, 생각하면 성질이 더럽기는 하셨지만 자네 말이 틀린 것은 아니지……."

나의 말에 그 역시 동감을 표시하며 고개를 끄덕이자 안도의 한숨을 쉴 수 있었다.

"그나저나 놀랐어. 막사에서 다른 기사와 술을 마시고 있었는데 갑자기 헤리슨님이 자네를 아냐고 물어서 말이야."

"응? 그랬나?"

헤리슨은 처음 나를 구해주고 아르고스에게도 안내해 준 상급 기사의 이름이었다. 아무래도 그가 내 신분이 확실한지 알아보기 위해서 내가 모르는 사이에 내 얼굴을 아는 사람을 찾아 얼굴을 확인한 모양이었다.

하긴 나라도 일단 같은 아군이라도 녀석의 신분부터 조사할 것은 당연한 일이었다.

"그랬군."

"그래, 자네들이 이곳에 와 레크라스 남작 휘하의 군대가 패했다는 것을 듣고 걱정하던 차에 바로 자네의 얼굴을 확인하니 그제야 조금 마음이 놓이더군."

"걱정해 주었다니 고맙군."

"친구끼리 고맙다는 말은 하는 것이 아니네. 하하하하. 그래, 자네 임지는 결정되었는가?"

그의 말에 난 고개를 저으며 말했다.

"모르겠네. 병력 중에 남은 자리가 없으니 아무래도 레크라스 남작님 휘하에서 패주한 병사들을 내가 맡을 것 같네."

"하긴 현재 남아도는 병력은 그들밖에 없으니 당연한 일이겠지."

"휴……. 어쨌든 그들과는 공생공사해야 하는 처지가 될 것 같네."

"이 사람, 다시 천인장 지위를 되찾은 것도 다행이라 생각해야 하네. 자네도 페일스의 일을 잘 알 것 아닌가. 군수물자 조금 빼돌렸다고 백인장으로 내려앉을 정도인데 패주한 자네가 지위를 그대로 유지한 것은 거의 기적이라고, 기적."

"그런가?"

그의 말에 난 그저 고개를 끄덕이며 넘어갈 수밖에 없었다. 아무래도 이자는 얼굴 주인과 상당한 친분이 있었던 자가 분명했기에 순간 난 이자를 이용하여 현재 알지 못하고 있는 내전 상황을 알 수 있겠다는 생각에 잠시 뜸을 들이고는 그에게 물어보았다.

"그나저나 자네, 오시만 평원의 전투가 어떻게 됐는지 알고 있는가? 덴티만 성은 함락시켰다 들었지만 그곳 상황은 잘 모르겠군."

내 말에 그는 상황이 안 좋은 듯 고개를 저으며 말했다.

"그게 상황이 좋지 않네. 덴티만 성은 황제 폐하께서 보급로의 거점 확보를 위해 본진의 일부를 돌려 엘르슨 백작을 도와 성을 쉽게 함락 했지만, 피르만 자작이 이끄는 오시만 평원의 전투는 현재 아군이 크게 밀리는 상황이라고 하더군."

"아군이? 황군이 그렇게 강하단 말인가?"

"글쎄 말이야. 피르만 자작도 꽤 한다는 지장인데 벌써 병력 중 반에 가까운 수를 잃었다고 하더군. 뭐라나 오시만 평원의 위황제의 총 지휘관이 게리오스 공작이라고 하던데 아무튼 기사 출신도 아닌 마법사 주제에 만만치 않은 녀석인가 보더군."

"게리오스……."

그 말에 난 크게 놀랄 수밖에 없었다. 게리오스는 황도에 있을 것이라고 생각하고 있었는데, 예상외로 오시만 평원의 토벌군 지휘관으로 있었기 때문이다.

어쨌든 그가 효과적으로 오시만 평원 전투를 승리로 이끌고 있다는 말에 난 크게 안도할 수 있었다. 난 고개를 끄덕이며 말했다.

"그런 일이 있었군. 아! 난 이만 가볼까 하네. 아무래도 내 부하가 될 녀석들이 퍼지지나 않았는지 확인하고 싶어서 말이야."

"그래? 하긴 평민 놈들이야 우리 같은 기사들이 다그치지 않으면 끝도 없이 퍼지니 조금 다그쳐 줘야겠지. 알겠네. 이따 저녁에 13대 천인장 지휘 막사에나 오게. 숨겨놓은 술이 몇 병 있으니까 술이나 한잔하세나."

"하하하. 알겠네."

그의 말에 웃으면서 걸음을 옮긴 난 그가 다른 곳으로 향하는 것을 보며 안도의 한숨을 내쉴 수 있었다.

"음, 게리오스가 오시만 평원에 있었다니… 어쨌든 그가 피르만 자작과의 전투에서 승리를 거둔다면 일이 쉽게 풀릴 수도 있겠군."

사실 오합지졸에 가까운 귀족 연합군을 보며 황군 토벌군의 수준을 짐작하고 있었기에 그리 기대를 하지 않았는데, 게리오스가 그곳을 맡아 승리하고 있다면 전황은 아군에 유리하게 이끌어갈 수 있었다.

병사들의 막사에 도착하자 이미 나를 기다리고 있었던 크리븐과 기스가 다가와서는 정중히 고개를 숙이며 인사를 했고, 난 손을 들어 그들의 인사에 답하고는 크리븐을 보며 말했다.

"진영은 대충 살펴보았는가?"

"예. 불을 지르기에 적합한 장소를 몇 군데 찾아냈으니 작전이 시작되면 일시에 불을 놓으라 전해놓았습니다."

"작전 시작은 세 시간 후. 일시에 큰 혼란을 주어야 하니 한 치의 오차도 없어야 할 것이네."

"알겠습니다."

생각대로 일이 잘 풀려 나가자 난 그에게 다시 한 번 만전을 기하라 명하고는 기스와 함께 병사들의 막사로 들어갔다.

기스와 함께 병사들에게 작전이 시작된 후의 움직임을 지시할 필요가 있었다. 그렇게 작전을 지시하며 시간은 점점 흘러 드디어 작전의 시간이 다가왔다.

"불이야!! 불이야!!"

작전이 시작되자 크리븐이 말했던 대로 일시에 여러 곳에서 불길이 뿜어져 올라왔고 곧 사방에서 병사들이 불이 났다는 소리를 지르며 혼란스럽게 움직이기 시작했다.

크리븐은 병기고와 양초, 보급품 등 중요한 물품이 있는 곳을 집중적으로 불태웠기에 혼란은 가중될 수밖에 없었다.

갑자기 여러 곳에서 일제히 불길이 솟아오르자 기사들은 첩자가 영내로 침입해 들어왔다는 것을 알고는 병사들을 움직여 첩자의 색출과 함께 솟아오르는 불길을 잡기 위해 움직이고 있었지만, 이미 난 그것에 대한 것도 만반의 준비를 마친 후였다.

불길이 솟아오르는 것을 시작으로 아군의 병사들을 이끌고 밖으로 나와 다른 이들과 함께 첩자들을 색출하기 위해 움직이는 모습을 취한 것이다.

그 때문에 우리들이 적군의 첩자라는 것을 어느 누구도 알 수 없었으니 난 병사들을 이끌고 진영을 헤집으며 애꿎은 적의 기사들을 잡아넣기 시작했다.

"무슨 짓인가!! 이것을 놓지 못하겠나!!"

갑작스럽게 밀려온 병사들에게 사로잡힌 기사들은 노기를 터뜨리며 고함을 질렀지만 어쩌랴, 이미 기사로 변장하고 있던 크리븐은 병사들을 보며 큰 소리로 소리쳤다.

"12대 천인장 레오튼! 그대가 적군과 내통했다는 증거를 입수했소!! 감히 황제 폐하께 반역하고 위황제에게 동조하는 대죄를 범하다니!! 뭐 하느냐!! 빨리 저자를 포박하고 반항하는 기사들은 죽여라!!"

"예!!"

갑작스러운 불로 크게 혼잡한 상황에서 일어난 일이기에 근처에 있던 다른 기사들이나 병사들 역시 크리븐의 외침에 진의를 따질 경향이 없었고, 기사들은 반역이라는 말도 안 되는 죄명으로 병사들의 손에 포박되거나 죽임을 당해야 했다.

사방에서 터져 나오는 불길과 함께 시작된 숙청 작업은 신속하게 진행되고 있었다.

크리븐을 주축으로 이루어진 작업으로 인하여 천인장급 기사 일곱 명이 아군에 포박당해 끌려왔고, 이십여 명의 백인장급 기사들이 죽거나 사로잡히자 영내의 혼란은 더욱 가중되었다.

일선에 병사들을 이끌고 혼란을 진정시켜야 할 기사들이 일제히 잡혀 나가거나 죽임을 당하니 혼란이 진정될 수 있겠는가?

병사들은 우왕좌왕할 뿐 제대로 된 움직임을 보일 수 없었다.

"도대체 이게 무슨 일인가!! 갑자기 첩자에 영내에 불은 또 뭐야!!"

갑작스러운 첩자 색출에 불길이 더욱 커져만 가자 만인장급 상위 기사인 헤리슨이 직접 기사들과 병력을 이끌고 나타나 기사들을 잡아들이고 있는 크리븐과 병사들을 보며 크게 소리쳤다.

"적의 첩자들이 아군 진영으로 잠입해 사방에 불을 지르고 있습니다."

"그건 알겠네만! 천인장급 기사들을 다짜고짜 잡아들이다니 도대체 무슨 짓이야!!"

"이미 이들이 위황제와 접촉했다는 증거를 찾아냈습니다."

"증거?"

크리븐의 말에 헤리슨은 도저히 현재의 상황이 파악되지 않는지 노기를 드러내며 소리쳤지만, 증거라는 말에 영문을 모르겠다는 표정을 짓자 크리븐은 증거를 보여줄 요량으로 품에서 서류를 하나 꺼내 그에게 내밀었다.

"천인장급 기사들이 위황제의 군대와 접촉한 증거입니다."

"이리 줘보게."

헤리슨은 크리븐이 보여주는 서류를 보자 확인해야겠다 듯 손을 내밀었고, 크리븐은 그에게 손에 든 서류를 건네주었다.

"음… 응? 뭐야, 이건?"

하지만 크리븐이 내미는 서류에 무엇이 있겠는가? 실제로 증거란 건 존재하지도 않으니 말이다.

아무것도 쓰여 있지 않은 양피지에 당황한 헤리슨은 고개를 들어 크리븐을 쳐다보았고, 그 순간 한 자루의 검이 그의 복부를 향해 빠른 속도로 찔러 들어갔다.

"헉… 큭……."

자신의 복부를 파고드는 검에 헤리슨은 영문을 알 수 없다는 표정으로 크리븐을 쳐다보았으나 상대의 얼굴에는 미소만 가득할 뿐이었다.

"위황제와 결탁한 헤리슨과 그를 따라 황제 폐하를 능멸한 반적들을 모두 처단하라!!"

"와아아!!"

헤리슨의 복부에 검을 박아 넣은 크리븐은 그의 몸을 발로 차며 복부에 박힌 검을 빼어 들고는 병사들을 보며 소리쳤고, 아군의 병사들은 고함을 지르며 기사들을 공격하기 시작했다.

"후후후… 재밌어, 재밌어."

이런 크리븐의 모습을 보며 절로 미소가 나올 수밖에 없었다. 진영 여기저기에 불을 질러 적을 혼란스럽게 한 후 첩자 색출이란 명목으로 혼란을 안정시킬 지휘관급 기사들을 죽이거나 포박하여 상황을 더 어지럽게 하는 작전은 생각 외로 잘 먹혀들어 가고 있었다.

작전대로 녀석들을 휩쓸고 있는 병사들을 보며 난 크리븐에게 가서는 미소를 지으며 말했다.

"이제 남은 것은 아군 별동대의 본진이 이곳을 쓸어버리는 것뿐이군."

"그렇습니다, 공작 각하."

"이곳 영지의 상급 기사들을 모두 쓸어버려라! 아군의 진격로를 확실하게 다져놓지 않으면 찜찜할 것 같으니 말이야."

"알겠습니다."

지휘관이 없는 병사들이야 그저 오합지졸에 불과할 뿐, 제대로 된 힘을 발휘하지 못하는 것은 당연한 일이었다.

"공작 각하, 서쪽 숙영지에서 병력이 다가오고 있습니다!"

"이런……."

그때 병사 한 사람이 달려와서는 나를 보며 황급히 소리쳤고 아무래도 일이 쉽게 풀리지 않을 것 같다는 생각이 들었다.

로만테우스는 군의 원활한 운용을 위하여 만인장급 상급 기사를 중심으로 각 군을 운용하고 있었다. 그 때문에 각 만인대급의 숙영지는 서로 나누어져 있어 헤리슨을 쓰러뜨렸다 해도 혼란은 이곳 숙영지일 뿐, 다른 만인장급 숙영지까지 이어지는 것은 아니었다.

영지로 다가오는 서쪽 숙영지의 병력의 숫자는 대략 1천 내외. 아직 이곳의 상황을 몰라 다수의 병력을 이끌고 오진 않은 듯했다.

"도대체 이게 무슨 소란인가!!"

이십여 명의 기사들이 말을 타고 뛰어와 소리치자 아무래도 크리븐 혼자 처리하기에는 만만치 않은 존재라 생각한 난 고개를 내저으며 그들 쪽으로 다가갔다.

"헤리슨 만인장 휘하의 기사 소렌트입니다."

"도대체 이게 무슨 소란인가!! 병참고의 불은 끌 생각도 하지 않고 이 무슨 난리인가!! 그리고 이 시체들은 또 무엇인가? 헤리슨!! 헤리슨은 뭐 하는 것인가!"

만인장은 혼란스러운 숙영지를 보며 답답하다는 표정으로 여러 가지를 물었으나 난 그의 말을 모두 무시하고 침착한 표정으로 답했다.

"영내로 첩자가 들어왔습니다."

"첩자?"

"헤리슨 만인장님을 비롯해 천인장과 백인장급 기사 이십여 명이 암살을 당했습니다."

"암살?!"

만인장까지 암살을 당했다는 말에 그는 크게 놀란 표정이 역력했고, 난 기스에게 눈짓을 보낸 후 이곳으로 찾아온 만인장을 보며 말했다.

"일선 지휘관들이 암살을 당한 탓에 병력 운용이 쉽지가 않습니다. 제 휘하의 병사들을 움직여 혼란을 안정시키고 숙영지에 붙은 불을 끄게 하고 있습니다."

"이런… 알겠네! 시밀턴!!"

"예."

"여기 있는 소렌트 경을 도와 숙영지를 안정시키고 불을 진압하도록 하라!"

"알겠습니다."

시밀턴이라는 천인장에게 나를 도우라 명한 그는 다시 말을 돌려 이 사태를 보고하기 위해 기사들과 함께 사령관의 막사 쪽으로 말을 몰아

갔고, 시밀턴은 나의 곁으로 다가와서는 말했다.

"일단 소렌트 경은 병사들을 안정시키시오. 아무래도 이곳 숙영지를 담당하고 있으니 그대가 병사들을 안정시키는 것이 좋을 듯하오. 본인은 숙영지 곳곳에 붙은 불을 진압하도록 하겠소."

"부탁드립니다."

시밀턴의 말에 고개를 끄덕인 난 부탁한다는 말을 하고는 크리븐과 기스 쪽으로 말을 몰아가서는 말했다.

"크리븐! 기스!"

"예! 공작 각하!"

"일선 지휘관을 잃은 병력들을 인솔하여 불필요한 병사들을 쓸어버려라."

"알겠습니다."

나의 명령을 받은 두 사람은 지휘관을 잃고 우왕좌왕하는 병사들을 모으기 시작했다. 기사와 병사들의 관계라는 것은 단순히 상하 관계론 볼 수 없었다.

일반 병사는 천민이나 평민층인 데 반해 기사는 평민 출신이라 하더라도 한 단계 높은 계급이었기에 이들 간의 괴리감은 단순한 상하 관계가 아닌 서로 다른 계층에서 오는 것이니 클 수밖에 없었다.

그 때문에 병사들이야 일선 기사급 지휘관들이 바뀌는 것이야 늘상 있는 일이라 생각하고 있기 때문에 크리븐과 기스가 지휘관급 기사를 잃고 갈피를 못 잡는 병력들을 마음대로 운용하는 것에는 그리 큰 문제가 생기진 않았다.

"와아아아!!"

두 개의 천인대를 자신의 것으로 만든 두 사람은 이들로 하여금 위황제에게 동조했다는 이유를 앞세워 아직 지휘관이 남아 있는 병력들을 공격했고, 결국 갑작스럽게 밀려들어 오는 군대에 상대는 제대로 반항도 하지 못한 채 죽임을 당하고 있었다.

그 때문에 혼란은 더욱 가중되고 이제는 누가 적이고 아군인지도 알 수 없는 혼전 속으로 빠져들고 있었기에 난 이곳으로 잠입해 들어온 아군의 병력을 인솔하고 불을 진압하고 있던 시밀턴이 있는 곳으로 향했다.

병참고에 도착하자 시밀턴이 병사들을 지휘하며 불을 진압하고 있는 모습이 보였고, 난 황급히 그에게 뛰어가서는 소리쳤다.

"시밀턴 경!! 큰일났습니다."

"무슨 일이오!!"

"헉헉… 숙영지로 잠입한 적의 첩자가 일선 지휘관으로 변장하여 병사들을 움직여 아군을 반역이라는 명목으로 공격하고 있습니다!!"

"뭣이오!! 어찌 그런 일이!!"

"이미 일선 지휘관을 잃은 우민한 병사들이 무엇을 알겠습니까? 비겁한 위황제의 도당들은 그것을 이용하여 영내를 쑥대밭으로 만들고 있는 듯합니다."

"이런……. 다크 데블 나이츠만 있었어도……."

일이 이렇게 된 상황에서 이 혼란을 타파할 수 있는 것은 상위급 기사가 이끌고 있는 별동 세력뿐이었다.

일반 병사들을 이용하여 혼란을 진압케 한다면 적과 아군을 분별할 수 없는 상황에서 혼란이 더욱 가중될 것은 분명하기 때문이다.

"아무래도 상부에 심각성을 알려야 할 것 같소이다."

"휴… 하지만 그것이 조금 늦은 것 같습니다."

"늦다니? …헉!"

늦었다는 나의 말에 다시 되물으려 하는 그였지만 더 이상의 말은 내뱉지 못했다. 이미 나의 단검이 그의 복부를 꿰뚫고 있었기 때문이다.

"본작이 바로 숙영지로 잠입한 첩자이니 말이야……. 후후후!"

그런 녀석의 품에 가까이 다가간 난 작은 목소리로 그에게 나의 정체를 말했고 모든 것을 알게 된 그는 경악한 표정을 지으며 땅으로 쓰러지고 말았다.

"뭐 하는 것이냐!! 위황제의 반군들을 싹 쓸어버려라!!"

"와아아아!!"

나의 명령이 떨어지자 병사들은 함성을 지르며 불을 진압하고 있는 시밀턴의 병사들을 공격하기 시작했다.

이미 불을 진압하기 위해 병장기보다는 물이 들어 있는 통을 운반하던 병사들이 준비를 마친 아군의 병사들을 당해낼 수 없는 것은 당연한 일이었다.

시밀턴이 데리고 온 병사들은 제대로 반항 한 번 하지 못하고 아군의 병장기 밥이 되어 쓰러져 갔고, 불길을 진압하려던 병사들이 죽임을 당하자 잠시 소강 상태를 보이던 불길은 다시 크게 치솟아오르기 시작했다.

"하하하하!"

붉은 불길과 어우러지듯 붉게 물들고 있는 대지의 적병의 시체를 보며 난 절로 대소가 터져 나왔다.

"곧 있으면 아군의 별동대 본진이 도착할 것이다! 아군에게 명령하여 준비했던 표식을 머리에 두르라 전하라!!"

"예!!"

어느 정도 시간을 끌고 이곳 숙영지를 혼란스럽게 만들었다 생각한 난 별동대의 본진이 도착할 시간이 되었음을 생각하고 잠입한 아군 병사들에게 표식을 달라 명했다.

일단 아군과 아군끼리 싸우는 것을 막기 위해 적병의 복장을 하고 있는 병사들은 준비해 두었던 머리띠를 이마에 묶는 것으로 아군임을 표시하게 한 것이다.

명령을 전달한 지 오 분여 후 진영의 한쪽이 다시 소란스럽게 변하기 시작했고, 사방에서 병사들이 크게 소리를 지르기 시작했다.

"위황제의 군대다!!"

"적군이 나타났다!!"

기다리고 있던 아군의 별동대가 드디어 모습을 드러냈고, 난 회심의 미소를 지으며 병사들을 운용하여 별동대가 들어오기를 기다렸다.

갑작스럽게 일어난 혼란으로 인하여 아군끼리 싸우고 있던 적의 병사들은 적병이 나타나자 어쩔 줄 모르고 당황하기 시작했다.

"서쪽 숙영지로 후퇴하라!!"

그리고 이 상태에선 적들과 싸울 수 없다고 생각하곤 다른 만인대가 있는 서쪽 숙영지로 후퇴하라는 소리가 터져 나왔고, 혼란에 빠져든 병사들은 우왕좌왕하며 서쪽 숙영지로 도주하기 시작했다.

"출발!!"

그들이 숙영지로 도주하는 것을 보며 나 역시 병사들을 이끌고 서쪽 숙영지로 병사들과 함께 움직였고, 그것이 또 다른 혼란의 시작이었다.

서쪽 숙영지는 갑작스럽게 밀려들어 온 병사들로 인하여 소란스러워지기 시작했고, 난 그런 혼잡함을 틈타 다시 병사들에게 지시하여 무차별적인 살행을 지시한 것이다.

그 때문에 순식간에 서쪽 숙영지는 이전의 숙영지와 마찬가지로 아군이 아군을 죽이는 말도 안 되는 사태가 또다시 벌어졌고, 그때를 기해 들어온 별동대의 본진은 적진으로 진입하여 적군을 도살하기 시작했다.

적과 아군이 서로 적일 수밖에 없는 상황에서 이미 이 싸움은 아군의 승리로 크게 기울어졌음은 당연한 일이었다.

적병으로 변장한 아군과 별동대 본진이 안과 밖에서 공격을 계속해오자 순식간에 적의 진영은 쑥대밭이 되었다.

겨우 사태를 수습한 타레스 자작은 남은 숙영지의 병력을 겨우 끌어모아 반격을 하려 했으나 역부족, 할 수 없이 자신들의 진영을 버리고 후퇴하기 시작했다.

하지만 그것 역시 그리 쉬운 일이 아니었다. 이미 적들이 후퇴할 것을 예상하고 있었던 엡실론이 1만여의 병력을 이끌고 도주하는 적들을 뒤쫓았기 때문이다.

갑작스러운 기습으로 병력의 절반 이상을 잃어버린 후라 적군의 사기는 크게 저하되었고 또 추적하는 엡실론의 병력을 감당치 못한 타레스 자작의 병사들은 또다시 큰 피해를 입어야 했다.

타레스 자작과 함께 겨우 도주한 병력은 2천 남짓에 불과했으니 이번 전투는 아군의 엄청난 대승이라고 할 수 있었다.

전투가 끝난 후 진영을 정리하고 포로의 처리가 끝나자 난 아리고스 백작이 머물렀던 사령관 막사에서 승전 보고를 들을 수 있었다.

"이번 전투는 아군의 엄청난 대승입니다. 반군 4만 병력 중 2만 7천이 죽거나 크게 다쳤으며 1만이 넘는 숫자가 포로로 잡혔습니다. 그에 반해 아군 별동대의 피해는 전사 4천, 부상자 3천 정도입니다."

"음… 7천이라 생각보다 손실이 크군."

"하지만 그 정도의 숫자는 적의 포로를 회유한다면 충분히 채울 수 있는 숫자입니다. 이번 전투 전리품으로 말 4천 필과 마초들을 손에 넣었으니 병력 운용만 잘한다면 엉성하긴 하지만 대략 기병 7천 정도는 가능할 것 같습니다."

기병의 존재는 기동성을 생각해서라도 게릴라전을 펼쳐야 하는 아군 별동대에 상당히 중요한 전력이라고 할 수 있었다. 그런 기병을 7천까지 늘릴 수 있다면 아군의 작전 운용 폭이 크게 넓어짐은 당연한 일이었다.

"수고했네. 하나 안심할 수는 없는 일, 이미 이곳의 전투는 전서구를 통해 로만테우스와 아리고스의 귀에 들어갔을 것이다."

"아군의 작전에 속아 동쪽 대로로 향한 아리고스 백작은 어찌하실 생각이십니까?"

크리븐이 아리고스에 대해서 묻자 난 그리 문제 될 것이 없다는 표정으로 고개를 끄덕이며 말했다.

"물론 우리 쪽으로 온다면 적당히 상대해 주어야겠지. 하나 아리고스가 로만테우스의 최정예라 할 수 있는 다크 데블 나이츠의 반수를 이끌고 있다 하더라도 그들만을 믿고 이곳으로 오지는 못할 것이다. 아군의 병력이 예상했던 것보다 많음을 안 그가 위험을 무릅쓰고 이곳으로 돌아오진 않을 테니 말이야."

"그렇군요."

아리고스가 바보가 아닌 이상 1만 2천 정도의 군세를 이끌고 어찌 이곳으로 오겠는가? 물론 그 병력을 이끌고 이곳을 공격하려 한다면야 나야 좋겠지만, 그런 말도 안 되는 바람은 가지지 않는다.

나에게 속긴 했어도 아리고스는 로만테우스의 왼팔로 로만테우스의 기사 중에서도 뛰어난 자 중 한 명이 아니던가?

그렇게 생각하며 제장들을 둘러본 난 이들에게 아군의 다음 행로를 말해 주었다.

"서쪽 대로를 확보했으니 이제 귀족 연합군 본진이 황도로 진입하는 것에는 큰 문제가 없을 것이다. 로만테우스는 아군 전부가 당도했을지 알지 못하는 상황에서 함부로 이곳으로 병력을 보내는 일은 없을 것이다. 현재 이곳에 있는 아군 병력을 제대로 파악하지 못하는 그로서는 귀족 연합군의 전체 병력 8만을 염두해 두어야 하니 황도를 함락해야 하는 상황에서 함부로 병력을 나누는 무리수는 펼치지 못할 것이다."

나의 말에 제장들 역시 고개를 끄덕이며 수긍하는 모습을 취했다.

"하나 어쨌든 귀족 연합군을 경계하지 않으면 안 되는 상황에서 약간의 병력이라도 돌려 대비할 것이니 우리들의 존재로 황도를 방어하는 근위군은 조금 숨통이 트일 것이다."

"그렇다면 우리들은 어느 곳으로 향해야 합니까? 현 아군의 병력으로는 황도에 있는 로만테우스를 상대하기는 어려운 일, 기병을 운용하여 애초에 계획대로 게릴라전으로 적진을 흔드는 것입니까?"

기스의 말에 난 고개를 저은 후 내가 생각한 것을 말해 주었다.

"일단 이곳에서 하루 정도 휴식을 취하고 우린 오시만 평원으로 향한다!"

황도가 아닌 오시만 평원으로 가겠다는 말에 제장들은 모두 놀라는 표정이 역력했다.

"오시만 평원으로 가신다면?"

"오시만 평원은 현재 게리오스 공작이 반군을 상대로 유리하게 전세를 이끌고 있다고 하니, 그들을 도와 일시에 오시만 평원에 대치하고 있는 반군을 섬멸한 후 게리오스 공작과 연합하여 로만테우스의 반군을 섬멸하는 것이다."

"게리오스 경이!!"

게리오스의 이름이 나오자 기사들 중 유일하게 그를 알고 있는 엡실론은 크게 놀라는 표정을 지었다.

설마 영지의 마법사였던 그가 제국에서 공작이라는 작위를 받고 반군을 상대하고 있으리라고는 생각지도 못했을 테니 당연할 것이다.

"엡실론 경, 자네도 알다시피 게리오스 경은 청록의 숲의 일원이 아니었던가? 게다가 제국이 가장 꺼리는 아멘 왕국의 공작인 내가 대공의 자리에 있는데, 제국 출신인 그가 공작쯤 못하겠는가?"

놀라고 있는 엡실론에게 아무것도 아니라는 표정으로 말한 난 계속 말을 이었다.

"오시만 평원에서 적을 상대하고 있는 게리오스 공작의 병력은 대략 5만 내외로 예상되고 있다. 아군이 적을 효과적으로 섬멸하게 된다면 아군 별동대와 게리오스 공작의 연합군은 전투의 피해를 감안하더라도 거의 7만이 넘는 대군이 되어 있을 테니 로만테우스의 반군을 상대로 효과적인 전투를 할 수 있을 것이다. 그리되면 시간을 잘만 맞춘다면 황도 근위군과 게리오스 경과 본작의 연합군, 그리고 티브로슨 삼각 지역을 우회하여 황도로 올 귀족 연합군이 삼면에서 적을 공격할 수 있을 것이고, 거기에다 황도로 올 아서 경의 청록의 숲 병력까지 황도에 도착하게 된다면 아군은 반군과 비등하거나 상위의 전력을 가질 수 있을 것이다."

"아!!"

그제야 내가 오시만 평원으로 먼저 가자 한 이유를 이해한 제장들은 고개를 끄덕이며 수긍하는 표정을 지었다.

"하나 그대들도 알다시피 시간적으로 일시에 아군 병력이 황도로 집결한다는 것은 쉽지 않은 일이 분명하고, 또 로만테우스는 그리 만만한 존재가 아니니 한시도 마음을 놓아서는 안 될 것이다."

　그리고 가장 큰 문제는 우리가 오시만 평원으로 향하는 사이에 황도가 점령될 수도 있다는 것이다. 애초부터 이 싸움은 로만테우스가 황도를 점령하느냐 그렇지 못하느냐에 따라 내전의 향방이 달려 있었으니, 로만테우스가 황도를 점령하고 그들이 위황제라 칭하는 위르테우스를 해치기라도 한다면 내전은 그의 승리로 끝날 수밖에 없는 것이다.

　어쨌든 이 내전은 멍청한 전전대 황제가 쓸데없이 황자들에게 엄청난 힘을 부여한 데다가 장자 계승을 무시하고 게리오스에게 제위를 물려주면서 이미 예견된 일이었다.

　쓸데없이 황자들의 힘은 강하고 계승권은 원래의 임자에게 돌아가지 않았으니 당연한 일이 아니겠는가?

　이곳에서 오시만 평원까지의 거리는 대략 삼 일 거리. 그렇게 생각한다면 게리오스와 함께 다시 황도로 돌아오기까지 걸리는 시간은 대략 일주일 정도로 잡아야 할 것이다.

　그 일주일 동안 과연 압도적인 병력을 상대로 근위군은 황도를 지켜 낼 수 있을 것인가 하는 것은 이번 내전의 승패를 가늠할 것이다.

〈5권 끝〉